少女星 2

容光

Rong Guang

著

江苏凤凰文艺出版社
JIANGSU PHOENIX LITERATURE AND ART PUBLISHING, LTD

图书在版编目(CIP)数据

少女星．2 / 容光著．-- 南京：江苏凤凰文艺出版社，2020.4
ISBN 978-7-5594-4620-6

Ⅰ．①少… Ⅱ．①容… Ⅲ．①长篇小说－中国－当代
Ⅳ．① I247.5

中国版本图书馆 CIP 数据核字 (2020) 第 036178 号

少女星．2

容光 著

出版人 张在健
责任编辑 张 倩 王 青
特约编辑 朵 爷 夏 沅
装帧设计 苏 荼
出版发行 江苏凤凰文艺出版社
南京市中央路 165 号，邮编：210009
网 址 http://www.jswenyi.com
印 刷 湖南凌宇纸品有限公司
开 本 880mm×1230mm 1/32
印 张 9
字 数 193 千字
版 次 2020 年 4 月第 1 版，2020 年 4 月第 1 次印刷
书 号 ISBN 978-7-5594-4620-6
定 价 38.60 元

目录 CONTENTS

目录 CONTENTS

第一章

枕在我肩上

生平第一次，徐晚星做了件亏心事。

又或许不止一件，准确说来，她接二连三做了好几件。

傅意雪收拾好被徐晚星打击过的自信后，又一次漂漂亮亮来高二（3）班找乔野时，徐晚星恰好在和同桌于胖子聊天，余光扫到从前门一晃而过、足以闪瞎人眼的美少女后，脑子里嗡的一下，什么也来不及想。

她在自己都没反应过来之际，猛地回过头来。乔野正低头替她检查昨晚的额外任务，显然并未留意到正要走进教室的人。

松口气。

下一秒，她伸手捧住乔野的脸，四目相对，鼻尖与鼻尖的距离大概只剩下一块橡皮擦的长度。

乔野：“？”

徐晚星一眨不眨地望着他，脑子飞快转动着，这时候该说句什么来着？

想了想，她说：“敢不敢跟我比比谁能坚持更长时间不眨眼？”

乔野：“你出门时把脑子忘家里了？”

“那就比谁一分钟里眨眼次数最多。”

“松手。”

“要不你说比什么，我都行，就是突然很想和你比个赛。”她目光真挚。

“我数三声，你要再不松手，后果自负。”乔野的低气压已经开始蔓延。

徐晚星的注意力只有三分之一在他这里，剩下三分之二都牢牢被教室外的那个人占据。她用余光瞥见那道身影蓦地一僵，不可置信地看着教室角落里的这一幕，然后飞快地转身走了。

从离去时不顾姿态的速度来看，公主大概是伤心了。

徐晚星悬在半空的心吧唧一声稳稳落地，手一松，大大方方说：“不比就算了，你以为谁想和你比啊？幼稚。”

说完她就转回身来，只留下一个高深莫测的背影。

于胖子虽没看见走廊上来了又去的人，但将徐晚星的表演全程看在眼里，当下一脸发蒙：“哥，你这是什么操作啊？”

徐晚星：“你不懂。”

“就是因为不懂所以才不耻下问，你究竟是因为闲得慌真想和他比赛，还是单纯想摸摸学霸的小脸蛋？”

“你再说一句，我就对你的大脸盘子动手了。”

于胖子比了个封口动作，正襟危坐，沉默是金。

其实回过头来的一瞬间，徐晚星就后悔了。

她好像做了件了不得的事情，看似底气十足，现在一回想，完全没有理由，甚至有点心虚。

这算什么？帮学霸挡桃花？

可桃花也是人家的桃花，即便是烂桃花，她凭什么一厢情愿做这些偷鸡摸狗的事情，还是在当事人都不知情的情况下？

等等，她到底又是哪里来的优越感，兀自下了“这是一朵烂桃花”的定论？

一回生，二回熟，就在她已然发觉自己居心不良的情况下，类似事件层出不穷。

又一次遇见傅公主时，她和乔野正一前一后地走进小卖部。

辛意用胳膊肘碰碰她，说：“哎，傅意雪。”

徐晚星回头一看，就看见公主殿下扎着双马尾，一身华丽的小裙子，目光锁定在乔野身上，正快步朝小卖部走来。

她也就用了那么 0.05 秒钟，大脑迅速给出了应激反应。

徐晚星一个箭步冲到乔野身边，顺手从冰柜里拎出一支可爱多，另一只手挽住他的胳膊：“我要吃这个。”

刚踏进小卖部的公主殿下硬生生地停在了大门口。

乔野的目光落在紧紧挽住自己的那只手上：“……想吃就买。”

言下之意：抓着我是什么意思？

徐晚星仿佛完全听不懂他的话，只笑得满面春风：“我就知道你最好了。”

乔野：“？”

谁说了要买给你吗？

然而不等他开口，徐晚星就攥着他的胳膊，脑袋往上一凑，小狗似的蹭了蹭他：“么么哒。”

大门处，有人重重地跺了跺脚，掩面而去。

乔野抽了抽自己的胳膊："徐晚星，你脑子被门挤了？"

瞥见公主殿下跑远的身影，徐晚星一身轻松，退后两步，拍拍脑门儿："可不是吗？突然之间跟梦游似的，误会一场，误会一场。一定是昨晚你布置的作业太多了，我睡太晚，今天精神不济，身不由己。"

说完，她把可爱多往冰柜里一扔，拉起辛意就走。

辛意云里雾里被她拉出门，好半天才回过神来："晚星，你刚才——"

"别问，问就是不知道。"她答得斩钉截铁。

辛意默默消化片刻，很想说：如果你真不知道，我可以告诉你。

可看看徐晚星一脸不开窍的样子，她又迟疑了。欸，都快高三了，这时候点明，好像也不是什么好事情吧？

接二连三的诡异事件发生后，公主殿下总算忍不住了，再一次踏进高二（3）班的教室时，定定地站在徐晚星面前。

徐晚星下意识地回头看看空空如也的后座，笑了："找乔野？他不在。"

公主殿下直勾勾地看着她："我找你，徐晚星。"

教室不是个谈话的好地方，两人去了走廊尽头。那里原本被几个社会哥盘踞着，被徐晚星扫了一眼，自觉地挪地方："您请，您请。"

两人站定，来不及细想，公主殿下发话了。

"徐晚星，不知道能不能冒昧问一句，你和乔野是什么关系？"小姑娘肯这样问出口，也是鼓起了很大勇气，抬眼看她时，眼底有小心翼翼和一点迟疑。

不是臆想中的火药味十足的开头，徐晚星有点蒙。毕竟从来找上门来，发话说"出去谈一谈"的都是社会哥们，都是凶神恶煞、出口脏话，哪像娇滴滴的小姑娘，话才出口，眼圈就要红了。

她一顿，有些不知该如何作答，干脆反问："你觉得我们是什么关系？"

"我不知道。"公主殿下就是公主殿下，伤心的样子也格外漂亮，别开眼看着半山腰的风景，"我也听说过你们的传闻，但大家都说那是假的，说你是为了报复他，所以才放话说你俩……那什么。"

徐晚星没作声，心道你可真聪明。

"我知道我现在表现得很蠢，明明都亲眼看见……结果还眼巴巴地来找你，希望你能给我个别的答案。可我是真的觉得乔野很好，如果是我误会了你们，那我是不是至少能有一点机会？”傅意雪显然不傻，黯然望着她，出口却是一句，“我知道你是故意的，不管是出于友情还是别的什么，你不想让我接近他。”

徐晚星：“不，你一点也不蠢。不然你为什么不直接去找乔野，反而来找我？”

傅意雪一怔。

“如果他肯让你靠近，不管我做什么，总不能二十四小时守着他，你总有机会。如果他不肯让你靠近，不管我做什么，你也一点机会也没有。”

“……”

“你现在找我却不找他，本末倒置了。我叫徐晚星，又不叫乔野的老母亲，他和谁走得近，有什么奇怪的传闻，我管不着。”

徐晚星想走，却被傅意雪叫住。

“你也没你说得那么清清白白，徐晚星。”小姑娘收起了泫然欲泣的样子，冷冷道，“故意在我面前做出那种样子，不就是为了让我知难而退？又是挽胳膊，又是捧脸，又是要他替你买冰激凌。你敢说你没点非分之想？”

徐晚星脚下一顿，回头看着她。

啧，真不愧外号是公主殿下，不知道谁给她的胆子，社会哥们见了她徐晚星尚且客客气气的，殿下她却这么冲。

“有怎么样，没有又怎么样？”徐晚星好整以暇，“我是挽胳膊了，我是捧脸了，那也没见他不高兴，不让我挽胳膊、捧脸啊。”

那点心虚和愧疚，在两人剑拔弩张这一刻，悉数消失。

徐晚星甚至觉得自己有做恶毒女配的潜质，她是怎么做到面不改色心不跳地打击一颗纯真烂漫的爱慕之心的？

“你以为乔野会搭理你吗？”

公主殿下的台词也是一如既往的套路，徐晚星用脚指头都能想出来，甚至忍不住好心替她补完整。

“是、是、是，他当然不会搭理我啦。我长得没你漂亮，成绩不够优异，说话还这么横冲直撞，成天头脑简单、四肢发达，只会打架不会讲好听的话。但凡长了眼睛，当然只能青睐公主殿下你啊。”

傅意雪张着嘴，气到说不出话来："你，你——"

"我就是这么糟糕，但是很可惜这年头糟糕的人反倒比较稀罕。毕竟面容精致娇滴滴的小姑娘一抓一大把，我这种不一样的烟火，好像还比较特立独行？"

徐晚星笑眯眯地冲她说完，反问一句："你还有什么话要说吗？没有的话，我就走了。你的乔野还给我布置了一大堆作业，我要是不写，他可要跟我绝交呢。本来绝交也没什么了不起，不过你今天这么一找我，我倒觉得他这么让人稀罕，我也要好好珍惜我们之间的友情呢。"

说完，徐晚星先行离去。

只可惜走了没几步，忽然瞥见走廊尽头的空教室里站着个人。

那间教室长年累月空着，只有在播放多媒体设备，抑或要多辟出一间考场时才会用到。此刻却虚掩着门，讲台上站了个人，原本手持鼠标在用电脑，大概是门外的谈话声太激烈，他微微侧头看全了这一幕。

徐晚星在留意到他的第一秒，嘴张大了，双目圆睁。

"你、你、你，你怎么会——"

讲台上，乔野拔下 U 盘，朝她示意："师爷说明天开始期末总复习，让我先把他的资料拷到电脑上，上课有用。"

"……"

徐晚星回头看看眼圈通红的公主殿下，又看看讲台上好整以暇的学霸，一时之间心情十分复杂。

傅意雪走了过来，泫然欲泣地叫了声："乔野。"

徐晚星翻了个白眼，来了来了，小白花要开始声泪俱下地控诉她这个恶毒女配了。她并未察觉到，自己一边不屑，一边却又忍不住去看乔野的表情。

他会怎么看自己？

哪知道讲台上的人关了电脑，走了出来，从容地锁上门，像没看见一旁的傅意雪似的。只看着徐晚星，问她："文言文翻译完了？"

徐晚星一顿："还没——"

"没翻译完还有工夫说些无关紧要的废话？"

"……"

乔野转身离开，没走两步，又回头瞥她一眼："还不走？"

“啊？哦，来了，来了。”

徐晚星回头看看傅意雪，摊手：你看吧，这下不关我的事了。

这么一想，又觉得自己更像恶毒女配了，无奈叹息，匆忙跟上乔野的步伐往教室走了。

她在后门处撞上忽然停下来的乔野，捂着额头：“怎么又是这招？”

总是走着走着就忽然停下来。

少年居高临下地看着她：“徐晚星。”

“啊？”

“你很闲？”

“为什么这么问。”

“那种没营养的对话也能进行这么长时间，看来我给你布置的作业还不够多。”

徐晚星嗤笑：“还说我呢，要不是你招惹的烂桃花，我至于浪费自己的宝贵时间去替你解决？”

“替我解决？”

“是啊，你没听见我哄她说我对你青睐有加吗？”她理直气壮地说，“要不是念在咱俩兄弟一场，感情甚笃，我才不替你挡这种烂桃花呢。高三在即啊大兄弟，时不我待，一寸光阴一寸金，你不比我更明白？好好学习才是硬道理，早恋没有意义、没有结果的，就应该扼杀在摇篮里——”

和尚念经念到一半，被人伸手拿过一旁春鸣手里的面包，吧唧一下堵住了嘴。

乔野淡淡瞥她一眼：“你最好记得自己说过的话。”

徐晚星蒙了，取下口中的面包，咬一口，含含糊糊道：“干吗？”

“有你打脸的那天，徐晚星。”

一天里剩下的时间，莫名其妙就不说话了。

徐晚星能感受到后座散发出来的低气压，异常明显，明显到连隔壁迟钝的于胖子都察觉到哪里不对。

晚自习时，他偷偷凑过来问徐晚星：“学霸哥怎么了？”

“我怎么知道他怎么了。”徐晚星装傻。

“这破天已经够冷了，他还插上电装冰箱，想冻死谁啊？”

“……”

……我。

徐晚星在心里回答说。

但是仔细一回想，他的不悦似乎是从多媒体教室外，她与他四目相对那一刻开始的。所以，难道他是因为她客串恶毒女配，和傅意雪胡诌一通，所以生气了？

徐晚星纳闷，他要真心疼公主殿下了，回头不得好好安慰一下人家？视若无睹，擦肩而过什么的，她倒是半点没看出他的怜惜之情。

回家的路上，两人沉默半天。徐晚星憋得慌，没话找话说。

“我文言文进步不少吧？”

“是吗。”

“单词量也噌噌噌地涨上来了。”

“哦。”

“欸，今天的物理作业最后一道题你答案是多少？”

“不记得了。”

“……”

徐晚星一边打量他的神情，一边再接再厉：“你生我气了。”

是笃定的语气，而非疑问句。

这次乔野沉默了会儿，才反问：“你还知道？”

“气什么？气我欺负公主殿下吗？”她睁大了眼睛盯着他，要将他的神情一丝不漏全部捕捉。

“公主殿下？”他嗤笑一声，侧头看她。

“我知道我做得过分了。说话刻薄，没事找事，跟我八竿子打不着，结果我上赶着挤对人家。”徐晚星烦躁地踹了一脚路边的石子，停了下来，“你要骂就骂吧，别憋着。”

那颗石子被大力一踹，飞得老远，消失在马路边。乔野收回目光，居高临下地看着她，光看黑漆漆的发顶也能看出她的暴躁。

就在徐晚星以为自己会迎来一顿批评时，却被一只手拎住了耳朵。修长的手指不轻不重地捏住她圆润小巧的耳垂，惊得她险些跳起来。

“徐晚星。”

“啊？”

“下次别替我出头了。”

“……啊？？”

“我没嘴吗，要你来出面解决？”

“……”

“下次这种事，你躲远一点，看着我解决就好。”

所以不是气她刻薄，是气她抢了他刻薄的机会？徐晚星有些蒙。

“那你到底对傅意雪有没有意思啊？”

“你不是都说了吗，她不适合我。”

“那你到底喜欢哪样的？”她状似不经意地问起，耳朵却悄悄竖起。

乔野看她片刻，说：“有脑子的。”

徐晚星刚想问“请问谁没脑子，丧尸吗”，就听见他补全了她心里的对话：“遇事不鲁莽，不会动辄打架。有上进心，清楚自己想要什么。有自制力，不会玩物丧志。”

他每说一句，她的死鱼眼就死得更彻底一点。

果然是学霸的标准，这跟她半毛钱关系都没有，边都沾不上就算了，还隔了个十万八千里。无话可说。

也是从那天起，徐晚星好像变得有些不一样了。

期末考试前，连日复习带来了黑眼圈和浮肿脸，也带来了一众暴脾气。

课间操时，人群熙熙攘攘，辛意没留神撞上了高三的女生，对方回头就骂人，还顺手推了她一把。

“没长眼睛啊你？”

于胖子恰好在旁边，看不下去，扶稳了辛意：“怎么说话呢你？力的作用是相互的，谁撞谁不都一样疼吗？”

大刘肃然起敬，鼓起掌来：“于胖子，几天不见，连‘力的作用是相互的’都能脱口而出了，可以啊你。”

“过奖，过奖。”于胖子小眼神一瞄，挺得意的。

高三女眉头一皱，这俩货不把她放在眼里？杀气一出，开口就是一句：

“怎么着，想打架是吧？”

于胖子胸脯一挺，气势颇足：“怎么着，打就打，谁怕谁？”

于是约架。

于是搞事。

于是急匆匆冲回教室，一把拉住翘了课间操补觉的徐晚星。

“哥、哥、哥，有人找事，跟你约架。”

越到期末，乔野给的任务越重，仿佛她及不及格跟他生死攸关似的。徐晚星熬了好几个夜，顶着俩浓浓的黑眼圈抬起头来：“谁？约什么？吃饭吗？”

她还睡眼惺忪着，没从困倦中抽出身来。

于胖子朝辛意一指：“刚在操场上，有人欺负她，我看不下去帮了把手，人家就要揍我们。”

大刘：“揍我们不要紧，但这显然是不给你面子。也不看看咱们是谁的人，揍我们就等于把哥你的脸往地上摔。”

徐晚星回了回神，目光朝辛意看去，由没精打采转为一片肃杀：“有没有事？”

“没、没事。”辛意瞠目结舌地看看大刘和于胖子，“其实就是小事一桩，别打架，不值得的——”

“哎，哎，怎么说话呢！”于胖子宽厚的手掌往她身上一拍，“出来混的，最忌讳没种。孬是没有好下场的。孬就会被砍死。人家都欺负到头上来了，咱哥不还手，就会被看不起。”

被推到风口浪尖上的徐晚星，在晚自习时见到了上门约架的几个社会姐们。

万小福在讲台上守晚自习，门口来了几个化浓妆的姐。为首的那个嚼着口香糖，手指头一勾：“徐晚星在吗？出来聊聊。”

徐晚星把书一扔，大大咧咧往外走。身后，于胖子等人自觉起身，雄赳赳气昂昂排成一字形跟着她往外走。

讲台上的万小福一阵紧张：“徐晚星！”

乔野的声音也从身后传来，低而冷，带着警告的意味：“徐晚星。”

她抬手冲他俩随意挥了挥，表示别担心，我心里有数。

心里有数的徐晚星带着跟班来到天台，和社会姐剑拔弩张地对峙着。

天台风大，把衣服吹得鼓鼓囊囊，像海上的帆，女生们的头发也被吹得猎猎飞扬，乍一看像拍电影，很应景。

“画个道儿，怎么解决？”高三姐呸了一声，把口香糖吐在地上，“我知道你，徐晚星。”

徐晚星：“是吗？我可不知道你。”

“……还挺冲。听说你很能打啊。”

“还行，是江湖上过奖了。”徐晚星非但很能打，还很谦虚。

高三姐真想把地上的口香糖捡起来糊她脸上，指着她的鼻子说：“成，有脾气。那就说说怎么弄吧，是大家一起上，还是一挑一？”

于胖子等人气势汹汹地立成人墙，齐刷刷地排在徐晚星身后，七嘴八舌。

“一挑一！”

“和她干！”

“咱们是没用了点，但咱哥有用就行了，一挑十不在话下！”

徐晚星抬手示意等一等，笑了：“我先给你捋一捋啊。”

大家都停了下来，等着看她要捋出个什么花来。

“是我朋友先不小心撞了你，对吧？这事儿是她不谨慎，我先替她跟你道个歉。”徐晚星客客气气地说。

社会姐一蒙，这个前奏好像有点特别。

于胖子等人也一蒙，这是什么新招数吗，降低敌人的警惕性？

徐晚星接着说：“但她已经道歉了，你骂人家里人就不对了，还伸手推推搡搡的，这算肢体冲突，是你的问题，你觉得呢？”

还她觉得呢。社会姐眼睛都瞪大了，混了这么久，头一次见到打架之前还讲道理的。她觉得！她觉得这丫头有毛病！

徐晚星又说：“道理都捋清了，大家都有不对，但我朋友不对还道了歉，你连一点歉意都没有，显然你更不对。”

“？”

有人忍不住了：“你废话怎么那么多呢，瞎嚷嚷个没完没了，直奔主题吧，妹妹。比什么，单挑还是群架？”

一句话点燃现场气氛，所有人都摩拳擦掌，战火一触即发。

徐晚星咧嘴一笑：“我说了，你们都同意？”

“你年纪小不懂事，就算我们让着你，说吧，比什么？”

她跟大家讲道理，社会姐们也不好太过分，客客气气，打个文雅一点的架也成呗，还挺新鲜。

徐晚星把头一点，还不忘先问一句：“你们文科理科？”

打个架为什么还分文理科？！

社会姐狂躁了：“理科。干吗？”

“那巧了，我也是理科。这么着，马上就要期末考试了，这时候挂彩多不好。万一考砸了，回家还灰头土脸一看就是打了架，搓衣板都得跪个半小时。”徐晚星振振有词，咧嘴一笑，“不如咱们打个文架，比比谁的理综分数高。你们出个人，我们出个人，分数高的就算赢，输了的绕操场跑三圈，边跑边叫‘我是大笨蛋’。”

“……”

全场寂静，方圆十米内，以徐晚星为圆心，鸦雀无声。

于胖子和大刘蒙了。

社会姐们呆滞脸。

只剩下春鸣一阵爆笑：“人才，人才啊，徐晚星！”

最后是社会姐们骂着“神经病吧你”，消失在天台。一场暴力冲突化于无形，两边还都觉得挺好笑。

只有徐晚星一边往教室走，一边嘀咕：“这算有脑子吗？应该算吧……”

反正遇事不鲁莽，不会动辄打架。目标已达成。

前后不超过十分钟，徐晚星带人轰轰烈烈地离开教室，又安静如鸡地回到座位。

麻将小分队个个都沉默不语，坐下之后还久久回不过神来。

乔野抬眼看她：“打完了？”

“没打。”她故作镇定地坐下来，从抽屉里拿出本书，拍在桌上。

“不是约了架吗。”

“那是人家想跟我打，又不是我想约。”她嘀嘀咕咕，末了补充一句，“我又不是没脑子的人，只知道用打架解决问题。”

“那你怎么解决的？”

“我跟她说，我们比学习。”

乔野没说话，她顿了顿，大着胆子抬起眼皮去瞅他，却只看见他似笑非笑的脸。

腾地一下，脸红了个透。

乔野：“能问问是什么让你忽然放弃了校霸的尊严吗？”

徐晚星一口咬定：“反正不是因为你。”

迟疑片刻，终究还是没忍住问出口：“那现在算是有脑子了吗？”

他哂笑两声，靠在椅背上望着她，点头道：“算。”

直到期末考试前，张春月也没有再回来上课，代课的一直是别班的英语老师。

很多学生揣测她大概不会再回来上课了，八卦传得沸沸扬扬，有鼻子有眼。有人说在乡镇中学看到了她，有人说她嫁了个有钱人，当当富贵太太就好，不用再辛苦工作。

不管传言如何，徐晚星没发表过只言片语。师爷说了，目光常在远方，无关紧要的人，她不打算放在心上。

更何况，学霸给的任务都快去了她半条命，哪有闲工夫理八卦啊？！

她的周考分数一次比一次高，显然，学霸带来的双语 buff 效果斐然，她在距离及格线十万八千里的学渣深渊，被他一手打捞起来，亲手套上了学霸光环。

罗学明啧啧称奇：“你爸这是罚你跪了多少次搓衣板，居然达到了这种效果？”

徐晚星白眼一翻，半个字都不想说。

可不是吗，除了老徐之外，她就跟多了个爹似的。哪天单词没听写出来，或者文言文翻译出了岔子，那位“父亲”脸色一沉，转头就能把这门选修课作业加倍。

身为校霸，她从来都极具反抗精神，偏偏到了乔姓“父亲”这里，反抗精神都喂了狗。

正所谓“英雄难过美人关”，她看看乔野那英俊迷人的小脸蛋儿，没出息地欣然妥协了。

这个冬天，徐晚星迎来了高二的第一次期末考试，登上了人生新高峰。

罗学明看着记分册老泪纵横，万万没想到有生之年，竟能看见徐晚星的英语和语文双双及格。哪怕她的英语仍在及格线边缘疯狂试探，也不知到底是老师大发慈悲，还是她触底反弹成功，总而言之是及格了。

遥想当初，不管老师如何发慈悲，她都远离九十分一亿光年。

如今这个结果，不光罗学明，办公室的老师们都啧啧称奇，家中的老父亲徐义生更是喜极而泣。

老徐把手一挥：“说吧，要什么？”

“要什么都行？”

“只要不是天上的星星——”老徐顿住，气势恢宏地吼了一声，“不，把我梯子拿来，你就是要天上的星星，我也爬上去给你摘下来！”

徐晚星挠头：“星星我就不要了，能给我放一星期假不？”

“你要干吗去？”

“去张姨的茶馆里帮帮忙，赚点外快。”

“什么？又要打麻将？！”

眼看着老徐竖眉毛了，徐晚星连连解释：“于胖子他们组织去西岭雪山玩两天，我这不是不想跟您要钱吗？”

于胖子的确组织了这么次短途旅行，言之凿凿地对麻将小分队众人道：“马上就要高三了，接下来一整年弦都得绷紧，趁着还有时间，不如咱们出去嗨一嗨。”

大刘呸了一声：“嗨你个鬼啊嗨。你从出生嗨到现在还不够？鬼才信你高三会努力。”

但不管是幌子也好，是 flag 也罢，南方的孩子们自幼没见过雪，哪怕今年破天荒下了一次，也未能如愿为蓉城裹上银装，更别提他们憧憬多年的堆雪人、打雪仗。于胖子的提议一呼百应，点燃了大家心头的一把火。

其实徐晚星还有私心，她总觉得乔野帮她良多，无以为报。

那日放成绩时，她奔到教室最后方，在瞥见期末排名从三十名上升到十九名时，听见后脑勺处传来他的声音——

“进步了十一名，勉强过关。”

徐晚星扭头一看，就看见乔野的目光。他没有去看自己的分数，反而一一扫过她的各科成绩，简单点评。

“英语还是在及格线挣扎徘徊，这种程度，多半是同情分助了你一臂之力。”

“喂！你好好说话，什么叫同情分啊？！”

“语文 101，你要是再把你那狗爬式的字练练，提高十分不是问题。”

“我再次提醒你，珍爱生命，注意措辞！”

……

可不管他嘴上多刻薄，在他倏而一笑，低头看着她时，徐晚星从他眼里真真切切看到了笑意。

她的进步，他功不可没。

在得知春节他要回北京过年时，说不上来为什么，徐晚星觉得心里空落落的。好在于胖子的提议给了她灵感，她缩在被窝里给乔野发信息——

“乔野同学，恭喜您在献爱心送温暖活动中荣获一等奖，诚邀您参与麻将小分队的雪山之行，吃住由本主办方一力承包。”

下一刻，手机忽然响起，吓得她手忙脚乱，接起时还有些紧张。

这是这么长时间以来，两人的第一次通话。

乔野问她：“什么雪山？”

“西岭雪山。就在蓉城边上的大邑县，车程只要四个小时。”

“你知道的，春节我要回北京——”

“只要两天时间，如果你愿意，明天就可以出发，一定能赶在你回家之前！”她急匆匆地说，然后又发觉这语气似乎太迫切，赶紧稳住，清清嗓子，“都快高三了，到时候就真没时间放松了。赶在黑色一年来临之前，一起来个团队活动，怎么样？”

这是于胖子的借口，她顺手就拿来用了。

为了迁就乔野，她软硬皆施，贿赂了所有人，只为配合他的时间安排。

少年人，爱玩之心人皆有之，何况是素来对自己要求严格，平日里也没多少娱乐活动的乔野。他的事情一向自己能做主，遂问过父母回京的时间安排后，应了下来。

只是——“费用我自己来，不用你出。”

于是寒假才刚开始，徐晚星和她的麻将小分队就开始张罗雪山之行。她用了三天时间去兴旺茶馆凑牌搭子，前所未有地投入，心算的速度快到飞起。

三条绝张了，过二五八条最好。

上家做万清，已下叫，看了眼场上的牌，她捏准了对方和边七万，死握不放。

牌所剩无几，九万未现，不是两家捏对子，就是谁家要杠。

……

徐晚星聚精会神控场，算三家，看满堂，连续三个晚上，赢得盆满钵满。当然了，她可不敢打大的，输赢也不过是小打小闹，至少去雪山一趟是够了。

张姨啧啧称奇：“这都半个学期没上阵了，功夫一点没落下啊。说，是不是在家偷偷练来着？”

徐晚星朝门外的摊子努努嘴：“您看看我爸苦大仇深的样儿，恨不能把我拎出去来个现场直播八十大板，能让我在家偷练？”

为了不让学霸操心，她将旅程安排悉数交给了春鸣等人。以春鸣的脑子和他那柔软的内心，徐晚星半点不怀疑这一趟旅程会充斥着满满少女心。

毕竟在看到春鸣发给大家人手一张的行程单上，每一项活动前都有一颗粉色桃心时，大家都心服口服。于胖子拍拍春明的肩，欲言又止地走了。

挑了个阳光灿烂的清晨，一行人踏上去往大邑县的大巴。

同行的除了乔野与徐晚星，还有春鸣、于胖子、大刘和万小福。万小福是于胖子拉来凑数的，理由是一个队伍里不能只有一个学霸，不然容易形成智商碾压。让学霸和学霸交流去，他们才好进行学渣之间的友好往来。

车上已坐得七七八八，只剩零星几个空座。

徐晚星走在最前，一行人里就她与万小福最熟，班长大人牢牢地跟在她身后，两人理所当然地坐在了前排的两个座位上。

剩下四人在最后一排落座，遥遥相望。

四个小时的车程皆是摇摇晃晃的山路，兴奋劲一过，众人都靠在椅背上昏昏欲睡。

于胖子最先打起呼来，鼾声震天，倒是把其余几人都给震醒了。

乔野下意识地抬眼看去，第一排处，徐晚星也缩在座位上睡得“风生水起”。然而山路十八弯，大巴驶过一个又一个弯道，她也朝身侧的万小福无限靠近。

睡意顿时消减，就在身侧的同伴都逐渐适应于胖子的鼾声，又重新陷入梦境时，乔野依然没睡。

他定定地看着那颗毛茸茸的脑袋，在日光照耀下仿佛散发着朦胧的金光，发色也变成了浅浅的巧克力色。它一点一点朝旁边倒去，最终轰然倒下，落在谁的肩膀上。

心里咯噔一下，不悦的气氛开始发酵。

乔野解开安全带，默不作声地站起来，轻手轻脚地绕过沉睡中的众人，一路走到了前排，俯身，拍拍万小福的肩。

万小福迷迷糊糊醒过来，一派纯良地望着他。

“哦，乔野啊？怎么了？”

“我晕车。能换个座吗？”他低声说，指指一旁靠在万小福肩上睡得正熟的人，比了个噤声的手势。

于是万小福也情不自禁地放轻了声音，几乎只比用口型要稍微大声那么点：“啊？哦，好的，好的。”

赶在他起身前，乔野动作轻而缓，扶住了徐晚星即将失去依靠的脑袋，代替万小福坐下来，抬眼说了句谢谢。

目送万小福离开，他松开手，任由那只毛茸茸的脑袋落在了自己的肩上。

出发时日头没这样盛，窗帘也未合紧，如今从车窗外照进来，照得她即便身处睡梦中，也禁不住微微蹙眉。

乔野侧头，看见她清晰可见的睫毛，根根分明。

少女从不打扮，未曾化妆，可在阳光下也难以看见瑕疵，皮肤像是豆腐脑，白嫩嫩的，面颊上还带有一点未曾褪去的婴儿肥。

鬼使神差，他凑近了些，闻见了淡淡的牛奶香气。

是什么护肤品？他看着她，又觉得大大咧咧成她这样，大概是不会用什么护肤品的。所以——他得出结论，这家伙抹的估计是宝宝霜。

这样想着，他唇角一弯。

抬手替她掩好窗帘，看她逐渐松开紧皱的眉，乔野动作轻缓地调整姿势，也为自己找到了舒服的坐姿。肩上沉甸甸的，很有分量，但心情倒是逐渐复苏过来。

最后瞥她一眼，很不客气地想，等她醒了，一定要往脑门上重敲一记。

小姑娘家家，怎么能随便靠在别人肩上睡觉？万小福倒还好，好歹是个品学兼优的好学生，要是换了个居心叵测的人，这还不给人占尽便宜？睡得跟猪似的……

正想着，某个路口，车头一转，徐晚星的脑袋不受控制地朝另一侧歪去。

乔野眼明手快，伸手一捞，稳稳地接住她，然后——

然后捧着毛茸茸的脑袋，毫不犹豫地继续往自己肩上一拨。

摁死了，哪儿也别偏。看她咂咂嘴，又继续睡过去，他勾勾唇，满意地笑了。

第二章

星星也偷看

大巴车沿着山路蜿蜒而上，停在景区脚下。

徐晚星迷迷糊糊被摇醒，察觉到车上闹嚷嚷的，睁眼一看："到了？"

"到了。"

身侧传来熟悉的声音，但此熟悉非彼熟悉，她一惊，扭头一看，才发现邻座不知何时换人了。

"你怎么在这？"

他怎么在这？

几乎不用多想，乔野淡淡地回答说："班长嫌弃你睡觉流口水，主动申请和我换座位。"

"不可能！"徐晚星下意识反驳。

"不然你去问问他？"

徐晚星迅速别过脸，背对他，伸手仔细擦嘴角。没摸到口水的痕迹，她又愤怒地转回来："你胡说！"

却只看见乔野笑而不语。

"下车了。"

西岭雪山终年积雪，海拔超过五千米。

从开着暖气的大巴跳下车，扑面而来的冷空气新鲜凛冽，带着植物和雪的味道。即便早有准备，人人都穿着厚实的羽绒服，依然被冻得一个激灵。

但冷则冷矣，抬头撞见满眼的雪，日光下，高耸入云的山顶闪烁成晃眼的金，寒冷也浇不灭热血沸腾的心。

春鸣拿着满是粉色桃心的行程单，为大家介绍："景区里只有几家高端酒店，贵死人。我们订的是景区外面的民宿，喏，就前面那条河，过了桥就是民宿区域。"

"还挺近。"

"咱们先去民宿入住，把东西都放下。这会儿十点，坐缆车的话，十来分钟就上去了。"

于胖子和大刘负重而来，肩上的登山包大得惊人。

大刘问："那我们俩背的这东西，也带上山吗？"

春鸣：“带啊，不带怎么烧烤？”

烧烤？乔野一顿，看了眼两人背上的大包：“行程安排里有野炊？”

于胖子骄傲一笑，拍拍胸脯：“当然有，胖爷我出的主意。出来爬山，哪能没有烧烤？为了让你们这些学霸见识见识我们学渣的行动力，去超市采购特地没告诉你和班长。怎么样，虽然成绩差了点，但活动策划能力和执行力，半点都不输给你们吧？”

乔野和万小福对视一眼。

乔野：“柴火哪里找？”

于胖子：“满山都是树，捡点枯柴烂叶不就完事？”

万小福：“斗胆问一句，您没把这满山的雪放在眼里？上面风雪交加的，生得起火来？枯枝烂叶也冻成冰了吧。”

于胖子抬头一看，沉默。

大刘立马帮手，抬手往河对岸一指：“民宿那边有烧烤店，大不了跟店家要点炭火，还能顺便买点食材——”

“那为什么不直接在民宿烧烤，要负重登山？”

乔野发出的灵魂拷问震慑住了学渣们。于胖子和大刘面面相觑，陷入了沉思。

“白背了一路！”

“乐观点，好歹是坐车来的，没背几步路。”

“炉子是我求爷爷告奶奶跟我哥借来的，昨晚刷了半个多小时才刷出来。”

“你就当练练麒麟臂，去去肥肉。”

“呸，你才是麒麟臂，我这是肱二头肌！”

民宿就在河对岸，气温太低，河水都结冰了。

蓉城的冬日不似北方严寒，哪怕隆冬，河水湖泊也不会结冰。乍一看到静止不动、白茫茫一片的河面，大家都有些兴奋。

过河走了几分钟，抵达预订的民宿。

这一带的民宿区域是统一开发的，建筑风格一致，都是古典的木质小平房。推拉门上有窗格，门前的平台也铺着木地板，从结构上来看类似于北京的四合院，但从装修风格来看，又带有日式建筑的痕迹。

春鸣从前台回来，把钥匙一一分给大家。

“乔野和万小福一个房间，我、大刘和于胖子住三人间，徐晚星一个人住一间。”

三个房间恰好围成了一个小院。

徐晚星进屋转了一圈，宽敞的日式房间里布置很简单，但胜在干净明亮。拉开窗帘，落地窗外可以看见连绵起伏的雪山。

将不必要的东西都留在房间里，大家在院子里会合，往雪山进发。

说是登山，其实绝大部分路程都是坐缆车。

一只缆车刚好装下六个人，摇摇晃晃离开地面，沿着陡峭山路向上行驶时，刺激感不断。

万小福与徐晚星最熟，一路都跟着她，就连坐进缆车时，也下意识地要挨着她落座。只可惜半路上忽然插进来个人，老神在在地坐在了他们中间，挤得他屁股往旁一滑，就和徐晚星之间隔开了楚河汉界。

万小福抬头一看，又是乔野。

可是对方表情太从容，侧头与他对视时，还淡淡一笑，光明磊落，他一时之间又觉得是自己想多了。乔野这种光风霁月的人，不可能和抢座位沾边的嘛。

景区共有两段，一段在半山腰，积雪覆盖，可供游人滑雪玩乐。另一段在山顶，栈道上的积雪都清除得干干净净，主要用于登山和观景。

旅行的第一天，少年人旺盛的精力都挥霍在了半山腰。

除了乔野，在蓉城长大的孩子们雪都没见过几次，更别提滑雪。兴奋地穿上租赁来的装备，从滑雪大厅里出来，笨拙地踩着滑雪鞋踏上雪地，个个都像大笨熊。

一旁的滑雪教练指导众人踩上滑雪板，但游人多、教练少，难免忙不过来。

徐晚星踩在雪地里，对着滑雪板比画半天，都没能踏进那个灵巧的机关里。

“抬脚。”

这一刻，乔野又出现了。在她抬脚时，替她踩稳滑雪板。

“脚掌先扣在凹槽里，脚后跟用力往下蹬。”

她笨拙照做，就听见咔嚓一声，左脚与滑雪板完美连接。依样穿好了右脚，她问他：“你在北京也滑过雪？”

“滑过。”

“那你技术怎么样？”

“一般。”

“哦。”她有些失望的样子。

乔野抬眼：“你这表情什么意思？”

“没什么意思，只是，我还以为没有你不擅长的事呢。”她想也不想回答说。

乔野看她片刻，勾勾嘴角：“是吗。”

五分钟后，当徐晚星还和春鸣、万小福一起在雪地上蹒跚学步，动辄摔个屁股蹲时，乔野已经站上了通往高处的传送带。

他的身后跟着胆大包天的于胖子和大刘，他俩虽然不会滑雪，但不妨碍装×。

“这有多难？和滑冰不也差不多嘛。”

“掌握好平衡，往下滑就完事。”

平地上的三个人仰头看去，白茫茫的丘陵上，三个勇者已经立在那里，陡峭的雪道一看就叫新手们心惊胆战。

身上穿的滑雪服也是从大厅里租赁来的，乔野个子高，穿的是独属于一米八那一栏的大红色滑雪服。于胖子与大刘穿着一米七的天蓝色滑雪服。

春鸣说：“打个赌，猜猜于胖子连人带板子滚几圈。”

徐晚星抬手，竖起三只手指：“惯性使然，我猜三圈。”

万小福扑哧一声笑出来。

高地上的三人在那站了一会儿，大概是乔野在告诉两人滑雪的一些注意事项，于胖子和大刘连连点头。

安全起见，乔野让他们先滑，若是摔了，爬不起来，他就滑下去帮他们。

穿上滑雪鞋，行动最大的不便就是脚踝被固定，完全不能弯曲。这是保护滑雪者在摔跤时也不会扭伤脚，也是摔倒后很难爬起来的原因。

大刘率先冲刺而下。

徐晚星抬眼，看见他在起点处双臂大张，摆了个很酷的姿势，嘴唇还开开合合，估计是在呐喊助威。

紧接着，整个人朝下面飞快滑来，不出几秒钟，就像流星一样彻底陨落。

虽然跌倒得无声无息，但画面显然自带配音，“duang”的一声，他跌了个四脚朝天。

于胖子就更滑稽了，才滑了没几米，重心不稳，扑通一下就朝前栽去，一头扎进雪地里。等他哭唧唧把头抬起来，就发现自己无论如何都站不起来了。

乔野上前拉他，奈何于胖子体积惊人，两人生拉硬拽了好一会儿，于胖子才重新学会直立行走。

平地上的人笑得前仰后合。

也就在那样没心没肺的笑声里，徐晚星擦着眼泪，仰头再看，就看见了滑下来的乔野。

他在起点处身体前倾，摆出了极为标准的起始姿势，目光朝前看，虽看不清面容，但她仿佛能想象出他此刻的表情。

大概唇边有一抹若有似无的笑意，勾勾嘴角，天底下似乎都没有能难倒他的事。

那一道红色身影像离弦的箭，又像优雅的猎豹，急速而下，带起一阵凛冽的风雪。他绕过前方的人，跳过低矮的坡度，最后猛地一个急刹车，从容地停在他们面前。

漫山遍野都是穿滑雪服的人，红色的身影并不少。可那一刻，她的眼里没能容下花花绿绿的存在，鲜艳的大红也只有这么一个。

徐晚星微微张着嘴，震惊地看着他。

乔野气都没喘一下，问他们三人：“你们不上去？”

没人回答。

徐晚星回头一看，如愿以偿地看见两个嘴张得比她还夸张的人，圆满了。看来她还不是最丢人的那一个。

乔野的视线落在她面上，指指旁边的雪道："那里有缓一点的坡，适合新手，去不去？"

她觍着脸皮厚颜无耻地凑过来："你当教练？"

"那要看看你觉得我这水平够不够资格当教练了。"

徐晚星翻白眼："早在你说出'一般'那句台词的时候，我就该明白你已经开始装了。"

她拖着沉重的滑雪板，艰难地往缓坡处走，身后传来他不徐不疾的笑声。

她低下头来，看见地上被无限拉长的两个身影，哀叹。世界上怎么会有这种全能型选手？她和他的差距真是越来越大。

不。

下一秒，她在心里狠狠否定了自己。

他不就是仗着地域优势，先她十来年开始滑雪吗？她要是生在北方、长在北方，以她这矫健的身手，今天说不定都在国家队了，哼。

可等到她站在那个从底下看去明明坡度很低缓的新手雪道时，脚才开始发软，心道算了，国家队是去不了了。

明明刚才看着还觉得一点也不刺激，怎么爬上来一看，这就成珠穆朗玛峰了！

乔野站在她身旁："怕了？"

"笑话，我会怕？"徐晚星嘴硬地把头一抬，"让我给你表演一下什么叫作极具天赋的完美选手。"

她俯身欲滑，心道"伸头一刀，缩头也是一刀"，上都上来了，不滑下去岂不惹人笑话。

胳膊却忽然被拉住。

"双腿分开一点，八字形朝外。"

嗯？她迷惑地照做。

“身体不要前倾太厉害，不然会重心不稳，像于胖子一样往前栽。”

“哦。”

“双手别这么僵硬，灵活一点，你拿的是雪杖，不是拐杖。”

“……你好好讲话！”她恼羞成怒，照单全收，最后以标准姿势立在雪道起点，“现在没哪不对了吧？”

“最后一点。”他伸手，指尖抬了抬她的下巴，四目相对时，如愿看见她一阵紧张，低笑一声，“徐晚星，表情别这么视死如归，你是在滑雪，不是在跳崖。”

徐晚星：“……”

你才在跳崖，你全家都在跳崖啊啊啊！

可等到她在坡道的后半段重心失衡，一头扎进柔软雪地里时，有人极速而来，姿态利落的一个急刹，停在她身旁。

“有没有受伤？”

他的声音有些紧绷。

“有。”徐晚星万念俱灰地转过身来，躺在雪地里望着他，“自尊心受伤了。”

乔野松口气，目光淡淡地居高临下俯视她：“还不起来，耍赖？”

徐晚星：“让我冷静会儿，一世英名毁于一旦，伤口需要时间愈合。”

他低低地笑出了声，把手递给她。

那只手就在眼前，安稳好看，仿佛救世主的手，在发光。

徐晚星逆光看着他，只觉得他轮廓的每一寸都像是穿旧的毛衣，朦胧柔软的毛边，模糊不清的界限。

他蹲下身来，催促她：“地上湿冷，不想生病就快起来。”

拉住她的胳膊，扶住她的肩，明明他也没有多壮实，偏偏性别优势作怪，他轻而易举像拎小鸡似的把她拉了起来。

徐晚星哀伤地摸摸心口，这心跳速度，真是跳崖了。

回到民宿已是下午六点。

冬日里的天黑得早，在缆车里看了场日落，光一寸一寸暗下去，像是蜡烛燃尽，最后晃动一下，倏忽而灭。

远山白茫茫一片，与鸦青色夜幕完美相融。

众人说笑打闹着回到民宿，一旁的烧烤店已经开始营业。

春鸣前去交涉，最后带着于胖子和大刘端了几篮子食材来，借了只炉子，老板还替他们烧好了炭火。

万事俱备，只欠大厨。

大家撸袖子就是干，没吃过猪肉也见过猪跑，烧烤铺子里是怎么烤的就怎么动手，反正光看架势，个个都是大厨。

西岭雪山只有两个旺季，夏天避暑，冬日观雪。

如今正值一年里最热闹的时候，烧烤店的生意也很火爆。纵然如此，老板娘也热心肠地时不时前来指点一番。

最后烧烤入口，味道如何已然不重要。

徐晚星和春鸣一同从旁边的小超市里搬来一箱饮料，其中还有 RIO 一类的，万小福涨红了脸，连连摆手说："这样不行。"

春鸣斜眼："怎么不行？"

"未成年人不能喝酒。"

"这不是酒。"于胖子挤眉弄眼，"这是饮料！"

"啪嗒"一声，不待他把话说完，万小福已经开了一罐饮料，站起来，声音洪亮："各位，我先干为敬。"

众人笑成一团。

徐晚星侧眼看去，乔野拎了罐饮料坐在那，也在笑，眼里有红彤彤的火光。

少年们纷纷开罐，大叫着干杯，大叫着高三别来，大叫着今夜万岁。

昏沉夜幕中有圆月一轮，地上的火光明亮鲜艳，每一张面容都灿烂，每一寸光阴都闪耀。

热闹过后，累了一天，众人纷纷回屋睡觉。

夜里温度比白日又低了不少，离开火堆就觉得冷。徐晚星把空调打开，然后进浴室洗了个热气腾腾的澡，出来时发现温度并没有升上去。

怎么回事？

她拿起遥控器又看了看，的确是制热没错，抬头，空调也确实在上下摆风。

她只穿了件小熊卫衣和运动裤，湿漉漉的头发披在肩上，刚洗出的一身热气立马就被扑灭。最后她只能咬牙搬来椅子，爬上去检查空调出风口。

……冷风。

徐晚星站在椅子上，一阵头疼。

“笃笃——”有人敲窗。

她低头一看，就看见窗帘拉了一半的落地窗外，乔野站在那里，破天荒仰头才能与她对视。

“怎么了？”隔着厚重玻璃窗，他的声音听不真切，模模糊糊的。

她跳下椅子，指指头顶的机器：“空调坏了，尽吹冷风。”

乔野绕了一圈，很快敲开了门。

“怎么回事？”

“不知道啊，遥控器也调得好好的，就是不出热风。”

乔野接过遥控，摆弄片刻：“应该是主机坏了。”

“算了，不用了。”徐晚星被冷风吹得瑟瑟发抖，干脆把电源拔了，想起什么，又回头问他，“这么晚了，你上哪去？”

乔野顿了顿，说：“超市。”

她立马了悟，斜眼看着他：“买酒？”

“买水。”

“鬼才信。”

乔野笑了：“披头散发，还被风吹得乱七八糟……照照镜子吧，徐晚星，你现在这样子，跟鬼也差不了多少。”

徐晚星翻个白眼，把他推了出去，关门：“慢走不送。”

瑟缩着钻进被窝里时，她还在嘀咕：“我才不相信呢。”

脚步声停留片刻，还是远去了。

她凄凄惨惨地窝在冷冰冰的被窝里，打了个喷嚏，心道他还真狠心，也不多问两句，就这么走了，一点没有前后桌情谊。

没想到的是，前后大概也不过十分钟，乔野去而复返。

徐晚星开门，看见他拎着一只塑料袋站在门口。

“你买了一口袋酒？”她不可置信地盯着那只满满当当的塑料袋。

“我说了是水，”他眉头一皱，看了眼她略微发白的嘴唇，“进屋去，上床焐着。”

他似乎没把自己当外人，转身把门关上，又把袋子拎到了桌上。

“问过前台了，这个时节房间紧俏，说是都满房了，没办法给你换房间。时间太晚，这种地方也找不到师傅连夜维修空调，只能将就一晚。”

徐晚星这是单间，总不能他和她换房间，难不成让她和万小福一起住隔壁？床太小，也不能他和万小福来挤一张单人床。

乔野从袋子里拿出一整包暖宝宝，扔给她：“先贴上，不够我再去买。”

徐晚星低头看着手里五十张一包的暖宝宝：“……够了，从头贴到脚都够了。”

他又从桌上拿过热水壶，进浴室接了一整壶，出来插电烧水。

“我听说酒店民宿的热水壶都不卫生，最好不用。”徐晚星好心提醒。

“谁说是烧水给你喝了？”

他头也不回，从塑料袋里拿出两只热水袋，最传统、最老式的那一种，颜色是土气的红，必须灌热水，凉了再换。

“旁边的小超市物资有限，没有充电热水袋，只能将就一下。”

徐晚星一愣，这才明白他在这十分钟里都做了些什么。问前台，去超市，买暖宝宝，又带了两只热水袋。

她从被窝里钻出来：“我来吧——”

“上去躺着，别让我看见你人不人鬼不鬼的样子。”

他回头给了她一记平日里补课时的威严眼神，她只好灰溜溜地又回到被窝里。十来分钟的时间里，她的努力也有一点成效，至少被窝不再冰得像冷冻库。

而眼前这位学霸，虽然刻薄话不断，但仍以足够的耐心烧好热水，灌好了一只热水袋，递给床上的她：“先抱着。”

徐晚星接过，张了张嘴，说了句谢谢。

乔野问她："暖宝宝贴了吗？"

"还没。"

"贴毛衣外面，别太贴身，免得烫伤。"他又回到桌前，拿了热水壶重新接水、插上电，准备灌第二只热水袋，"你贴你的，放心，我不回头。"

一阵窸窸窣窣的动静后，徐晚星说："贴好了。"

咕噜咕噜的沸水在拼命冒泡，他嗯了一声，关掉电源，灌好了手里的热水袋，回头递给她："这只放脚边。"

"……"

"暖和点没？"

"好多了。"寒意被怀里和脚边的热水袋驱散，徐晚星抬眼看他，啧了一声，"你这么善良又热心肠的样子还真少见。"

"要不是见你快冻死了，我怕明早见报，落个见死不救的坏名声，也不想这么麻烦。"

"那还真是难为你了。"

"放心，没有下次。"

徐晚星撇嘴，想了想，没忍住又问："那换个人呢？随便来个阿猫阿狗，都这么不怕麻烦、助人为乐吗？"

乔野抬眼："换个人，换谁？"

"不知道，比如傅意雪？"她"哪壶不开提哪壶"。

"……"

乔野看着她，站在床边轻哂一声："徐晚星，你以什么立场来问的这个问题？"

"就，就随便问问啊，不爱回答就算了。"她移开视线，飘忽不定地看着窗外，心跳怦怦怦的，像是高速公路上一阵乱窜的小鹿，随时有被撞死的风险。

乔野淡淡道："不负责任的问题我不回答。"

她一顿，下意识问他："那你要我怎么负责？"

屋内陷入了短暂的沉默。

头顶是昏黄的灯光，榻榻米单人床上，她披散着头发抱着腿，把自己裹得像只粽子，怀里还捧着那只滚烫的热水袋，脚边躺着另一只。

她偷偷抬眼觑他，察觉到他立在窗边，被拉长的身影温柔地罩在她身上。

窗外是一地月光，远方有逶迤雪山，寂静深夜里，山顶大概在落雪，外间只有凛冽的风声。

他的影子把她罩得严严实实，俨然一个不着痕迹的拥抱。

良久的沉默后，乔野低头看着她，说："怎么负责，你自己想。"

徐晚星晕头转向："我还什么都没做，怎么就要负责了？"

"那你想做什么？"他从容不迫地反问。

徐晚星忽然觉得口干舌燥。

这对话没头没尾，毫无方向。不管和谁相处，明明一直以来说了算的都是她，今日却好像老司机翻车，方向盘突然失灵，再也不由她控制。

"我想做什么？我想喝水——"她没话找话说，忽然觉得有点热，从被子里钻了出来，趿着拖鞋去倒水，好在他灌了热水袋后，水壶里还剩了一点。

"不是说不卫生吗？"

"口渴的时候谁管那么多。"她倒好一杯水，按捺住乱跳的心，凑到嘴边。

就喝了那么一口，一只指节分明的漂亮的手从天而降，端走了她的水杯。

"欸——"

不待她抬头问出口，那个强盗就低头喝了她的水。

"干吗啊你，水也要抢？"徐晚星匪夷所思地望着他。

"你很渴吗？"乔野问。

"废话，不渴喝什么水？"

"那给你喝——"

他一边说，一边又把杯子还给她，徐晚星气得翻白眼，连声说着"我不喝，拿走拿走"。可他却在她的抗议声里，强行把杯子塞进她手中，就一个字："喝。"

徐晚星瞪大了双眼，只看见他不容置疑的面容和睫毛投在眼睑处那片温柔的阴影。

从前没有经历过这些，卫冬的闹腾，万小福的感激，异性有意又或是无心的靠近，对她而言都没有任何差别。她的人生被夜市的抄手、茶馆的麻将和偏科带来的苦恼占满，唯一能称王称霸的光辉时刻，大抵就是一次一次出手，替她的麻将小分队挺身而出时。

可那些时候，心跳没有这样快过。

不会呼吸不畅，不会一阵眩晕，仿佛烟花炸开，耳边是巨大的轰鸣声，脑子里轰的一下，丧失所有思考能力。

仅剩下的，是一阵不知所措的欢喜。

她有些慌张，这神情落在乔野眼中，他原本想说的话也渐渐平息下来，最后才问："徐晚星，你有什么想法？"

"什，什么想法？"她一怔。

"想考哪所大学。想去哪个城市。将来想做什么。想过什么样的生活。"

两人并肩坐着，说了些琐碎又不切实际的幻想。

窗帘大开着，落地窗外是一片寂寞的夜空。雪山浮在夜幕之中，安静又美丽，月亮消失后，星星的影子逐渐浮现出来。

两人并肩坐在一起，慌乱过后，空气似乎都变得黏稠起来。

徐晚星仰头看天，好半天才说："北斗七星。"

"知道是哪七星吗？"

"大熊座的天枢、天璇、天玑、天权，还有——"她陷入沉思。

"还有玉衡，开阳和摇光。"

"就你聪明。"她翻了个白眼。

他也不计较，又问："为什么叫北斗七星？"

"因为七颗星星连起来，形状像古代舀酒的斗。"徐晚星斜眼看他，"接下来，是不是要考我为什么现在斗柄朝北了？"

"洗耳恭听。"

"在不同的季节和时间，它们出现在夜空不同的方位。古人就根据斗柄指示的位置来决定季节，斗柄指向东边是春天，南边是夏天，西边是秋天，现在是北边，所以是冬天。”

她神气地瞥他一眼：“我答对了吗，乔老师？”

那种自负的小眼神，看得人情不自禁笑出声。

乔野：“别这么看我，也别叫我乔老师。”

“为什么？”

“禁忌感使人犯罪。”

徐晚星一噎：“犯什么罪？”

“你觉得呢？”

徐晚星面无表情地拿起手机警告他：“十秒内你要是还没离开我的房间，我就报警了。”

他低声笑着站起身，重新端起热水壶，进浴室又接了一壶水出来，插上电：“热水袋该换水了，换好我就走。”

从一室寂静等到水壶里咕嘟作响，其实前后也不过几分钟时间。他烧了两次水，重新灌满了两只热水袋，其间就让她窝在被窝里等着。

窗外星星在偷看，屋内的徐晚星也看着那个挺拔清瘦的背影。

此刻宁静悠远。

合上门离开前，他替她关了灯。

“晚安，徐晚星。”

她屏息蜷缩在被窝里，定定地看着门口的人，半晌，在他合门离去后，才喃喃道：“晚安，乔野。”

所以现在算什么呢？

徐晚星翻来覆去，昏昏沉沉却又难以入睡。可什么也没说，似乎更好。卡在高二的节骨眼上，真要谈点什么出来，她是惶恐的。

那些离她太远了，从前没想过，今后的一年也最好不要想。

偏科、打架和麻将已经是她的顽疾沉疴，再添个有的没的上去，让老徐和师爷知道，她大概无望见到明天的太阳了。

她抱着那只热水袋，脚边躺着另一只，浑身上下都暖融融的。

徐晚星把它凑到胸口，抱紧了，嘴角一弯，闭上了眼。

隔天是个艳阳天。

徐晚星辗转反侧到半夜，好不容易才睡着，理所当然睡过了头。

于胖子在外面哐哐敲门：“起床了没啊，徐晚星？出来吃早饭了！”

徐晚星这才从睡梦中惊醒，一惊，拿起手机看时间，才发现自己迷迷糊糊把闹钟掐掉，又睡了过去。

“马上起，马上起！”

她鸡飞狗跳地下床，窸窸窣窣地穿好衣服，飞速洗漱，扎好马尾就往外跑。

民宿的餐厅提供简单的早饭，每人一只限量鸡蛋，粥、馒头和牛奶可以自取。

众人都在大圆桌前坐好了，吃得七七八八，就她一个来晚了。

她风风火火跑进餐厅时，视线第一秒落在了乔野身上。他穿了身简单的运动服，外面套了件浅灰色棉服，看上去清爽又好看。

第二秒，她迅速移开视线，因为心虚。

于胖子：“哟，还挺快。我以为你们女孩子梳妆打扮什么的，都要半个小时以上。你这十分钟就全搞定了，厉害啊。”

大刘补充：“咱哥不算女孩子的，对她来说没有梳妆打扮这种刚需。”

徐晚星在乔野身旁落座——因为别的座位都坐满了，不知是他有意无意，仅留下了身旁的这一个。

她一边随手塞了只馒头在于胖子嘴里，说：“馒头都堵不住你的嘴，嘴可真大。”

一边又问：“咦，你们谁给我弄了这么多吃的？好人一生平安。”

自助早餐一向是早到早得，来晚了，食物所剩无几。而她的盘子里各式食物都盛了一点，鸡蛋竟然有两只。

春鸣慢条斯理地撕着手里的馒头，优雅道：“还能有谁，心细如发的学霸这不是怕你来迟了，吃不上好东西吗。”

说完，他给了徐晚星一个意味深长的眼神。

徐晚星正啃鸡蛋呢，立马就噎到了，刚咳嗽了一声，身边的人就递来一杯水。在春鸣更加热烈的眼神里，她接也不是，不接也不是，最后选择默默端过来一饮而尽。

干了这杯忘情水。

于胖子的嘴仍然没被堵住，一路往景区进发时，还在纠结刚才的问题——

“哎，不是我说，作为好兄弟，我是真的替徐晚星担心。一点也没有女人味，将来可怎么找对象啊？”

春鸣老神在在：“你就别替她瞎操心了，每个人审美不同，说不定有的人就好这一口呢？”

说完，他还回头亲切地 cue 了下乔野：“我说的有道理吧，学霸？”

然后又点万小福的名：“班长，哦？”

不等被点名的朋友们给出应答，于胖子就嚷嚷起来：“开什么玩笑，审美不同不代表瞎啊。看看我们哥，一身男子气概，打起架来力拔山兮气盖世，谁瞎了喜欢这样的妹子？”

徐晚星恼羞成怒，一把揪住他的衣领：“有胆再说一次？！”

于胖子：“呜呜呜，我刚说什么来着？你们看，这男子气概爆棚了啊。学霸救我！”

走在乔野和徐晚星中间的于胖子，非常诚恳地向乔野寻求帮助。

乔野看了眼徐晚星，遗憾地对于胖子表示：“打不过她，爱莫能助。”

于胖子被爆捶一顿后，愤愤地控诉乔野：“你见死不救！”

安慰他的是春鸣，走上前来，拍拍他的肩：“算了，人家不是见死不救，人家是视力不好，看不见。”

于胖子一愣：“怎么就看不见了？他视力不好？看不见为什么不戴眼镜？”

乔野看了眼春鸣，眼底隐有笑意。有的事只有聪明人才看得清。

第三章

你负责发光

雪山之行总体还是很愉快的，看到了美景，还全副武装、英姿飒爽地滑了雪——如果忽略掉大家摔成狗啃屎的无数个瞬间的话。

回程时，一行人依然在游客中心排队等大巴。

这一次上车时，乔野当仁不让坐在了徐晚星身旁，落座时，两人视线相对，谁也没吭声。

春鸣不紧不慢经过这一排时，似笑非笑地凑过来：“在学校当前后桌还不够，出来也要当连体婴，啧。”

身后，根正苗红的班长万小福一本正经地拍拍他，进行素质教育：“思想别这么龌龊，乔野晕车，只能坐前面啦。”

春鸣从善如流：“晕得好，晕得好。”

徐晚星掏掏耳朵，假装没听见。反正说的不是她，让乔野自己去应付。

司机催促着：“都坐好啊，系好安全带，山路不好走，一会儿急转弯当心磕着碰着。”

来时是早晨，去时是午后。

大概是她样子比较疲倦，乔野从背包里拿了瓶能量饮料给她。

徐晚星一顿：“什么时候买的？”

“早上。去餐厅之前。”

那不就是她还没起床的时候？他怎么知道她会精神不好？

徐晚星茫然：“你未卜先知？”

乔野：“猜到了。鉴于昨晚的事——”语气带了点笑意，后续矜持地选择不点明，反正大家心照不宣。

徐晚星侧头看他，哼了一声：“你倒是睡得好，也没看见什么黑眼圈。”

他点头：“心情愉快有利于睡眠。”

她一噎，嘀嘀咕咕，所以翻来覆去睡不着的只有她，真是不公平，凭什么他能这么精神？

“因为醒来才能有这一刻。”他云淡风轻替她解惑。

这一刻，哪一刻？

然后徐晚星就闭嘴了。

出人意料的是，车行一半，于胖子从后排跑了过来。

“学霸，帮帮忙，我晕得不行了，换个座，换个座！”

他在车上玩手机，没想到山路颠簸，没一会儿就晕得他脸色发白。这会儿他一脸虚弱地扶着椅背，诚诚恳恳地看着乔野。

“班长说你也晕车，但我看你这会儿好像状态挺好，要不先让我坐坐前面吧？”

乔野：“……”

很好，一报还一报。

他沉默起身，走向后排，回头时，看见徐晚星在偷笑。

于胖子缓了大概有十来分钟，嘴碎如他，这十来分钟里安静如鸡，一个字都没说，只虚弱地西子捧心，小脸煞白地坐在那。

徐晚星享受了难得的安静时光，在他缓过劲来后，休假宣告结束。

于胖子用胳膊肘碰碰她，百无聊赖：“旅途漫漫，哥，来聊聊天。”

“你不是晕车吗？”

“这会儿不晕了啊。”

“那你滚到后面去坐，换个人来挨着我。”

“嘿，我有这么讨人嫌吗？”

“话太多。”

“可我在后面坐着，看你和学霸不也聊得挺嗨吗？怎么，你还区别对待啊？”

“……”徐晚星无语凝噎，有气无力地说，“您请讲。”

于胖子的话匣子一打开，就没完没了的。话题从餐厅的饭菜延伸到滑雪摔得屁股疼，然后山路十八弯地鬼扯到了期末考试成绩，最后发展到隔壁班的谁和谁。

徐晚星现在听到这些八卦就惊慌。

偏偏于胖子“哪壶不开提哪壶”：“哎哎，哥，你说现在的女生都喜欢哪种男生啊？”

“我怎么知道？你不是说我压根不算女生？”

“说说而已，你还跟我较真了。”于胖子双手作揖，“小的给您赔不是啦。来，您说说，您中意的男生该是什么样？”

什么样？

徐晚星沉思片刻，认认真真地投入谈话。

“个子要高，毕竟我这么矮，得好好改善改善下一代的基因。”

“多高算高？大刘那样的，一米七八？”

“再高一点吧。”她心不在焉地回忆片刻开学时看见的那摞资料，“一米八三比较好。”

于胖子死鱼眼：“还能精确到小数点后两位？？？你是不是太精致了点？！”

徐晚星急速转移话题：“成绩要好，毕竟我这种学渣，万一将来没什么出息，得靠他赚钱养家。”

于胖子点头：“考虑得很对。成绩好的话——万小福那样的就很好。”

她下意识地反驳：“班长成绩是很好，但是太全面了，理科其实不够拔尖，还没我厉害……”

“你要求还挺高啊，全面都不行，还得理科拔尖。”于胖子啧了一声，“你是要找个钱学森还是爱因斯坦啊？然后呢，还有什么要求？”

“话不能太多，像你这样的，绝对拉黑。”

男孩子就要有男孩子的样，沉稳内敛一点，内秀才讨喜。

“对别人不能太热情，不能当“中央空调”，尤其当别的女生示好时，就应该保持距离，最好视而不见，眼里只有我。”

比如傅意雪。他从多媒体教室走出来，目不斜视地走掉，这一幕到现在还能令她暗爽。

“只对我好，还得好得比较低调，不能浮夸。浮夸就低俗了。”

比如买好告白蛋糕和咖啡，也不会当众送出，只低调地选择晚自习递给她。

不过话又说回来，那到底是生日蛋糕还是告白蛋糕？！徐晚星陷入沉思。

直到某一刻，于胖子经过思索，一脸疑惑地说："你说的人，和乔野好像啊——"

徐晚星回过神来，一惊。

她刚才都说了些什么？

她惊慌失措地看着于胖子，还以为他看出了什么，结果后者笃定地一锤定音："不过你放心，没人会误会你喜欢他。你们俩根本不可能嘛！"

于是徐晚星的惊慌戛然而止，被不服气所取代——

"为什么不可能？"

"因为完全不配啊。"

"……哪里不配了？"

于胖子奇怪地看她一眼，似乎不太懂这个问题有什么刨根究底的必要。

"哪里都不配啊。你俩一个清心寡欲高岭学霸，一个粗鲁野蛮霸王花，从头到脚没有哪一点是配的——"

"你才是霸王花。"徐晚星面无表情地终结对话，"你全家都是霸王花！"

上学时的每一天，时间都像是乌龟在爬，距离假期总是遥遥无期。

放假后的每一天，时间都像龙卷风，一眨眼就"灰飞烟灭"。

徐晚星也觉得自己不过是眨了眨眼，雪山之行就结束了，乔野也要回北京过年。

隔日和麻将小分队厮混在一起时，她连麻将都打得心不在焉，让于胖子和了好几把清一色。

于胖子何时在她手下尝到过这种甜头？笑得眼睛都眯成了一条缝，还以为是自己的巅峰期来临："我时来运转，今晚谁都别走，咱们决战到天亮！"

大刘也是迟钝星人，完全意识不到徐晚星的心思飘忽不定。

春鸣看看这两个，摇摇头，善解人意的永远只有他一个。他侧头不经意道："对了，学霸不是要回北京过年了吗？要不，咱们攒个局，权当给他践行？"

徐晚星眼都不抬，把手里的一张三万打了出来："攒什么局啊，人家明天就走。”

啧，听听这语气。您也有今天啊。

春鸣笑了:“那择日不如撞日，现在把他叫过来呗，打个麻将，吃个夜宵，也算全了你——和我们的一片心意。”

说话大转弯，转得他脸不红气不喘的，倒是徐晚星面上一烫，瞪他一眼。

“要叫你自己叫。”

于是春鸣打了一通电话，重点讲明：“这事跟徐晚星没关系啊，她反复强调了，主要是我、大刘和于胖子的一点心意，跟她半点关系也没有。”

徐晚星只差当场昏死过去，回过神来时，要不是于胖子和大刘拦着，她一准把麻将塞进春鸣嘴里。

可最后她还是没忍住，佯装漫不经心地问了句：“他来吗？”

春鸣斜眼看她：“一片心意，哪能不来？”

“哦，碰。”她冷漠脸，拾起自己要的牌，打出下一张时，嘴角出现了一点可疑的弧度。

这是徐晚星答应老徐可以狂欢的最后一晚，明天开始，她就要回归夜市，白天学习，晚上帮父亲守摊子。

现在看来，句号大概会很完美。

尽管不会打麻将，乔野还是来了。

他停在街对面，抬眼看了看，兴旺茶馆，耳熟能详的地方。尽管他对打麻将这种事情没有半点兴趣，甚至因为母亲的缘故，巴不得远离，今天却还是来了。

低头笑笑，他推门走了进去。

权当是舍命陪君子。

来都来了，大家才发现乔野并不会打麻将，大眼瞪小眼。

春鸣站起来，把位置让给他：“你坐，我来教你。”

徐晚星瞥他一眼：“就你这牌技——”

嘴角一勾，春鸣一屁股坐了回去:“行行行，那您来，有您这样的大家在，是我多虑了啊。来来来，让野哥做您的位置，您老人家亲自指点。”

徐晚星一顿，侧头看乔野，乔野扶着她的椅背，含笑盯着她：“怎么，不愿意？”

“本来是不愿意的，但你人都来了——”她一边嘀咕，一边站起身来，把位置让给了他。

麻将这东西其实不难，难的不过是熟能生巧的过程。对于心算能力出色的人来说，上手其实很快。但大多数新手并不算牌，毕竟不熟悉，能反应过来自己的牌面都不错了。

可乔野是谁。

他的心算速度绝对不输给徐晚星，而论心思缜密，徐晚星甚至不如他。

说好决战到天亮，她也不过教了他半个小时，剩下的时间就没有太多可说，唯独在他出牌时，偶尔出声指点一下。

又是半个钟头过去，她连指点都不用了，他已然上手。

“杠。”

“清对。”

“这个叫什么？暗七对？”

“这个呢，龙对？”

于胖子和大刘起初还高兴呢，徐晚星这个老手让位了，取而代之的是个刚学会打麻将的新手。他俩精神大振，难道翻身之日就在今夜？

直到把前半夜从心不在焉的徐晚星那里赢来的钱输光后，于胖子开始哀号了：“哥，你不是不会玩吗？你刚才是在演戏吧？！”

回头一看，大刘特别安静。他不解地伸胳膊肘碰碰大刘，“干吗啊你，怎么不跟我一起声讨影帝？我以为他只是成绩好，没想到演技更好。是我天真了，还真以为他不会——喂，你怎么都不生气啊？”

大刘面无表情：“我已经输麻木了。”

春鸣扑哧一声笑出来，侧头看看乔野，给了一个“谢谢大哥手下留情”的眼神。

乔野与他对视一眼，微微一笑，表示他是自己人，不必客气。

离开茶馆时，已是深夜。

两人站在清花巷的巷口，与另外三人分别。

春鸣懒洋洋地挥挥手：“一路顺风啊学霸，早点回来。”瞄一眼徐晚星，他似笑非笑，“毕竟一日不见……”

大刘和于胖子仍旧迟钝着，一个提前祝乔野春节快乐，一个让他早点回来，下次再战麻将。

少年们转身离去，热闹归于岑寂。

走在安静的小巷里，脚下是青石板，头顶有白月光。

徐晚星说：“是不是发现麻将其实也挺有意思的？”

“如果不用于赌博的话。”

“小赌怡情，大赌伤身。你放心，我都是娱乐娱乐。”她说得自然，片刻后才回过神来，她干吗要叫他放心？他放不放心明明跟她半毛钱关系也没有。

“徐晚星。”

“啊？”

“能答应我一件事吗。”

“……什么事？”她有些紧张。

好在乔野没有说什么让人为难的话，只说：“高三有更重要的事要忙，接下来的时间，先放一放麻将，能做到吗？”

她一顿，别开眼：“能啊，这有什么难的？就算你不说，我爸和师爷也会第一个站出来不让我碰麻将。”

忽然想到什么，她又抬头看他。

“那礼尚往来，你是不是也该答应我一件事？”

“好。”他唇角带笑，点头说，“我答应。”

“……好什么好，我还没说是什么事呢，你答应什么啊！”

他侧头看着她：“不打游戏，对吗？”

“……”

对。

徐晚星暗骂一句，这家伙成精了吧，真的会读心术不成？她想什么他都知道，真叫人气馁。

他们站在她家门口，卷帘门虚掩着，留了条缝。屋内黑灯瞎火，先回家的老父亲已经睡着了。

这就该分别了。

他回北京，她继续留在蓉城，两人各自过各自的春节，来年再见。

徐晚星抬头看着他，忽然一阵没来由的惆怅。她飞快地思索着，如何能将此刻拉长。

再长一点就好了。

最好黎明不要来，清花巷没有尽头，时间定格此刻。

“你困吗？”绞尽脑汁想了好一会儿，她没头没尾地问。

“不困。”

“那，上去坐坐？”她指指二楼的棚户。

乔野看她片刻，笑了：“好。”

这是他第二次踏进她的“书房”，老样子，却是截然不同的心情。

书房的摆设和上次来一模一样，没有改变过，陈旧简单，但干净清爽，带着徐晚星的个人特色。

她忙忙碌碌地拨弄收音机时，乔野从背包里拿了张CD出来，走到她身后：“放这个。”

“欸？”

她一顿，接过CD一看，竟然是Coldplay现场合集。英文封面，显然是进口原版的。

“哪来的？”

“南锣鼓巷有家卖原版唱片的老店，店主常年从世界各地背些CD回来。我托从前的老同学帮我去看了眼，刚好找到了这套。”

“……”

她一顿，低头拆开盒子，拿了第一张放进去，和他并排在厚厚的老地毯上。

“你一直带在身上？”

“也没有，原本就想好了今晚给你，恰好春鸣打电话说你们在打麻将。”

“所以不是来打麻将的，是来送 CD 的？”

“可以这么说。”

她低声笑了，翻来覆去摩挲着那盒 CD：“谢谢啊，乔野。”

“这是满意的意思吗？”

“不是。”她抬眼，笑成一朵货真价实的霸王花，“是超级无敌满意的意思。”

他淡淡点头，不经意似的追问：“只是对 CD ？”

徐晚星心跳一滞。

他似笑非笑地盯着她，片刻后，那只倔强的后脑勺仍旧吝啬于给他一个正脸，但声音倒是低低地飘了过来。

“Both。”

倒是乔野一顿：“什么？”

他难得有这样迟钝的时候，没有反应过来她在回答什么。徐晚星好不容易鼓起勇气说出这句，结果他居然这种反应。

她气急败坏地回过头来：“好话不说第二遍！”

看她这样的表情，乔野稍一思索，就会意了。

他低头看着矮个子少女，哪怕并肩坐着，她也矮他好长一截。她生着闷气，满脸通红地坐在那里，像是一只气鼓鼓的大苹果。

“徐晚星。”

“……”

“徐晚星啊。”

“别叫我。”

他失笑，伸手揉揉她的头发：“我很高兴。”

她一顿：“高兴什么？”

“高兴你满意这个礼物——”头顶传来他低沉悦耳的声音，“和我。”

多功能收音机里仍有歌声流淌，此刻恰好放到那首耳熟能详的《Yellow》。

谁也没有开口说话，只倚在墙壁上听着歌。地上是毛茸茸的地毯，窗帘被风吹起，像是海上的风帆。

徐晚星跟着低声哼，直到播放至某一句歌词，她戛然而止，停止哼唱。

身旁的人却侧头看过来，目光明亮。

You know I love you so.

离开蓉城那日，天气晴朗，云朵像巨大的棉花糖，飘浮在湛蓝的冬日晴空上。

乔野与父母一同拎着大包小包，抵达机场。

和父亲一同排在队列里等待打印登机牌、托运行李时，他收到徐晚星的信息——

“八点钟方向，全家便利店，速来。”

他一顿，抬头说：“爸，我去买两瓶水。”

“去吧，这有我就行。”乔慕成点头。

乔野在便利店的角落里找到了徐晚星。

她全副武装，穿着黑色棉衣，还戴了顶棒球帽，鬼鬼祟祟躲在角落里，像是做贼。

“你爸妈没发现吧？”

“没有。”乔野上下看看她，好笑，“穿成这个样子，就为了躲他们？”

“废话。你妈妈很不待见我的样子，上次在巷口碰见她，我说了声‘阿姨好’，她超级冷漠地回答了一句：哦，是小徐啊。那语气简直就像在说：你给我识趣一点躲远些。”

她振振有词，递了瓶酸奶给他，还探头探脑往外看。

乔野看着那瓶酸奶：“这是——”

“饯行礼啊。”她理直气壮地说，仿佛丝毫没觉得饯行礼是酸奶有什么问题，“一路顺风，早点回来。”

“这礼是不是太轻了点？”

“过分了啊。有礼收都不错了，没见我冒着生命危险来送你？”她白他一眼，又问了句，“那你想要什么？”

想要什么。

他笑笑，接过那瓶酸奶，放在一旁的架子上，然后把手递给她。

徐晚星心跳忽然快了几拍，咳，这是要——

她左看右看，确定这是无人角落，借着货架遮掩，没有人会看见。这才咬咬牙，把心一横，伸出手来。

顺便强调，这是在践行，称为握手更合适。

只是轻轻触碰了那么一下，稍纵即逝，像蜻蜓点水。

乔野的声音就在头顶，低沉又柔软。

“等我回来。”

这个春节徐晚星过得很充实。

答应过乔野不再打麻将了，就真的老老实实再也没踏入过兴旺茶馆。白日里她埋头做题，苦记单词，夜里随老徐去夜市摆摊，忙忙碌碌。

放松休息时，也并没有闲着，而是捧着那本《暗淡蓝点》，对照着字典认认真真地看下去。

唯一的变化大概是走神的时间多了起来。

循环听着 Coldplay 的歌，一不小心就会神游天外，于是笔不动了，于是大脑停止思考了，于是整个人神神道道地趴在桌上，一边撸猫，一边露出傻子一样的笑。

也会偷偷搞点小动作，比如和乔野发信息。

学霸的开场白总是很学霸——

“今天背单词了吗。”

“背了五十个。”

“这才八点半就背了五十个，有没有兴趣再来五十个？”

“并没有。”

然后才会慢条斯理地进展到——

“今天我回母校去看望老师了，校门口卖煎饼的老伯还认识我，说我是当年最闪光的小少年。”

“老伯不看漂亮小姑娘，看什么闪光小少年啊？”

“可能是因为闪光小少年身后总是围了一大群漂亮小姑娘，想看不见都难。”

徐晚星咬咬牙：“从小就招蜂引蝶，真过分。”

没一会儿，得到回复：“放心。尽管外界狂风大浪，我一直安分守己、岿然不动。”

她又面红耳赤、骂骂咧咧地把手机拍在一旁。

半分钟后，操着兄弟情的徐晚星又重新拿起手机，义正词严地说：“今后也请你继续发扬这种作风！”

然后亡羊补牢般再补一句：“虽然跟我是没什么关系啦，但为了你的天文梦，高三当然要心无旁骛地冲刺一波，继续安分守己。”

她并不知道乔野在那边笑出了声。

就如同乔野也不知道，其实她早已看穿他关于学习的日常问候，不过是个无聊的开头，只为引出后文的琐碎日常。

只是那些日常有关彼此，尽管琐碎平常，也仿佛闪着光。

临近年关时，老徐生了场病。

他去夜市摆摊这件事，一年四季、风雨无阻，除却除夕夜，从未缺席过。

徐晚星和辛意约好了一起购置小姑娘的年货，从超市拎着大包小包归来时，天色已晚。她打算回家把东西放下，就去夜市帮忙。

踏进玄关，打开灯，却忽然发现沙发上躺着个人，徐晚星吓一大跳。

“爸？”

把塑料袋放在桌上，徐晚星走到沙发边上，看见老徐迷迷糊糊地醒了过来：“回来了？”

“你怎么没去摆摊啊？我以为你都走了呢。”

“几点了？”

徐晚星看了眼手机：“都七点半了。”

徐义生吓一跳，赶紧坐起来：“我就打个盹儿，怎么都七点半了？”

他起身时，扶了扶额头，身形不太稳。

徐晚星发觉不对，凑近了来看：“爸，你脸色怎么这么难看？”

“下午肚子疼，跑了好几趟厕所。”徐义生摆摆手，“不要紧。就是这几天没按时吃饭，有上顿没下顿的，今后准时就好了。”

年关将至，夜市的生意越发好。哪怕有徐晚星帮忙，徐义生也忙不过来，更何况他不允许徐晚星一直待在身边，总是赶她回家——

“都快高三的人了，别浪费时间，给我回家看书去！”

这些日子他没怎么吃好饭，忙起来时，直接忘了这一茬，只顾着做生意去了。

徐晚星看他脸色苍白，走路脚步都是虚浮的，一把拉住他：“今天就别去摆摊了，你这样子站都站不稳。”

徐义生兀自嘴硬，只说拉个肚子而已，用不着小题大做。

徐晚星急了，直接把他三轮车的钥匙没收了：“爸，这都快过年了，你也让我省点心成吗？你要是病倒了，让我怎么过这个年啊！”

看她真急了，徐义生才妥协。

“就这一晚。”

“前提是今晚你得好起来。”

徐晚星照顾了父亲一晚上，熬了一锅皮蛋瘦肉粥，又守在一旁端茶递水。

夜里，张姨来了一通电话，问徐义生今晚怎么没去摆摊，然后很快从茶馆赶来，手里还拎了一袋年货。

“哟，拼命三郎也有今天啊？”

徐义生有气无力地埋怨说：“我都说没什么事了，这丫头非不让我出门。”

张姨力挺徐晚星：“什么叫没事？你看看你这样子，像是没事？非得撅蹄子躺地上不能动了，才叫有事？”

徐义生：“撅蹄子？？？”

“我早就说你别这么拼命了，钱能赚完吗？瞧你那样子，命都不要了，成天熬夜不说，还有颗操不完的心。晚星现在也长大了，你纯属没事找事，咸吃萝卜淡操心。”

都是同辈，张姨数落起徐义生来，比徐晚星要名正言顺得多。

小姑娘在一旁笑眯眯地听着，只差没鼓掌叫好。

临走时，张姨指指桌上的那一大袋年货："这是我老顾客送的，峨眉山的老腊肉、自贡的冷吃兔，还有郫县豆瓣——"

再没好气地瞪一眼躺在床上的人。

"你就别逞强了，好好歇着吧你。爷俩好好过个年，不好吗？非得瞎折腾！"

瞎折腾的徐义生被数落得一塌糊涂，终于不敢再瞎折腾，再加上徐晚星虎视眈眈在一旁盯着，他老老实实在家休息了两天。

大年三十，爷俩一同去菜市买回一大堆好菜，大鱼大肉准备起来。

傍晚，热气腾腾的丰盛大餐摆上桌，电视里响起春晚的前奏，父女俩坐在沙发上整装以待。

常年在夜市摆摊，做的又是半夜的生意，两人鲜少有这样悠闲相聚的时候。

说不上来小品好看与否，总之父女俩一起哈哈大笑，对歌舞节目评头论足，说谁谁谁又胖了，谁谁谁又瘦了，哪个演员好看，哪个演员不够认真。

徐义生边吃边说："你张姨送的腊肉还挺香。"

徐晚星笑嘻嘻地凑过去："那你觉得张姨怎么样？"

"什么怎么样？"

"别装，你知道我什么意思。你俩男未婚女未嫁的，大家知根知底，要不要考虑一下——"

"什么男未婚女未嫁啊，你张姨是结过婚的人！"

"那不是八百年前就离了吗？爸你是古代人吗，别告诉我你还嫌弃张姨结过婚啊。"

徐义生脸红脖子粗："少说胡话。我怎么可能嫌弃你张姨？是我——呸，小兔崽子知道什么，少在这装大人说话。大人的事你少插嘴！"

电视里热热闹闹，欢声笑语不断。

即便蓉城早有春节禁止烟花爆竹的规定，清花巷里也依然有鞭炮的声音。小孩子们嘻嘻哈哈，在巷子里乱窜。家家户户灯火通明，一派人间烟火气息。

徐晚星坐在沙发上，抬眼看着父亲两鬓的白发，心头一阵酸楚。

每年只有这一天，他们才能好好坐下来一起吃个年夜饭。转眼十七个这样的除夕过去了，她长大了，父亲却老了。

她低声说:“爸，我觉得张姨对你挺好的，考虑一下自己的终身大事吧。”

徐义生连脖子都红了，粗声粗气地说：“小兔崽子，再多说一句，我把你扔出去啊。”

“别啊爸，大过年的，让人看见你虐待儿童多不好啊。”她笑嘻嘻，半点没在怕。

徐义生赏了她一个栗暴：“还儿童呢，过完年都十八了，你是大龄儿童吗？”

“我永远是我爸的小姑娘，有问题吗？”插科打诨，徐晚星向来是一流的，理直气壮地抱住父亲的胳膊，蹭了蹭。

徐义生立马就笑了。

零点时分，徐晚星掐在了整点，给乔野发去一条消息——

“新的一年，祝乔同学顺遂平安，想要的一切都会来。”

不过几秒钟，手机响起，他的回复抵达。

乔野：“已经来了。”

第二条：“新年快乐，徐晚星。”

她定定地看着那简短的几个字，仿佛能看出一朵花来。

她用抱枕捂住脸，耳边是老徐纳闷的声音——

“发什么神经呢你，别把自己闷坏了。”

徐晚星大力捂住脸，埋头傻笑。

春节来了，春天还会远吗。

乔野回来那天，是个大晴天。

风尘仆仆抵达清花巷后，放下包，热水澡褪去一身疲倦。他换了身衣服，又拎起背包要出门。

孙映岚正准备去买菜，晚上做顿大餐吃个团圆饭，见状问他去哪里。

乔野含糊答："见见同学，问下开学事宜。"

她顿了顿，提醒说："早点回家吃饭。"

乔野一边应声，一边关了门。

乔慕成在看报纸，侧头发现妻子蹙着眉，笑话她："儿子都多大了，出个门都值得你操心？"

"不是，我是担心他去见徐家那小姑娘……"

"见就见吧，孩子大了，交什么朋友做什么事，都有自己的想法。随他去吧。"

"你是不知道那小姑娘——"孙映岚欲言又止，想起曾经答应过乔野不告诉他父亲，又叹口气，把话咽了回去。

气温还未回暖，但清花巷已有了春天的气息。二楼红砖房上，爬山虎抽出了新芽，苍翠如玉。

乔野看了眼虚掩的卷帘门，看见老徐一边哼歌，一边在厨房包抄手。想了想，他身手利落地爬上了木梯。

书房的门开着，小姑娘在书桌前看书，手里的《暗淡蓝点》已然接近尾声，她一边翻页，一边匆匆在笔记本上写着什么。脚下躺着一只懒洋洋的猫，姿态闲适地舔爪子。

笃笃两声，有人敲门。

她吓一跳，迅速扭头看来，一见之下，先是一愣，然后就笑起来。

"你还知道回来？"

近一个月不见，他好像又好看了一点。

头发修剪过，细碎的刘海像麦浪在风里微微起伏，眼眸里似有光。

你还知道回来——他品了品这个"还"字。

"怎么，很想我回来？"一本正经地说着话，乔野走到书桌旁，看一眼那本书，"所以睹物思人，效率惊人地看完了？"

徐晚星镇定地移开视线，指指他的背包："带礼物了？"

"带了。"他从背包里拿出驴打滚一类的糕点，从容地摆在她面前。

“看在礼物的分上，就不跟你一般见识了。”

“你误会了。”乔野含笑瞥了眼脚下的橘猫，“礼物是带了，不过是给阿花的。”

“？”

徐晚星睁大眼睛站起来，椅子与地面摩擦，发出吱的一声，吓了阿花一跳。她弯腰捞起猫，往乔野怀里一塞。

“猫给你了，出去团聚吧你俩。”

乔野抱着软乎乎的猫，似笑非笑地往外走，在门口停了下来，回头看她：“真走了？”

“你敢！”小姑娘气得直跺脚。

他又笑着俯身放阿花自由，起身时眉眼都舒展开来，从善如流道：“不敢，不敢。”

徐晚星腮帮子鼓鼓囊囊，显然自己都没意识到自己是在撒气还是撒娇。他从容回到她面前，低头时喟叹一声：“好像过了有史以来最漫长的春节。”

徐晚星忽然就不敢抬头看他了，整颗心都柔软下来，那点气眨眼间冰消雪融。

看她又缩回龟壳里，大气不敢出的模样，乔野含笑道：“害羞了。”

是笃定的语气，而非问句。

然后就听见气壮山河的回答：“我害羞什么啊！你瞎吗？”

他乐不可支，一整个春节加起来，也没有见到她这几分钟笑得多。

开学总在一个兵荒马乱的春天。

学渣们忙着补寒假作业，学霸们互相试探彼此又精进了多少。老师们一边整理自己沉重的心情，告别假期，一边不断提醒学生：“高二马上就要结束了，这半学期尤为关键，都给我打起十二万分的精神来！”

尽管言简意赅、雷厉风行如罗学明，这一天下来也进行了不少思想教育，口干舌燥的。

而乔学霸的首要任务却是，上天台。

徐晚星忙得晕头转向，晚自习前回头一看，发现乔野不见了。

人呢？

她问一旁的于胖子："看见乔野了没？"

于胖子刚从走廊上回来，一边大口啃面包，一边回忆："好像上天台了。"

天台？

徐晚星心里咯噔一下。她目光一沉，杀气腾腾往外走，最后停在了天台的大铁门外，还以为自己能抓个现行。

谁知道乔野的确在那里，但天台上不止一人，还有一个高高大大的背影。徐晚星躲在门后，辨认片刻，才认出那是卫冬。

"说吧，找我什么事？"

五大三粗的校霸哥与挺拔英俊的学霸哥站一块儿，对比越发鲜明。

卫冬看起来非常粗糙，从长到快要遮住眉眼的头发，到随心所欲的站姿。而乔野也因为他的衬托显得更加赏心悦目，从俊逸的面容到笔直的背影，无一不透露着良好的教养。

他与卫冬面对面站着，说曾经的约定一笔勾销了，没什么公平竞争，卫冬完全没机会了。

卫冬当然火冒三丈，叽叽歪歪说些有的没的，可乔野压根也不是来和他讨论的，他来宣布结果，宣布完了径直走人。

如果说眼睛能戴滤镜，那么耳朵又能戴什么？

到后来，徐晚星已然听不进卫冬说了些什么，满脑子都飘着乔野那几句话，弹幕一样飞速掠过一遍又一遍。

她躲在门后傻笑，然后飞快逃窜回教室。

几分钟后，乔野回来时，她甚至演技精湛地回头，虎视眈眈地盘问他："去哪了？又去打游戏了，是不是！"

乔野看她片刻，不紧不慢道："你不是都看见了吗？"

"……"

"好歹是理科生，说说光沿直线传播，遇到不透明的物体会形成什么？"

"……"

影子。

徐晚星表情僵硬，回过头来。

身后传来他低沉悦耳的笑声："答应过你不打游戏了，徐晚星，我说到做到。"

就好像答应卫冬一样。

就好像他说过的每一句话，做过的每一件事，少年光风霁月。

那一刻，心跳有些不受控制，不论如何按捺，胸腔里的跳动都是那样急促。

她哀叹一声，为什么一个冬天过去，学霸的魅力更让人无法抵挡了？

于是她又毅然决然地回头，鼓起勇气抬头看他，咳嗽一声，又飞快移开视线："我也是说到做到的人，答应你的事不会反悔。"

"你答应我什么了？"

"努力学习。不打架。不打麻将。"她迟疑片刻，补全对话，"做个有脑子的人。"

乔野蓦然失笑。

当初她问他欣赏哪种小姑娘，他就知道她会有自投罗网的一天。

他是聪明人，从不去判断自己会属意哪种，不会属意哪种。因为心知肚明，其实早就心有所属。他只是希望眼前这个小姑娘，未来会更明亮、更宽广。

他盼她好。

那些江湖气、真性情，留给他来保护。

她只需要发光，做颗星星就好。

第四章

梦短别离长

别离来得始料未及。

高三刚到，学校的分流政策就迫在眉睫。

所谓分流，是很多学校会在高三时实施的一项政策，成绩不合格、离大学分数线遥不可及的部分学子，会在高三伊始参加高职学校的分流考试，直接离开高中，开始职业学习。一来不用耽误孩子们的时间，为高考做无用功，二来提高学校的升学率。

遗憾的是，麻将小分队的大部分人都在其中。

罗学明一遍一遍在讲台上说："并不是人人都只有读大学一条出路，三百六十行，行行出状元。我相信我教出来的孩子们会在各行各业发光发热，大家只要脚踏实地、稳步前行，就没什么可担忧的。"

徐晚星眼睁睁看着春鸣、于胖子和大刘离开了教室，去参加所谓的分流考试。

她并不知道技术学校能否让他们发光发热，她只知道，曾以为还遥遥无期的别离已近在咫尺，分水岭提前到来。

那一夜，他们聚在徐晚星逼仄陈旧的书房外。

二楼的那一小块空地上支着竹竿，晒着徐义生白日里洗净的白色床单。九月的夜空如同洗过一般，深蓝色幕布缀满了星星。

徐义生去夜市摆摊了，家里成了徐晚星的天下。

于胖子呼哧呼哧搬了一箱 RIO 来，春鸣买来瓜子、花生、可乐和雪碧，大刘央求父亲做了一大袋卤菜，徐晚星从冰箱里掏空了老徐的抄手。

要送走的不过三个人，来的却不少。

万小福来了，辛意来了，乔野也来了。

他们趴在栏杆上看星星，未来很远，明天很近。

大刘说："其实我早就料到有今天了，我就不是学习的那块料。早点脱离苦海也好，想一想，你们都在为高考奋斗呢，我已经解放了。"

于胖子开了罐饮料："可不是？今儿晚上就当咱仨提前过年了啊，诸位，祝大家——新，春，大，吉！"

众人笑成一团。

万小福拍拍于胖子的肩："你们这乐观精神，我是真的望尘莫及。本来还绞尽脑汁想着该怎么安慰一下，看现在这样子，哪里需要安慰啊。这种嚣张气焰，知道的是你们分流了，不知道的还以为你们提前被清华北大录取了。"

于胖子神气地说："哎哎，别看不起高职，也别看不起技术学校。蓝翔听说过吗？新东方知道吗？响当当的招牌，完全可以说是高职技校里的小清华！"

"那我提前恭喜各位喜提清华录取通知书了。"辛意也笑着举起可乐示意。

初秋的风里带着夏末的余热，像极了一年前的九月。事实上，人生的数个九月似乎都在忙碌的开学季里度过。

老师在讲台上指挥班委去书库搬书，课代表忙着整理一摞又一摞的暑假作业，学渣们绞尽脑汁思索着还有哪科作业被遗漏，而更为学渣的他们还忙着在抽屉里奋战，继续补着那些开学前还未来得及写完的作业。

于胖子咂咂嘴，把空罐子扔在地上："早知道就好好学习了。"

气氛有一刹那的岑寂。

大刘躺在他软乎乎的肚皮上，也嘟囔说："去哪里，读什么，其实我是无所谓的。可要跟大家分开，想一想，心里还挺难受。"

他抬起眼皮子看了眼一旁坐着的徐晚星，欲言又止。

于胖子比他直接，拉着徐晚星的胳膊哭号："没了咱哥的庇护，咱们去了新的地方，会不会给人吃得骨头都不剩啊？"

春鸣慢条斯理地笑了一声："你可拉倒吧你，就你这身肉，谁能一口气吃得连骨头都不剩，我敬他是条汉子，饭量惊人。"

一片笑声里，带着先前没有过的惆怅。

该说的话说了，万小福与辛意提前回家了，毕竟高三在即，能偷溜出来已是百般不易。

徐晚星和她的麻将小分队还东倒西歪靠在一起，把剩下的饮料瓜分了。

插科打诨的话说完，过去的热血往事回忆个遍，能展望的未来也在祝酒词里告一段落。最后终于陷入无声的沉默，靠墙的靠墙，倒在地上的倒在地上。

空罐子摆了一地，像是提前终结的故事。

几人里，大刘显得最低落。

“我长这么大，没有过几个好朋友，老师家长总说我不合群。要不是徐晚星，我也不会和你们走到一起。”

春鸣拍拍他的肩：“放心，既然都走到了一起，今后就不会轻易丢下谁。”

于胖子一如既往地乐观：“那是，咱哥几个虽然不能继续在六中了，但好在还能在一起。人多力量大嘛，去哪都是一条心，没有徐晚星，咱们也没啥好怕的，毕竟大风大浪也见过不少了——”

“是打挨得不少吧。”

春鸣的一句话，乐得大刘都破涕为笑。

屋内的人在蒙头大睡，空地上的人有一搭没一搭地说着话，从群嘲到对乔野进行多对一的思想教育。

“野哥，徐晚星就交给你了。”

“我们不在的时候，你多看着她点。她这个人最讲义气，也最冲动了，出发点是好的，就怕总是热血在前，鲁莽在后。你可千万多照顾着她，让她做事别总上头。”

“万一闯祸了，你也替她好好兜着，好好善后，用你学霸的智慧。”

“还有啊，让她别老打架。女孩子嘛，身手再好，也不能成天打打杀杀，动不动就拎板凳掀桌子的。”

“所以你也要好好强身健体，以后有啥事，第一个挺身而出，别让她动手。男人要怜香惜玉。”

于胖子的话遭到几个白眼——

“她替你打架的时候，你怎么没站出来怜香惜玉呢？一百六十来斤猪肉呢，当真白长了。”

于胖子反驳说：“那是以前。今后没了徐晚星，怎么着也要学会自己保护自己了。再打起架来，谁尿谁是孙子！”

没了徐晚星，地球一样在转。即便再没有人为他们挺身而出，他们也会记得她在眼前的时候，给过他们多少信心，多少狐假虎威的光辉时刻。

所以今后分隔两地也好，渐行渐远也好，他们都不再是被霸凌时毫无还手之力的少年。

唯独放心不下的，还是屋内的那个人。

她看起来比谁都坚强，比谁都不可一世，可他们至少在新的环境里还能继续在一起，唯独剩下徐晚星孤身一人，面对朋友都离去的结局。

他们把她拜托给乔野，说笑似的数落她的缺点。

“一根筋，固执，说好要做的事，九头牛也拉不回来。”

“吃了没文化的亏，乱用成语，颠三倒四，明明心里是一片好意、满腔热情，说出来永远荒腔走板、没个正经。”

“还死要面子活受罪，永远不承认心里有个小姑娘，但其实敏感是她，热情是她，勇敢是她，胆小也是她。”

“上次因为高三一男的踹了猫，撸袖子就上去干架，扭头看着野猫死了，眼圈都红了。反差不是一般大，但还死活不认账，非说我们眼花。”

……

嘴里说着那些缺点，声音却有些喑哑，带着少年人不可言说的温柔懵懂。

凶不是凶，是关切。

鲁莽不是鲁莽，是勇敢。

爱哭不是爱哭，是善良。

谁也没有夸过她半个字，可说话时的语气、眼里的深情，却无一例外不是崇拜。徐晚星不是大英雄，只是平凡世界里的小姑娘。

可那个小姑娘在他们晦涩的青春里，点亮了一片天。

即将远行的当下，谁都明白，兴许人生就从此刻开始出现了分支，她还在大道上一路疾行，他们却各自踏上了不同的路，渐行渐远。

放不下也要放下，因为青春没有回头路可走。

就如同这一夜，纵使星光满天、喧哗热闹，也终于在一地寂寞的空瓶里落幕。

离去时，春鸣拍拍乔野的肩，视线落在虚掩的门后：“今晚最伤心的就是她……后续就交给你了。”

乔野点头：“有我在。”

二楼人去楼空，只剩下被风吹得起起落落的白色床单，孤零零立在夜色里。

他推门而入，看见蜷缩在角落里，面朝立柜呼呼大睡的人。地上有一方薄毯，他伸手拿起，替她盖上，低低地说了句："都走了，可以回头了。"

个子矮小，蜷缩起来更像个孩子了。

那个小小的身影动了动，终于回过头来，寂静的深夜里，外面是喧哗欢闹过后的一地狼藉，她却满面泪光。

都走了，可以回头了。

她呜咽着，像个孩子似的抹着仿佛永不干涸的眼泪。可她最怕的就是，当她转过头来，他们都走了。

从此没有麻将小分队，没有走廊上的插科打诨，没有上课时满嘴跑火车、一个个接嘴，没有天台上的聚众斗殴，也没有那群看似莽撞却满腔热情的朋友了。

徐晚星抱着那床薄毯，哭得无法停止。

而面前的人动了动指尖，心下一片潮湿，却终究没有开口阻止她哭。他只是缓慢地坐下来，一下一下拍着她的背，就像真的在对待一个爱哭的孩子，没有过多言语，只有无限耐心。

他低头拭去她的眼泪，说："徐晚星，你还有我。"

她哭得泪眼婆娑，于朦胧中望着他："你会一直留下来吗？"

他郑重点头："我会一直留下来，不会走。"

即便去向远方，也与你一起。

少年的手轻而有力，奇迹般止住了她的呜咽。她把头埋在他的腿上，闭上眼睛，喃喃道："那就好。"

仿佛过去了半个世纪那么久，她的眼泪已干涸，呼吸变得绵长而温和，头顶传来他的声音。

"徐晚星，考C大吗？"

她一怔，抬头落入一双琥珀色的眼眸里。

"拿了物理竞赛一等奖，只要分数线达到了重本，就能走特招。"乔野微微一笑，"和我一起去北京吧。"

日子按部就班地过着。

到高三上期的期末考试时，徐晚星正式进入了全班前十。

春鸣他们也并没有与她渐行渐远，总会在周末出现。没有高考的压力，他们比同龄人轻松不少，但仅限于脑力。趁着周末总会来清花巷找徐晚星，一人带点零食，蹲坐在二楼的空地上，像从前一样插科打诨。

春鸣学的是护理，将来也许会成为一名男护士。他亮出胳膊上的针眼给大家看："和搭档对着练习打针，这是我搭档给扎的。我怀疑他六百度近视，没戴眼镜就为针对我。"

于胖子拍拍他的肩："忍着点，反正我是想不到比这个更适合你的专业了，一个字，阴柔到爆。"

春鸣慢条斯理地拂下他的手："学好数学再来和我说话。"

于胖子学的是烹饪，将来也许会成为一名大厨。

徐晚星说："很好，看来你的体重还有持续发展的可能性。"

于胖子眉飞色舞："今后办席面，记得都请我来啊！"

"那是，毕竟肥水不流外人田。"

大刘学的是计算机，虽然至今连 Control 和 insert 键都叫不利索，仍然满怀希望地觉得自己是明日的 IT 工程师。

于胖子："论这种乐观精神，我还是服气的。"

然后话题总会扯到乔野身上。

"你和学霸哥最近怎么样啊？"

"什么怎么样，大家都在努力学习啊。"

"定好高考考哪儿了没？别说咱们没提醒你，未雨绸缪啊。"

……

二楼的棚户外，他们说着，笑着，闹着。徐晚星仰头看天，觉得真好，谁也没有离去。他们还在一起。

人生不如意事，十之八九。

前十八年，徐晚星对这句话的体会并没有多深刻。日子虽清贫，但大体是幸福的。小挫折常有，但大道是平坦的。

直到距离高考还有一百五十三天时，她才终于明白天不遂人愿的意思。

春节之后，大半年来，徐义生似乎没有那么拼命了。过去三百六十五天，风雨无阻地上夜市做生意，如今也知道劳逸结合了。

偶尔会给自己放假，不摆摊——

“我去你张姨那坐会儿。”

“咦，你不是不打牌的吗？”

“我就喝杯茶，看看人家打，不行？”

徐晚星恍然大悟，斜眼看他：“看麻将是假，看人才是真吧？”

徐义生总是抬手假意要揍她，但也只是吓唬人而已，不知是不是不好意思，随即就匆匆扭头离去。

三月风暖，又是清花巷的春天。

徐晚星做完一套模拟卷时，看看时间，已经晚上七点，老徐下午就去了兴旺茶馆，这会儿都还未归家。

“中年男女都这么火热的吗？饭都不吃，光谈恋爱就饱了……”

看了一下午的书，眼睛都有些花了，她揉揉眼，打算出门走走，正巧中性笔芯告罄，干脆骑车去文具店买盒新的。

文具店离夜市并不远，她兴冲冲地想着，顺道去抓个现行，批评教育一下老徐同志——恋爱要谈，但肚子也得吃饱。

从前都是老徐对她进行思想教育，啧，今天风水轮流转了。

哪知道到了茶馆，却没见到徐义生的人影。

“李叔，我爸呢？”她拿了盒笔芯在手里，四处搜寻都没找到人，又走到了柜台前，问老伙计。

“你爸？”李叔有些奇怪，“他没来过啊。”

徐晚星也是一愣：“没来过？他下午没在茶馆吗？”

“没有啊。”

“那张姨呢？”

“你张姨今天有事，也没守店子。”

“那您知道她上哪儿去了吗？”

“说是朋友生病，去医院了。”

徐晚星愣了片刻，难道老徐陪张姨去医院看朋友了？可以她对这二位的了解，他们不是那样高调的人啊，平日里有人开玩笑，都会避嫌，怎么会同行出入这种场合？

夜里，徐义生回家了。

徐晚星坐在沙发上等他，听见开门声，扭头：“爸？”

徐义生愣了愣：“这都几点了，还没睡？”

“你也知道时间晚了啊？这都几点了，你还知道回家。”徐晚星起身，“吃过饭了没？电饭煲里有排骨汤，还热着呢。”

“吃过了，你快去睡，明天还要上学。”

徐晚星去厕所洗漱，出来时不经意地问了句：“你一直在茶馆待到这会儿啊？”

“是啊。生意好嘛，你张姨忙不过来，我就顺手帮帮忙、打打杂。”

徐晚星定定地看他片刻，没说话，最后移开视线：“那我去睡了。”

她在卧室躺着没作声，等到屋外传来洗漱的声音、关门的声音，才偷偷起身。外界陷入一片黑暗，她摸黑走到门口，摘下挂在衣架上的外套，检查大衣口袋。

先摸到的是徐义生的钱夹，前些年他过生日时，她送他的礼物。好多年过去，劣质皮面已经磨得斑驳，他却还在用。

然后指尖才触到薄薄一沓纸。

她用手捏出来，摊开，打开手机电筒，看清了票据的抬头和“入院手续”的字样。

蓉城第一人民医院。

就诊人：徐义生。

病情诊断：结肠癌中期，原发部位癌有部分浸润，伴随较少区域淋巴结转移。

黑暗是最佳掩护，藏住了波涛汹涌的情绪。

徐晚星握着那沓单子，浑身都在颤抖。片刻后，她熄灭了手机的灯光，缓慢地蹲下身来，死死捏着手里薄薄的纸张，埋头在双膝之间，无声而剧烈地哭起来。

上高三以来，罗学明常挂在嘴边的话变成了：两耳不闻窗外事，一心只读圣贤书。不知不觉，徐晚星也听了进去。

动力从未如此充足，未来也似乎从来没有这样明亮过。

她总觉得再努力一点，闪闪发亮的明天就会到来。

也因此，她忽略掉了很多细枝末节。而在发现那沓票据后，它们来势汹汹，一股脑挤进了她的脑中。

徐义生瘦了很多，食欲不振，脸色也时常泛白。

偶尔她问起，他只说是生意太忙，没睡好。而他停下拼命三郎的脚步，偶尔歇歇不摆摊，她就放下心来，不做多想。

徐晚星最终把那沓单子原封不动放回了他的大衣口袋里，回到卧室，彻夜无眠。

次日，她去了兴旺茶馆，找到了正在柜台后算账的张姨。

“咦，什么风把我们的大忙人吹来了？”张姨含笑斜眼看她，“自打上了高三，你可是无事不登三宝殿啊。”

徐晚星没有笑，只定定地看着她，看到她也渐渐敛了笑意。

“张姨，我爸的病到底怎么样？”

张姨指尖一颤，计算器上的数字都乱了。她张了张嘴，看徐晚星半天，才艰难道：“你都知道了。”

“什么时候发现的？”

“半年前。”

“怎么发现的？”

“他老肚子疼，我劝了好多回让他上医院，他都不去。最后还是他大出血，硬撑着自己去了医院。医生要家属过去，他不肯让你知道，迫不得已才一通电话把我找了去。”

“医生怎么说？”

“说是结肠癌中期，部分淋巴结有癌转移，现在还在化疗阶段——”

“预计存活期——”徐晚星掐紧了手心，喉咙发干，“说了吗？”

张姨与她沉默对视，良久，别开视线：“……五年。”

那晚，徐义生照常摆摊。

徐晚星做完作业，骑车跑到夜市，二话不说帮他递碗端盘子。

徐义生急了：“都高三了，还浪费时间做这些事，你是存心要气死我啊？”

“早点帮你做完，你早点回家休息。”

“我有什么好休息的？下午五点才出来摆摊，哪有这么早回去休息的，还赚不赚钱了？”

“钱没有身体重要。”她强硬地说。

“没有钱，身体不好了也没病治。”徐义生把手一挥，“你的心思该用在学习上，别的可别瞎操心了。”

徐晚星背对父亲，手里是一碗热气腾腾的抄手。她一眨眼，眼泪吧嗒一声往下掉，险些握不住那只碗。

他说得对。没有钱，病了也治不了。

下午从茶馆走后，徐晚星跑了一趟医院，见到了徐义生的主治医生。朱医生是个中年男性，温和有礼，得知她是患者的女儿后，还挺吃惊。

“之前让通知家属，他说没有家属，只有个朋友啊。”

徐晚星沉默片刻：“我爸他不想让我担心，所以瞒着我。”

她问医生徐义生的病情如何，后续该如何治疗。

朱医生翻开病历本，又从电脑上调出了几次化疗前后的CT图和彩超，一一指给她看。

“这是转移的几个淋巴结，好在区域不算太广，目前靠化疗可以暂时抑制住。

“这一段是原发区域，有恶性肿瘤。半年前切除过了，但上个月的CT显示，结肠另一端又有新的肿瘤产生。目前看来还很小，但这种肿瘤发展都非常快，后续还要继续观察。”

朱医生侧头看她，严肃地说：“另外，现在比较棘手的情况是，你父亲不太配合医院的治疗。化疗的第一疗程马上就要结束了，他不肯再继续进行第二个疗程。”

徐晚星没说话。

“我之前也有推荐过生物疗法给他，这是目前国际上应对结肠癌最先进的治疗方法。肿瘤抑制率高达百分之六十五，但他不肯接受，因为费用太过昂贵。这我也能理解，所以我说了，生物疗法不愿意用，那就不用，但化疗必须接受，否则后果不堪设想。”

……

徐晚星抬起头来，轻声问：“生物疗法大概需要多少费用？”

“第一个疗程需要三个月，以他目前的状况，每个月大概两万到三万的样子。”

良久的沉默后，徐晚星点头：“谢谢你，朱医生。”

小的时候，住在巷子里的一个小姑娘炫耀说她有七十二色的水彩笔，徐晚星也爱画画，眼巴巴地凑上去问人家借笔。

小姑娘倨傲地摇摇头，说：“我爸爸给我买的进口水彩笔，可贵了，不能给你用。”

她沮丧地回了家，却不料在一旁目睹了那一幕的徐义生，当晚就去超市买了一盒七十二色的水彩笔，回家往她怀里一塞。

“你爹呢，虽然没什么出息，买不起什么进口水彩笔，但国产的还是能买给你的。喏，拿去，别羡慕人家。”

除了水彩笔，她还拥有很多这样的东西，自行车、文具和漂亮的裙子。

哪怕买了这些对徐家来说有些奢侈的东西，也就意味着接下来的半个月父女俩要勒紧裤腰带过日子，但对徐义生来说，跟着他女儿已经够委屈了，他辛苦一点不算什么，但同龄人拥有的，徐晚星也不能少。

他总是竭尽所能，将他能奉献的一切都给了她，哪怕她要天上的月亮，他也乐意搭上梯子去为她摘。

那一夜，徐晚星坐在二楼的空地上发呆，吹着春夜的凉风，擦干了脸上的泪。

人生总有那么多选择要做，选了这个，就不得已会丢下另一个。

她当然也希望拥有一个闪闪发光的未来，可是那个未来如果没有了徐义生，又算什么未来呢。

没有徐义生，就没有今天的徐晚星。

她擦着仿佛永不干涸的泪，抱紧了从屋檐上跃下的阿花，把头埋在它毛茸茸的背上，喃喃道："C大我就不去了，今后留在清花巷，留在蓉城，就陪着你和老徐，好不好？"

未来有无数的可能，可爸爸只有一个。

她一边笑一边哭，为自己打气说："没关系，乐观点徐晚星。钱会有的，病会好的，明天还是辉煌的。"

可她心知肚明，那个未来和她与乔野约定好的那一个，已然不是同一个。

另一件无比清楚的事，是她不能告诉乔野。高考在即，他绝不能受影响。

睡得迷迷糊糊时，椅子忽然被人踹了一脚，徐晚星一惊，"嗯"了一声，从睡梦中惊醒。

讲台上，高三才走马上任的英语老师正看书讲题，闻声抬头，朝她看过来："怎么了，徐晚星？"

"没事，没事。"她赶紧正襟危坐，拿出一副认真听课的样子。

课堂秩序恢复后，她偷偷回头，看见乔野面无表情地盯着她。

下课后，他果不其然拎住了假意要去厕所、实则是想逃跑的她。

"怎么又睡着了？"

"昨晚刷题刷太晚了。"

"你自己数数，这是一星期来第几次了？"

"哎呀，下次不会了。"她竖起四根手指，认真脸，"我发誓——"

"去洗把脸。"乔野把她的手按下来，打断了她的话，在她去厕所的途中，泡好了速溶咖啡，放在她桌上。

徐晚星回来后，看着桌上那杯冒着热气的咖啡，失神片刻，鼻尖发酸。

那天夜里，父母都睡下了，乔野轻手轻脚出了门，大步往窄巷走。

他拎了盒咖啡，爬上木梯，原本想当面提醒徐晚星劳逸结合，不要太晚睡，却看见书房一片漆黑，不见人影。

已经睡下了？

他一顿，迟疑片刻，还是发信息问徐晚星："在干什么？"

好几分钟时间过去了，没有得到回复，他把手机放回兜里，重新爬下木梯，回到了家里。直到睡前，才收到她的信息——

"刚才在刷题，没看到信息。"

黑暗里，乔野定定地看着发光的屏幕，目光微动。

桌上，那盒崭新未拆封的咖啡还立在远处，孤零零的影子被月光拉长。

隔日，他在教室里又一次把徐晚星从睡梦里唤醒。

"昨晚到底干什么去了？"语气不善，面色不虞。

"不是说了在刷题吗？"徐晚星揉揉眼睛，打了个呵欠。

"徐晚星。"

"啊？"

"看着我的眼睛，考虑清楚再作答。"

她放下揉眼睛的手，抬头对上乔野严厉的视线，笑了："干吗啊你，突然摆出这种表情，你以为你是师爷啊？"

"回答问题。"

"回答过了啊，在看书，在刷题。"

"书房一片漆黑，你打手电刷题？"

徐晚星微微停顿片刻，大大咧咧地笑了："书房的灯泡坏了，家里没有备用的，我在卧室看的书。"

片刻的沉默后，乔野审视着她："真的？"

"骗你干什么？"她笑得没心没肺，拍拍他的肩，"安心复习你的，少胡思乱想。"

徐晚星故态复萌，又开始频繁出入茶馆。

第三次把她从茶馆里拎出来时，徐义生货真价实地恼怒了。

“跪着，不叫你起来，不准起！”

他拿着鸡毛掸子，面色铁青，指着徐晚星。

“你都高三了，还有三个月不到就要高考了，这时候跑去打麻将？”

徐晚星一言不发，和之前两次一样，随他骂，她无话可说，只低着头跪在那里。看她这油盐不进的样子，徐义生更是气不打一处来。

从前只有罚跪，他几乎不对女儿动手，鸡毛掸子起到的恐吓作用大于实际效果。可今日他实在无法纵容，咬牙朝她手臂上重重地打了一下。

“说，知道错了没？”

徐晚星咬紧牙关，一声不吭。

“认错！”徐义生又打了她一下。

他看见她浑身都绷紧了，牙关咬得更紧，依旧不作声。

鸡毛掸子高高举起，却久久落不到她身上，先前的两下已经耗尽了他的怒气。舍不得打，又骂不出名堂来，徐义生气得的浑身发抖，指着她的鼻子：“徐晚星，你是不是要气死我？”

一直不吭声的人终于松了口：“我不要你死。”

“那你这是在干什么？我看你就是想气死你爹！”

她的视线一直凝固在地板上，却还是那一句：“我不要你死。”

这样的态度令徐义生一愣，片刻后，他终于意识到哪里不对，放缓了语气：“你听爸爸的话，好不好？好好高考，别想那些有的没的，去年不是表现得挺好？怎么忽然又……”

徐晚星不说话。

他试探着开口：“是不是有什么心事？闷在心里没有用，要不你告诉我，咱们父女俩一块儿解决。”

屋内有片刻的沉默，他看见徐晚星缓缓抬头，与他四目相对。

她轻声问：“那你呢，你就没有什么想告诉我的？”

纸终究包不住火，徐义生没想到，瞒了大半年，还是叫徐晚星知道了他的病。这一夜，父女俩爆发了前所未有的争执。

“我有病没病都不要紧，现在最要紧的是什么？是你的前途！”

徐晚星还跪在那里，背挺得笔直，倔强地说：“你是你，我是我，我们心目中的头等大事各有不同。”

“少跟我扯这些有的没的！”徐义生把手一挥，“徐晚星，你给我安安分分参加高考去。我告诉你，你要是自毁前程，你爹就是死了也不会瞑目的！”

“我不要你死。”

跪在地上的小姑娘似乎变成了复读机，只剩下这一句。她抬头看着徐义生，眼圈都红了，嘴上却无比强硬：“我不管你瞑不瞑目，总之我不许你死。”

这些年里，徐晚星一直是个坚强的姑娘——

在摊子上帮忙时烫伤了手，她不哭；幼年时被欺负了，未学跆拳道的她毫无还手之力，她不哭；在学校挺身而出闯了祸，回家被罚跪，也不哭。

可是今日，她直挺挺地跪在搓衣板上，抬眼看着父亲，无数次重复那句不要他死，眼里是滚烫热泪，收不回，却又强忍着不肯掉下来。她不知道自己在坚持什么，可内心只有一个念头，这一次她要比他挺得久。

这一次，谁都别想动摇她。

徐义生的声音也沙哑了：“起来，别跪了。”

她还是不动。

“徐晚星，你就听爸爸的话吧，成吗？我是粗人，没文化，这辈子唯一的成就就是把你养大了。”他抬高头，兀自忍住眼中的酸楚，“大家都说我成就了你，把你从一个孤零零的小姑娘养到这么大，健健康康、活蹦乱跳，但其实他们都不知道，是你成就了我。

“如果没有你，我就是个一无所长的穷摊贩，家不成家，人不人、鬼不鬼。

“可是因为你，我这辈子除了穷和残疾，除了坏脾气和没文化，好像也有了一点什么值得称道的东西。有了希望，有了信心，有了动力，也有了骄傲。”

他抬手捂住眼睛。

“我从来都不爱夸你，只会批评你。可是晚星啊，你是爸爸的骄傲。一直都是。”

眼泪止不住地从指缝里淌下。中年男人两鬓斑白、手掌粗糙，唯一明亮的是那双眼，一直热情如火，一直充满鲜活的爱与怒，然而此刻也被泪水模糊，不复往日的神采。

“你不能放弃前途，你还有大好的未来。我养你一辈子，从来不期望你大富大贵，将来回报我什么养育之恩。唯一的心愿就是不管我还能活多久，有生之年，绝不拖累你，能看着你好好的。

“好好读书，好好参加高考，将来念一所好大学，别学你爹这样，吃了没文化的亏，活该穷一辈子，好不好？”

徐义生说了好多的话，仿佛这辈子的说教加起来，也不及今日这样深刻。

未尝没有怀疑过老天不公，它给他以残疾，赠他以贫穷。富贵健康，平安喜乐，阖家团圆，到头来一件都没有。

得知病情的头一个月，他整夜整夜睡不着，倒不是害怕死亡，也不是无法承受病痛，哪怕在手术台上因麻醉而渐渐昏迷，又因药效褪去、被疼痛唤醒，他也不曾害怕。唯一害怕的是，如果他就这么走了，徐晚星该怎么办。

他的小姑娘还没有来得及冉冉升起，还没有大放光芒，若他离去，这世上还有谁来爱她？

黑暗里，他在病床上哭得像个孩子。

他不怕没人爱他，不怕剩下的路满是艰难险阻，只怕未来更长的日子里，他无法再陪她走下去。

不管是谁生下了晚星，丢掉她是个天大的错误。她那样可爱，那样懂事，值得全世界最好的一切。奈何他徐义生没本事，只能这样粗糙地将女儿养大。可他知道，若是晚星的亲生父母知道她是这样好的孩子，一定会后悔。

术后的一周，他告诉徐晚星他去了山里看大棚蔬菜，与蔬菜商谈今后的食材供应。可在医院煎熬的时候，深夜躺在病床上，他死死咬牙，泪水湿透了枕头一角。

徐义生，大男人哭什么哭？他这样问自己。

可是一想起徐晚星，他就不甘。他怨天尤人，恨命运无常，怕未来不能再当她的依靠，更怕自己看不见她变成一颗真正的明星。

他一辈子没有家与亲人，是徐晚星给了他这个机会。

他穷，残疾，像是躺在路边都无人搭理的臭石头。偏偏老天爷送他一颗明珠，将黯淡无光的生活变成了彩色，添以欢声笑语，装满爱与希冀。

伤口在深夜传来撕心裂肺的痛，他蜷缩在病床上，鼻端是消毒水的气味，眼前是女儿的面容。

如果老天爷能听见——他喃喃地说，紧闭上湿漉漉的眼——我徐义生这辈子都不是善男信女，但我求你，用我全部的诚意求求你，再给我多一点的时间。求你让我看着她长大，看到她嫁人，拥有一个新的家。

到那个时候。

到那个时候，即便离开得痛苦又狼狈，我也毫无怨言。

可老天爷有没有听见他的话，徐义生不得而知。

逼仄的家中，徐晚星还跪在搓衣板上，哭成泪人一般，伸手抱住了他。

她说："书什么时候都能念，在哪里念都可以。可是爸爸只有一个。"

她像十岁那年，在巷口被大孩子欺负了一样，看爸爸弯下腰来，便紧紧搂住爸爸的脖子，无论如何不肯松开手。

"我不准你死，我不准你死……"

她号啕大哭，泪水烫伤了徐义生的脖子，也烫伤了他的心。

老天爷真狠心。她哭得天昏地暗，哭到上气不接下气，脑子里只有这一个念头。

求求你，别带走我爸爸。

其他的，她都可以不要。大学，前程，乔野，朋友。她甚至愿意用自己的健康去换爸爸再多陪她一些时日。一辈子清贫也不要紧。

只要他们爷俩守着抄手摊子，好好过日子。

求求你了，老天爷。

那一夜，哭成泪人的还有别人。

张静萍拎着一堆东西，站在尚未合拢的卷帘门外，手里的东西咚的一声落地，捂住嘴哭得不像样子。

一直到屋内的对话停了下来。

一直到徐义生哭着答应女儿："好，不哭了，不哭了。咱爷俩好好过，爸爸不逼你。"

她才终于擦干眼泪，重新收拾起地上的东西，走进屋去。

"爷俩这是在干吗呢，演电视剧？"她强颜欢笑，把东西往桌上一搁，"瞧瞧你们家这桌子，本来就小，还堆得满满当当，东西都没处放。"

父女俩擦干眼泪，徐晚星起身叫了句："张姨。"

"欸。"她笑着应声，指指桌上的东西，"我老顾客，你见过的那个，顾总顾先生，出了趟差，带了不少东西回来，也给我匀了点。"

"这是鹿茸，这一袋是牛肝菌，这箱是牛奶，还有一篮子土鸡蛋，说是山里的农民自个儿养的鸡下的，没吃过一丁点饲料，可健康了。"

她絮絮叨叨地说着，把东西放下，又问候了一番徐义生，最后才起身要走。

徐义生说："晚星，送送你张姨。"

张静萍也没推拒，与徐晚星并肩朝外走。

远离卷帘门十来米时，她才侧头："你爸怎么说？"

徐晚星的眼圈还红着，深呼吸："我说了，我不念大学了，先休学，换我来赚钱养家。如果他的病情稳定，明年我再把学业捡起来。"

"他能同意？"

"他不同意，但我也不会妥协。"

小姑娘褪去了青涩与懵懂，身姿笔直地站在深夜的巷子里，像棵永不妥协的青竹。

张静萍又难过得想哭，伸手摸摸她的头："晚星，你是个好孩子。是老天爷的错，他不肯善待好人。"

徐晚星咬牙笑了："结果什么样，还没人知道呢，不是吗？我爸他不一定会有事。"

有她在，绝不会让他有事。

张静萍一边擦泪，一边也笑了："好，好，你爸肯定会没事。"

她心念一动，侧头对徐晚星说："赚钱的事，你先别急，我去问问顾先生。他生意做得大，一向有业务麻将，需要会算牌会喂牌的好手。之前也问过我，店里有没有合适的人手会干这一行，可我那都是些中老年人，谁会干这个呢。”

徐晚星一顿：“业务麻将？”

“生意伙伴常年有经济往来，现在这一块儿管控太严，干脆拿牌桌当幌子，安排自己人上去，该送钱时就大把大把地输，该收钱时就一把接一把地和。”张静萍神色凝重，“但你要想好，究竟是不是要放弃前途，去做这一行。这个来钱快，但绝对不是什么好出路。”

徐晚星毫不犹豫地说：“只要能赚钱，我做。”

乔野第无数次站在黑漆漆的书房门口，一言不发地呆立良久。

徐晚星白天总在课上打瞌睡，不论他说什么，师爷把她叫去办公室数落多少次，她都油盐不进，像极了当初那个麻将少女。

他飞快回家，骑上山地车就要重新出门。

乔慕成气得大拍茶几：“你给我站住！”

乔野定在院子里，背对父亲。

“离高考还有几天了？你自己数数！成天魂不守舍的，你到底要去哪里？”

乔野低声说：“我只要二十分钟，二十分钟一定回来。”

“别说二十分钟了，两分钟也不行。”乔慕成严厉地皱起眉头，“小野，你是怎么回事？你妈之前说怕你和徐晚星一起玩，学坏了，我还不信。你自己看看你现在的样子，哪有半点高考生的样子？”

“我只要二十分钟。”

“你——”

“爸。”少年人孑然一身站在院落里，缓缓回头，“只要二十分钟，让我去吧。”

孙映岚拉了拉丈夫的胳膊，低声说：“高考快到了，孩子压力大，你别赌气。”

乔慕成咬牙：“成，你去。就二十分钟。记住，只此一次。”

少年蹬上山地车，风一样踏着夜色往夜市疾驰而去。

他停在兴旺茶馆门外，径直走了进去。

柜台后，李叔问他："哎，小伙子，去哪儿啊？"

"找人。"

"哎，哎，别急着进去，你找谁啊？哎，我说，你怎么不理人啊！"

乔野一路穿过大堂，走进后院，那里是无数个包间。与前面普普通通的大堂不同，院落里有一棵梅树，几座假山，绿草如茵。在院落四周，是几个装潢雅致的包间，玻璃窗，采光极好。

李叔跟着他匆匆而来，一把拽住他的胳膊："这地方是你能乱闯的吗？小孩子不懂事，赶紧出去！"

乔野却定定地站在原地，目光落在某扇落地窗后，虚掩的窗帘隔不断视线。

他看见了徐晚星。

她侧对窗户，坐在几个成年人之间，游刃有余地打着牌，姿态闲适，唇角带笑，不时说些俏皮话，逗得大家一阵笑。

在某个中年男子身后，还站着个花枝招展的女人，不时殷勤地俯身倒茶，又送到男子嘴边，笑靥如花。

徐晚星仿佛没看见，对周遭的一切都感到舒坦又自在。

乔野说："李叔是吗？"

李叔一愣："你是——"

"我是她朋友。"他定定地看着徐晚星，说，"我只要两分钟，两分钟后就出去，行吗？"

"你可不许捣乱啊，这儿的人都不是你能招惹的。"李叔警告他。

"您放心，我绝不捣乱。"

李叔退到不远处观察他，而他的目光一直锁定在那道身影上，拿出手机，拨通了她的电话。

手机响了四次，徐晚星都只摁了下，掐断声音，四次。

第五次时，对面的男人笑了，手中的麻将扣在桌上，淡淡道："去接电话吧，小徐，咱们这儿没这么严的规矩。家里人找这么急，怕是有要紧事，别让人操心。”

“谢谢顾先生。”

徐晚星起身，拿着手机匆忙走出包间，停在小院里。

深呼吸，她接通了电话。

“怎么了，找我有事呀？”

乔野站在假山后，慢慢地问了句：“在哪？”

“在家啊，看书呢，手机静音了，就没听见。”她故作轻松。

乔野没说话。

她又催促似的问了句：“说呀，有什么事？没事别打扰我看书，你以为谁都和你一样，不看书也全都懂。”

说罢，她还孩子气地哼了一声。

可那头仍然没有回应。

徐晚星略微不安地握紧了电话，仿佛有所察觉，抬起头来，四处张望。某一刻，她看见了假山后拖得长长的影子，身形一滞。

那人从假山后走了出来，挂断了电话，与她四目相对。

风仿佛有声音，呼啸而过，明明是五月的夜晚，带着些许初夏的热度，吹在面上却像刀子。

他离她咫尺之遥，又像在千里之外。

良久，是他打破了沉寂：“为什么？”

徐晚星声音暗哑，脊背却依然笔直：“我需要钱。”

“要多少？”

“很多。”

乔野默了默，从身上摸出钱夹，递给她，说：“现金不多，卡里有八万，我从小到大存的。钱给你，跟我回去。”

徐晚星没有接。

“嫌少？”

“是。”她死死攥着手心，说，“的确不够。”

“你要钱来干什么？”

她张了张嘴，只觉得万千话语涌入喉头，稍不留神就会透露出风声。可五月的风提醒着她，下个月就要高考。

耽误一个就够了，难道还要拖他后腿，把第二个人拉下水吗？

她抬头看着乔野，说："我想过好日子。"

"好日子，在麻将馆里吗？"

"麻将馆怎么了？我生在这里，长在这里，读了这么久的书，腻了。"她无所谓地笑了笑，说，"现在不想读了，打算弃暗投明，重新回归老本行。"

乔野一把攥住她的胳膊："到底出什么事了，你告诉我。"

"都说没事了。"徐晚星想挣脱，却挣不开，余光看见不远处的李叔，她张口大叫，"李叔，快帮帮我，把这人弄走！"

李叔很快走来，一把抓住乔野的肩："松手。"

乔野吃痛地松了手，看见徐晚星后退两步。

他问她："徐晚星，之前说的话，你全都忘了吗？"

徐晚星神色一滞，转身离开前，只认真地说了句："我没忘，但是我反悔了。乔野，祝你前程似锦，在北京一切都好。"

隔日，徐晚星没有再去上学。

仿佛破罐子破摔，既然他都知道了，她索性打破了表面的和平。

清花巷里，老房子里似乎没有人住了，再也找不到徐晚星和徐义生的身影。唯一能找到徐晚星的地方，是兴旺茶馆。

乔野又去了几次，无一例外，无功而返。

最后，他站在张静萍面前："张姨，我知道徐晚星很信任您。"

张静萍停在夜市街头，看着一身狼狈的少年。

他几乎是央求似的问她："徐晚星怎么了？您告诉我到底发生什么事了，好吗？"

纵然不忍，张静萍也依然移开了视线，像和徐晚星约定好的那样，摇摇头说："书读多了，物极必反，大概是压力大了吧，那孩子不想继续读书了。"

"不可能！"

"快高考了，你别在这耗时间了。不管你来多少次，结果都是一样。"

张静萍转身离去，热闹街市，只留下少年一人。路灯将影子拉得很长很长，来时孑然一身，去时也只有孤身一人。

那天夜里，乔野生了一场病，高烧不退，次日连学都没上。

高考在即，父母急得不行，乔慕成都请了假，与妻子一同在家照顾他。乔野翻来覆去说着胡话，叫着徐晚星的名字。

孙映岚抹着眼泪，说早说过那小姑娘不是什么好人了，都怪乔慕成，纵容孩子胡来。

乔慕成一言不发。

这场病持续了整整三天，乔野进了医院，输了两天液，烧终于退了下去。

万小福带人来看他，班主任罗学明也来了，所有人都在嘘寒问暖，嘱咐他快些好起来。唯独徐晚星没来。

他听见罗学明在走廊上与父母交谈，说徐晚星搬家了，辍学了。

罗学明亲自去找了她好多次，都不见人影。她只在电话里说，对不起，罗老师，我真的不读了。

这些日子，罗学明也快疯了。

可不管多疼徐晚星，多偏心这孩子，他始终是个班主任，还有全班五十来个孩子要照顾。他不能一蹶不振，他还要打起精神来，做大家的军旗。

他走进病房，严厉地看着乔野，指指门外。

“想想父母，想想自己努力多年，到底是为了什么？

“乔野，你有大好前程，那么多期望的目光都看着你，那么多心愿等你完成，你自己好好想想，这些日子你到底在做什么。”

乔野看着苍白一片的医院，一切都是白色。

床单，墙壁，天花板，灯，连同身上的病号服也是白色。他疲倦地抬手挡了挡灯光，说：“我知道了，您放心，罗老师，我会好起来，努力准备高考的。”

大概是从这一天起，青春正式褪去了斑斓色彩，成了苍白一片。

他好了起来，出了院，按部就班地上学、复习，直到参加高考。

一切如常，仿佛生命里从来没有过徐晚星。

仿佛这十八年来，他一直就孑然一身，从来没有过任何意外。

四十五天后，乔野收到了 C 大的录取通知书。

清花巷都轰动了，这地方什么时候出过这样出息的少年？家家户户都来祝贺，乔家的门槛都快被踏断了。

在那片欢声笑语里，没有人提起徐晚星。

乔野坐在自己的房间里，定定地看着窗外，仿佛下一刻，有个小贼就会捡起石子敲敲窗户，然后手脚利落地翻窗而入，斜眼看着他，说：“能耐啊，乔野。”

说这话时，她是眉飞色舞的，语气欢快又可爱，眼里若有光。

可他等了一夜，直到天光微明，清花巷迎来鱼肚白的苍穹，那人也始终未曾到来。窗口安安静静，再也没有被石子敲响过。

天色大亮时，母亲敲门，说：“起床了吗，小野？”

少年依然坐在床边，说：“起了。”

“收拾好东西了没？十点半的飞机呢，该准备准备了。”

他慢慢地站起身来，打开衣柜：“就来。”

第五章

何处不相逢

府南河畔，高楼林立。

城市高速发展后，高新区俨然成为蓉城的心脏地带，即便夜幕四合，格子间内也灯火辉煌。

前台小姑娘从外卖小哥手里接过咖啡和便当盒，飞快地藏在柜台后。

小哥开玩笑：“这会儿还没下班，吃饭都只能偷偷摸摸进行，你们老板可真严格。”

她也笑了：“里面的大律师们都还饿着肚子在战斗呢。”

对于律师事务所来说，战斗才是常态。

万小福看了眼手表，关掉电脑，从桌后站起来，取下衣架上的西装外套，一边穿一边朝外走。

张助理从格子间里抬头看来：“万律师，要走了吗？”

“嗯。你准备一下李旭明的资料，下班前发我邮箱，纸质档可以明天再打印，到时候放我桌上。”

“好的。”

隔壁桌，新来的实习生姑娘看着他离开的背影，凑过来问：“大家都没下班，怎么万律师就走了啊？”

“他每个月的这几天都不加班的。”

“回家陪老婆？”

“开什么玩笑，律所什么都缺，唯独不缺单身汉。你见咱们这有几个已婚人士？工作都忙成狗了，他哪有认识女孩子的机会啊。”

小姑娘若有所思，笑容满面地凑过来：“那，律所里可以自产自销吗？”

张助理似笑非笑地觑她一眼：“这招可行，但不适用于万律师了。”

“你不是说他还单身吗？”

“对象是没有，但听说有个青梅竹马，人家高中时就是老同学了，传说中的白月光。这么多年万律师一直放在心上。”

“青梅竹马？”小姑娘问清楚了万律师的岁数，掰着指头一算，瞪大了眼睛，“高中三年没在一起，毕业到现在都七年了，还没确定关系，还能有戏吗？”

“这谁知道？反正禁不住万律师自己乐意呗。”

万小福并不知道自己的助理和实习生在谈他的八卦，从地下停车场把车开出来，看见路边有卖糖炒板栗的，停车，降下车窗。

“老板，来一份栗子。”

秋末天凉，他对着那袋热气腾腾的板栗沉吟片刻，目光落在公文包上，咧嘴一笑。

大概没人想得到，人前西装革履的万律师会把文件资料都拿出来放在后座，转而把一袋糖炒板栗放进公文包里，只怕送到那人手里时凉了。

他把公文包放好，低头发了条信息。

“我下班了，大概二十分钟后到。”

那边很快回复：“好的，我收拾一下，一会儿楼下见。”

徐晚星在楼下见到万小福时，他打开车门，从后座拎出一桶油、一袋米，大步流星走了过来。

她瞪着眼睛问：“给我的？”

“对啊。上个月来的时候，你家不是没米没油了吗？”

“你也知道是上个月的事了，至于一整个月都没买新的吗，我喝西北风呢？”

万小福笑起来：“赶紧拎上去，要累死我吗？站这说什么闲话。”

一边上楼，他一边说：“你好歹是个姑娘家，虽说身手好、力气大，这些事也让男人来做比较好。我先给你拎来，有备无患嘛。”

东西虽沉，好在小区有电梯，东西很快放进十八楼的家里了。

两人重新回到楼下，上车。

万小福从后座把公文包拿来，递给她：“喏。”

“干吗？”

“打开看看。”

徐晚星疑惑地打开那只公文包，眼睛都直了：“你把板栗放这里面？！”

“不然回来就凉了。”

“不是。我记得这包是你去年生日的时候，你妈买给你的吧？五位数的包，你就拿来装板栗？”

当这是菜篮子吗？

万小福笑了：“物尽其用，它的使命已经完成了。”

他笑起来时，嘴边有两个酒窝，依稀可见高中时清秀的少年模样。这也是为什么平常在律所和法院里，他不怎么笑的缘故。酒窝会显得他没那么严肃，塑造不了强势精明的律师形象。

徐晚星摆摆手，遗憾地说：“热的也吃不了。不然你车里一股味儿，还掉你一车壳。”

“没关系，我过两天正好要开去做保养。”

“下车再吃。”徐晚星很坚持。

车行一路，万小福想起什么，在红绿灯口停下来时，状似不经意地问：“对了，你最近看同学群里吗？”

“早八百年前就屏蔽了。除了发请帖晒小孩，剩下的也只会卖保险拉生意。”

万小福笑起来，顿了顿，说：“我看群里有人说，今天在市中心看见乔野了。”

那一句话平平无奇，却仿佛突如其来的炸弹，车里一时被消音。

乍闻他的名字，徐晚星一怔，半天没反应过来，旋即又笑了：“跟我说这个干什么？”

绿灯亮起时，万小福侧头看了她一眼，似乎在确认什么。可她的笑容还和之前一眼，没心没肺的样子，漆黑的眼珠看不出什么情绪。

他只能收回目光，继续前行。

“你就不好奇他现在在干什么吗？”

“跟我没关系。”

“当初的事，他不知道内情，气你也在情理之中。现在都这么多年过去了，不至于还耿耿于怀吧？”

“那也跟我没关系。”

“蓉城虽说挺大的，但大家交际圈子也就那么小，将来也许还有机会碰面。要不，干脆找个机会解释清楚——”

“班长大人。”徐晚星好笑地打断了他，“你以为这是在演偶像剧呢？”

“……”

“街头偶遇，背景音乐是《好久不见》，大家执手相看泪眼，还能话别当年？偶像剧现在都不这么演了。”

万小福一时没说话。

徐晚星意识到自己的反应似乎过激了，又放缓语气说：“时隔多年，大家都有自己的生活了，当年的事，说不说都没什么必要了。”

车停在医院门口，洁白一片，熟悉的味道似乎隔着大门都清晰可闻。

开门前，万小福低声说：“可我总觉得，他回来有你的原因。”

徐晚星一顿，安全带啪嗒一声松开，可手却停在车门上。

万小福侧头看着她：“他好歹一科研人员，还是搞天文研究的，不留在北京，也该去南京，往咱们蓉城钻什么啊？况且人家父母都回北京了，他孤家寡人跑过来，图什么？”

图什么？

徐晚星张了张嘴，勉力按捺住不规律的心跳，告诉自己心平气和最重要。

“你到底是来探望老徐的，还是来讲八卦的？”她翻了个白眼，开门下车，“果然是打民事官司打多了吗，说些家长里短的这么在行。”

万小福锁好车，抬头时，那人已经快步走了几十米远。明明腰挺得笔直，可那个背影怎么看都有种仓皇逃窜的味道。

他苦笑着追了上去，心道，她果然还是忘不了。

清花巷。

房屋经纪人明明大腹便便，却还按规定穿着白衬衣加西装裤，扎起来的衬衣更凸显出圆滚滚的肚皮。

他停在宽巷的两层楼小院前，笑容满面说：“二位跟我进去看看吧。”

宋辞眉头一皱，不乐意了：“你选的什么破地方啊，离研究院十万八千里远就算了，还在这种鸡不生蛋的地方？”

经纪人赶忙赔笑地说：“不不不，这里虽然看起来是老了点，但好歹是国风巷子，这几年不少游客都来观光，体验老蓉城的生活气息。您可别小看清花巷，这里的房价可不比高新区便宜。”

一侧站了个修长挺拔的年轻男人，也是白衬衣加黑西裤的打扮，领口甚至还随意地松了颗纽扣，但就是跟房屋经纪人把同样的行头穿出了完全不同的味道。

他不咸不淡地瞥了宋辞一眼。

“不乐意就赶紧走。我早说过了，你非要跟着来。”

“你只说地方没那么好，可没告诉我是这种破旧的老巷子。”宋辞四下看看，“没处停车，位置偏僻，这院子里也荒了好多年吧，演鬼片呢这是？我看鬼都不想住在这。”

片刻的岑寂，男人淡淡开口：“我以前就住在这。”

房屋经纪人：“……”

宋辞：“……”

宋辞：“我不管，那我就更要留下来了。毕竟是你生活过的地方，我可是初来乍到，人生地不熟的。反正我赖定你了。”

男人瞥他一眼：“留下来可以，有个条件。”

“还有条件？说来听听。”

“活得安静一点，少说话，多做事，别拿你的废话影响我的生活质量。”

“呸。你怎么不说你这厌世脸影响我食欲啊？”宋辞义正词严，“既然都要同居了，你提了条件，我也有个条件——”

“你没资格提条件。”

“喂，乔野，好歹我从北京一路跟你到这来，你就这么冷漠对待自己的好兄弟吗？你还有没有人性了！”

“没有。”

“……”

两人上演着“冰与火之歌”，房屋经纪人在一旁提心吊胆地扶扶眼镜，觍着脸凑过来：“那个，咱们要不，先看看房子的情况？”

“不用看了。”乔野从他手里拿过合同，“房子我租了。”

审合同，签字，拿钥匙，房子就算敲定了。

宋辞进屋子里溜达一圈，发现房子里面还是挺好的。更何况他从来都是嘴上抱怨多，但其实做他们这一行的，大西北也住过，荒漠戈壁也睡过，哪有心思计较住宿水平。

他只是抱臂倚在门口，似笑非笑说："哥们儿拿着国家津贴，不住高新区的高档公寓，选个这么朴素怀旧的地儿，思想觉悟挺高啊。"

乔野："老地方好，不用重新适应环境。"

"你那环境适应水平，还有这种担忧？刚到美国那会儿，我们吃不惯住不惯，时差都还没调过来呢，就你倒头就睡，醒来就跟打鸡血似的开工。"宋辞笑话他，"连张导都说你是没有感情的机器人。"

"机器人就算了，没有感情倒是真的。"乔野扫他一眼，"所以你要是再这么多废话，还是趁早回北京吧。"

"……"

两人昨天才从北京飞来蓉城，去了研究院里熟悉环境，目前行李还在酒店。

院里其实也有宿舍，但两人都不缺钱，没必要挤在逼仄的环境里，所以选择自行租房。

当初乔野去了C大后，隔了半年不到，乔慕成手头的项目也完成了，念着儿子北上，于是又举家迁回了首都。

听房屋经纪人的意思，在他们之后，又有一家人搬进这屋子住了几年，半年前搬走，这房子就空着。

两人去超市里买了点清洁用具，一晚上都耗在这里了。

离去时，明月高悬。

这些年蓉城似乎变了很多，来的一路上，沿途看见的高楼大厦极具现代感，鳞次栉比，灯火辉煌。

可来了清花巷，这里似乎还是老样子。

傍晚时分，家家户户做饭的香气弥漫在巷子里。月亮出来时，晾晒的被单还在二楼迎风飘扬。谁家传来小孩的哭声。谁家的电视声音开得略大，走过屋外都能听见。

“往哪走呢，不是从这边出去吗？”宋辞奇怪地叫住乔野。

可他却头也不回地往窄巷走：“这边也能出去。”

“不是，这边转个弯，不就直接能打车了吗？”

“来都来了，带你参观一下。”

“哥，我打扫了一下午加一晚上，这会儿腰都不是我自己的了。回酒店吧，算我求你，明天再来参观行吗？”

“不行。”

在宋辞废话的工夫里，那人已经走了老远，昏黄的路灯灯光拉长了他的影子，巷子里寂静无声，只有头顶的苍白月光。

宋辞看着他，一时没说话。

这些年乔野冷归冷，但人情味是有的。今天来了这清花巷，好像连人情味都没了，整个人都变得尖锐带刺。

他顿了顿，追了上去，却看见乔野停在了一扇卷帘门外，静默着，一动不动看着那道门。

那栋房子在巷子窄小的一段，比他们租住的那一栋小多了，也陈旧多了。二楼看起来倒是比一楼新了不少，明显是后期新装修过，贴着尚且闪亮的瓷砖。

宋辞走到他身旁，就听见他说：“这里以前不是这样的。”

“那是哪样的？”

“二楼以前是棚户，旁边有片空地，常年晾着衣服。”

乔野似乎也没在意他是否在听，只抬头看着在月色下发亮的瓷砖。

“没有贴砖，只有一大片爬山虎。春天的时候，会有蝴蝶停留。

“也没有石头阶梯，只有一架老旧的木梯子。爬上去时要手脚并用，不留神踩滑的话，可能会摔下来。”

……

有个书房，简陋不堪，唯有一张书桌、一方地毯和一只木头斑驳的大立柜。柜子上放了一只多功能收音机，墙上贴着 Coldplay 和 Beatles 的照片。

有一只橘黄色的猫，名叫阿花，冷不丁就从窗口跃进，爱撒娇，爱躺在椅子下睡觉。

有一个小姑娘，总是一边伏案疾书，一边抱怨中国人为什么要学外语，振振有词：不是“说好普通话，走遍全天下”吗，敢情都是骗人的吗。

还有一个无数次从梯子爬上来的少年，总是在虚掩的门外静静看很久，然后才装作刚来的样子，满不在乎地走进屋去。嘴上说着言不由衷的话，像是沉稳又波澜不惊的成年人，但心跳早就出卖了他。

……

乔野不知道自己站了多久，倒是宋辞难得没有打岔，也没有提醒他该走了。

直到下班归来的辛意，大老远看见两个男人站在自家门口，走近了，才不可置信地叫出了声：“乔野？”

他一顿，回过头来。

“我的天，真的是你！”辛意睁大了眼睛，“你怎么在这？”

“我搬回来了。”

“还是宽巷那边吗？”

“嗯。”

“你，你不是在北京吗？怎么会回蓉城？”

乔野顿了顿，微微一笑：“说来话长。”

辛意穿一身得体的职业套装，头发也束在脑后，看起来像个一丝不苟的古板秘书。

宋辞好奇地看了两眼，问乔野：“你同学？”

乔野点头，为两人互相介绍。

七年未见，其实并没有什么话可说。本来从前也不见得多熟，不过是因为徐晚星的存在，才把一群八竿子打不着的人聚在了一起。

寒暄几句，就要离去。

辛意却忽然叫住他：“乔野。”

他一顿，回头看她。

辛意说：“房子已经卖出去了，她早就不住这里了。”

乔野没作声。

“晚星如果知道你回来了，一定——”

“时间不早了，先走一步。”他淡淡地打断辛意，笑里只有客气，没有半分热忱，“大家住得近，以后常见。”

“……好的。”

都走出窄巷了，宋辞才若有所思地念出两个字：“晚星？”

乔野没搭理他。

“你刚才看的那栋小楼，是她家？”

还是没回应。

“就那个撩拨你又抛弃你，还从来没承认过是你女朋友的旧情人？”

脚下猛地一刹车，乔野目光森冷，侧头看他：“你不说话会死？”

见他动了怒，宋辞总算消停了，在嘴边比了个拉拉链的动作，表示妥协。

乔野这人，素来话不太多，两人相识六年多，即便交情过硬，宋辞也鲜少听他提起过去。单知道他爷爷是天文摄影家，父亲是地质工作者，读书时代他因父亲的工作变动，辗转各地，还来蓉城念过高中。

唯一一次听他多说了两句，是在美国实习那几年，项目完成那天，庆功宴上他们俩愣头青不会推辞，给灌多了酒。回到公寓，他们轮流去厕所吐得昏天暗地。

再出来时，两人坐在地板上，背靠沙发，迷迷糊糊说醉话。

宋辞把从小到大追自己的女生都炫耀了一遍，从指甲总是涂得五颜六色的那个，到头发染得花里胡哨的那种。还有一个家里开连锁餐厅，告白时曾经立下豪言壮语，说要为他承包下半生的一日三餐。

他拍拍乔野的脸：“小伙这么帅，虽然脾气难搞了点，追求者没我多，但应该也有过不少吧？来，说给哥听听。”

换作从前，乔野一准不搭理他，可酒精上头时，舌头似乎也不听使唤了。

他抱着靠枕懒洋洋倚在那，好似在思索什么，半天才皱起眉头说：“……记不清了。”

“一个都记不住吗？”宋辞夸张地说，“难不成是一个都没有？”

“胡说。”乔野还生气了，想了半天想到一个，“有个公主。”

宋辞品味片刻，表情有点一言难尽：“你说的这个公主，该不会是我想的那种公主吧？”

“哪种？”

宋辞扭捏着竖起兰花指，装腔作势：“大爷，再喝一杯吧——这种。”

最后两个字回归爷们儿路线，反差极大。

乔野喝多酒，人似乎也和气不少，哈哈笑个没完，推他一把：“去你的。不是这种。”

他还在艰难地用残余的理智思索着：“好像叫傅什么，徐晚星总叫她公主。”

“徐晚星又是哪一个啊？”

“不是哪一个。”醉鬼拿抱枕砸他脑袋，生气地说，“徐晚星只有一个。”

说着，他还竖起食指，认认真真地说：“只有一个。”

宋辞回味过来了，凑过来兴致勃勃问：“前女友？”

然后又被靠枕一顿乱砸。那醉鬼砸累了，把抱枕一扔，倒在地上睡了过去。最后一句话含含糊糊，不太清楚，好像是在说：“她从来没承认过。”

宋辞推他：“喂，怎么睡这了？”

“……”

“起来，进屋去，睡这会生病的！”

“……”

他看乔野睡得沉，四下看看，趁着醉意踹了两脚，嘿嘿一笑。

您也有今天啊。

这家伙非常惹人讨厌，说话带刺，不好相处就算了，专业能力还老是强过他一头。开玩笑，南大和C大的天文专业本来就是针尖对麦芒。C大胜在国中之重，受上面扶持。南大的优势是历史悠久，天文系是王牌，也是老牌。

几乎是他俩一见面，派系之争就压在脑袋上了。

宋辞自小未曾受过挫，在南大更是首屈一指的天才少年，谁知道遇见个乔野，好死不死杠上了。

那两脚不轻不重踹在腿上，乔野动了动，嘴里含糊地说着什么，声音太低，听不清。

“你说什么？”宋辞弯腰凑了过去，想听清他的话。

原本是听不太明白的，可那一整夜，他都迷迷糊糊呢喃着那三个字，想记不住都难。

天亮时，宋辞顶着鸡窝头问他：“徐晚星是谁啊？”

却看见乔野身形一滞，没吭声，出门去了。

他也不多想，进浴室洗了个澡，又把换洗衣物从洗衣机里捞出来，走到阳台去晾。无意中瞥见楼下站了个人，手里那一抹火光格外显眼。

乔野一动不动站在树下，烟抽了一支又一支，回来时浑身烟味，满面风霜。

那一天，宋辞才发现，原来这人并不总是大家看见的那样风光无限。每个人都有自己的心酸苦楚，只是埋得太深，无人得知。

另一边，肿瘤科的病房热闹了一晚上。

每个月这几天，几人都会聚在这里，探望徐义生。

“啧，我们春鸣已经从稀罕的男护士成了主管护师，每天带领一群漂亮的白衣天使在各个病房穿梭，可耀武扬威了。”说话的是于胖子。

春鸣不客气地说：“怎么，你羡慕吗？羡慕也没用，我们这是技术活，兄弟你是做不来的。”

一边说，他一边从推车上拿出徐义生要注射的药液，从装针到推针，一系列动作行云流水。

原本这些事可以直接交给护士来做，但徐义生这里他从来都亲力亲为，就像是自家长辈，能上阵就亲自来。

“疼吗？”他低声问。

老徐笑着摇头，说不疼。

“是，我可羡慕你了，羡慕你每天都能穿白裙子当天使。”于胖子翻白眼，拧开保温桶，憋了好半天，直到打完针了，才敢出口气，怼回来。

他热情洋溢地把汤送到老徐面前：“叔，来，喝点鱼汤。这是我们老板托人从长白山弄回来的鱼，说是天池神鱼，喝了延年益寿。”

“这你都信，到今天了还没给弄进传销窝里，我敬你运气好没遇上传销分子。”春鸣嗤笑。

“呸，哥这么英明，传销分子他敢来吗！”于胖子殷勤地替徐义生摆好小桌板，倒了一小碗汤，还吹了吹，“也甭管是真的神鱼还是假的草鱼了，反正我的手艺没话讲。最近来我们餐厅的客人好多都点这道鱼汤呢，说是喝了一回想二回，喝了三回，想把本大厨撬回家。”

毕业好多年了，于胖子也当真潜心钻研厨艺，如今在一家不大不小的餐厅当大厨。

徐晚星和万小福进来时，就看见他星星眼望着老徐，一脸求表扬的样子：“叔，好喝吗？”

老徐眉开眼笑地点头，说从来没喝过这么好喝的鱼汤。

徐晚星走上前瞄了眼，端起保温桶里剩下的鱼汤就尝了一口，斜眼看于胖子：“于庆庆你又顺你们店里的食材了，薅羊毛薅得挺溜啊。”

“什么叫顺呢。大厨拿点食材回家钻研厨艺，我们老板高兴都还来不及。”

“那他知道你把天池神鱼也拿走了吗？”

“……咳，细节就没必要知道得那么清楚了。”

病房里一阵闹腾。

万小福没有那么会插科打诨，总是一边听大家说话，一边笑着削水果给老徐。只可惜化疗的时候因为药物反应，一碰生冷的食物，甚至身体接触到冰冷的物体，都会像触电一样难受。

所以到头来，那些水果多半进了徐晚星的肚子。

她倒是没思考那么多，总是在老徐推拒时，不忍浪费班长的好意，索性大大咧咧接过来，说：“我爸不吃，我吃。”

辛意今天加班，回家太晚，不然也来了。女孩子心细，很多时候路过医院也会进来坐坐，替老徐按按腿脚。

唯一遗憾的是，大刘不在了。

当初说好要成 IT 大侠，虽说最后没有听上去那么牛，但他毕业后去了广州一家游戏公司，现在也做得风生水起。麻将小分队有一个专属的微信群，隔三岔五就能看见他在里头炫耀——

“兄弟们，我的游戏又爆了啊啊啊！”

又或者是——

“快，明天新手游开始公测了，兄弟们快来帮我添砖加瓦凑人气，冲呀！！！”

更常见的是——

“于庆庆你个狗东西，测试期这么忙，你大半夜调戏我们客服妹子干什么？！”

于胖子立马冒头：“询问有关游戏的问题也算调戏？”

【是春鸣不是春鸡】：你问什么了？

【于瘦子】：我问她游戏里能不能结婚啊。

【无敌徐晚星】：听起来是合理的。

【广东吴彦祖】：我呸，他下一句就是，那请问小姐姐的 ID 是什么，请问我能和你结婚吗？

【于瘦子】：怎么，客服姐姐是你老婆，我不能勾搭吗？

【广东吴彦祖】：呵呵，小姐姐？也就你觉得客服都是小姐姐！别说我没提醒你。

后来于胖子再也没上过那款手游。

徐晚星从前以为，每一次毕业，就代表一次分别，人生像一条绵延深情的河，奈何支流不断，离散太多。可这么多年来，他们还在一起。每一个月里，再忙，大家也会来看看老徐，陪她渡过无数个难关。

说到难，人生是真的很难。

可是那些难关未必见得只有苦难，苦难见证了一路以来的陪伴，让眼泪的背后也多出不少欢笑。

他们离开医院时，老徐神情疲惫，已然入睡。

众人轻手轻脚走出病房，看徐晚星为他盖好被子，悄无声息阖上门。

医院的走廊很安静，只剩下护士推车匆忙而过的声响。灯光热烈又冷清，照得伤痛无处遁形。

万小福低声说："徐叔又瘦了。"

徐晚星嗯了一声："昨天量体重，只有八十一斤了。"

于胖子蹙眉："要不我再想想法子，多做点滋补的东西来。"

"没用的。"春鸣拧了拧眉心，叹气，"我隔三岔五就问朱医生，现在的情况确实不太乐观。七年做了四次手术，每一次都元气大伤。上个月又发现的那个小肿瘤，现在压根不敢想动手术这个方案。再大动干戈，徐叔根本下不来手术台。"

于胖子急了："不是一直在花大价钱做什么生物疗法吗？敢情大把银子投进去都打了水漂？"

"你以为生物疗法是灵丹妙药，药到病除吗？那不过是癌症中前期的辅助疗法，让体内的癌细胞和正常细胞达到一个平衡，谁也不影响谁，大家和谐共存罢了。现在徐叔的身体已经耗空了，生物疗法也只不过是让他好受点，再拖延拖延时间。"

春鸣侧头看着徐晚星，低声说："叔叔问起来时，我还是跟他说的一切都好。但跟你我不说什么冠冕堂皇的话，有一说一。你伤心也好，豁达也罢，总之我们在。"

万小福不知该说什么，只能伸手拍拍她的肩："春鸣说得对，我们都在。"

于胖子也郑重地点头："有事我们陪你一起担。"

头顶没有月光，却有千千晚星，仿佛明灯指引。

徐晚星笑了，一个一个看过去，对上三道赤诚的目光。

"放心吧，我很乐观。当初说好活五年，现在都七年了，我还有什么不满足的？剩下的日子，过一天算一天，都是老天给的礼物。"

众人坐万小福的车离开医院，各回各家，唯独徐晚星还要去茶馆。

车停在高档会所外，万小福低声问她："晚星，这一行总归干不长久，要不，在我们律所来做份正经工作？"

徐晚星弯下腰，从窗外看着他，笑着说："算了，就我这个学历，没哪处能有顾先生这赚得多。他对我也挺好的，一直客客气气，也知道我爸的情况，但凡我有事，都准我假。”

“总不能今后都这样吧？”

“今后的事，今后再说吧。”

他们都心知肚明，那个今后，大抵就是没有徐义生的今后。

高档会所是顾先生后来自己开的地方，在别人的地盘总不如自己的地盘方便。

会所叫云院，是个清雅的茶庄，装潢雅致，位于市中心繁华地带，周遭是高档住宅区和高端商业中心。

马路对面是一家二十四小时便利店，宋辞拎着大包小包站在门口，脚上还趿着双拖鞋，问乔野：“傻站着干吗呢，还不上去？”

乔野像是入定了一般，从店里走出来后，就停在街沿一动不动看着对面。

宋辞拍他：“干吗啊你。”

他这才大梦初醒般回过头来：“……你先上去吧。”

“你不上去？”

“有样东西忘了买。”他又转头走进了便利店。

“神经病啊，一回蓉城整个人都神神道道了。”宋辞白他一眼，拎着一大堆东西上楼去了。

十二楼的落地窗边，某人久等不至，宋辞干脆又趿着拖鞋噼里啪啦下了楼。

只是在酒店大堂里，还没来得及出去时，他就愣住了。

门外，乔野穿着风衣站在街沿，手里握了包烟，右手还拿着一根没有燃尽的。秋末的风已有凛冽的意味，吹得他衣角飞扬，像三月的燕尾，带着离散的萧条感。

他掐灭了烟头，扔进一旁的垃圾桶里，又从烟盒里抽了一支新的出来。

世界真大，蓉城真小。

万万没想到这么多年过去，第一次见面竟是她那样笑靥如花地弯腰跟车内人讲话，末了，还像个小姑娘似的挥挥手，步伐轻快地离开。

来不及细想她变了多少，没工夫思索她过得如何，他满脑子只剩下一个念头——

英菲尼迪 SUV，男人的车。

呵。

当晚，徐晚星在牌桌上赢了个爽快，大杀四方。

顾先生来看了一阵，含笑说："晚星这心算速度又进步了。"

末了，他交代了一件事。

"明天和易云集团的唐总谈合作，小何，你在云方远定个包间。唐总以前在蓉城住过一段日子，喜欢他们家的那道十八味椒麻鱼。"

"晚星，你订好明晚顺兴老茶馆的座，晚饭之后请唐总去看看川剧。"

徐晚星跟他这些年，也并不只是坐上牌桌，因为人伶俐，做事机灵，顾先生也常分派一些任务给她。

顾先生的生意做得大，但早年也不过是白手起家，草根阶级，近十年来跻身蓉城新贵，但派头作风并不张扬。

他没有给徐晚星什么头衔，公司挂名也只是个小助理，毕竟打业务麻将这种事，也无法提到台面上来谈。但他给的工资不俗，绝对超出了高级助理能有的范畴。

没想到的是，第二天下午，徐晚星人还在医院陪父亲，忽然接到小何的电话。

"星姐，完蛋了，我没订到云方远的包间！"电话另一头，何承绪听起来都快哭了。

徐晚星一顿："怎么回事，你别急，好好说。"

何承绪是今年新来的人，也和徐晚星一样上牌桌，顺带干点杂务。但他年纪轻、资历浅，早年不过是顾先生资助的贫困生，毕业后一来因为急需钱，二来也算是回报顾先生的知遇之恩，于是放弃了大好的工作机会，跑来云院做事。

事情是这样，他原打算中午致电云方远酒楼订座，完成顾先生交代的任务。谁知道上午祖母犯了高血压，忽然昏迷不醒，他吓得魂飞魄散，立马拨打 120。老人到医院时，监测仪上显示的心跳都只有五十一了。

他在医院一守就是大半天，兵荒马乱的，也忘记了订座这件事。

等到下午三四点，他想起来这回事时，去电一问，云方远的包间已经没有了。

“姐，我该怎么办啊？顾先生要是知道我连这点小事都没办好，一定会大发雷霆的。”何承绪哭丧着脸，慌得不行。

“确认过了吗？和云方远说过是顾先生要的包间没？”

“说过了。可那边说了，虽然是顾先生的要求，但包间都预订完了，这时候没法转圜了。”

纵然顾先生是大老板，云方远也不是什么小招牌。正经说起来，怕是云方远的幕后老板还要更牛一些，这些年云方远在蓉城做得低调却名气大盛，是招待贵宾的不二之选。

徐晚星眉头一皱，问：“你现在在哪？”

“在开车，马上到云方远了。”

“在那等我。”

徐晚星火速赶往目的地，在云方远的大门外与何承绪碰头。

从外观看来，云方远不像餐厅，更像是偌大的别墅。木质的招牌点缀着小院，庭内竹木清幽，独具韵味。

徐晚星上阵救场，亲自与前台服务生周旋。

“是我们的人疏忽了，才耽误了订座时间。但今天的确要招待贵客，能通融通融，让出一间包间吗？”

前台摇头：“很抱歉，这位小姐，我们今天也的确没有多余的包间了。要不你们将就一下，还是坐大厅吧？大厅其实环境也很好，我们云方远很注重客人隐私，都有植物掩映，即便是大厅，私密性也相当好。”

可是唐总怎么可能坐大厅？

坐大厅又该如何谈生意？

徐晚星没辙，只能凑近了些，低声说：“只要你能匀出一个包间来，价格不是问题。我们可以付双倍。”

“不好意思，我们也只能按规矩办事——”

“三倍。”她神色凝重，也顾不上什么细节了。

服务员怕了她，一眼看见领班往这来了，求救似的冲了上去，把情况噼里啪啦说明一通。

领班是个看上去就异常精明的女人，了解情况后，亲自拿出包间预约册给她看，说辞却还是大同小异——

“实在不好意思，现在的情况没法通融，我也想替您分忧，毕竟是顾先生的贵客。可您看，包间的确都预约满了，即便是顾先生，我们也不可能因为客人的身份背景有差异，就对其他客人不公平，这是云方远的办事宗旨。”

徐晚星眼尖，一眼看见了预约单上某包间的预约时间是晚上七点半。

“那这样，我们不到六点就能开始，七点之前一定能结束，因为下一个行程是顺兴茶馆七点半的川剧表演——”她指着那一栏预约时间，“这个叫行云流水的包间，预定的是晚上七点半开始，要不你让我们先用着，我保证七点一定离场。”

领班摇头：“这不合规矩。别说这样的宴席一小时内不容易结束，就算能结束，服务员收拾包间也需要时间，哪一个环节出错，都会给原本预约好的客人带来不必要的麻烦。”

纠缠好半天，领班依然不同意。

她说他们老板之后会亲自向顾先生致歉，但很抱歉，今日之事不能通融就是不能通融。

一旁的服务生说：“其实你们也可以去对面的兴德大酒楼，他们档次也不比我们低，通常还有不予预约的备用包间留给他们老板的，这会儿去，就说是顾先生要，他们一定会安排的。”

其实这是大多数高端会所的做派，唯独云方远的老板特立独行，就是不开小灶。

何承绪都快急哭了，拉着徐晚星的衣袖：“星姐，可唐总点名就要这家的十八味椒麻鱼，顾先生也跟他说好了，咱们临时变卦——”

徐晚星抬手阻止他说下去，一咬牙，从包里掏出一卷早就准备好的钱来，趁着四下无人，朝领班递过去。

“我们也是底下做事的，实在是没辙了——”

领班避之不及：“您这是在做什么？别别别，您可千万别这样。”

“我不为难您，就想借用行云流水一小时。我保证绝不超时，一分钟也不会。”

只要包间到手，她就可以把今日的突发情况向顾先生和唐总说清楚，哪怕行程仓促，但好歹他们尽善尽美把唐总喜欢的东西送到眼前了，这是诚信。

可如果顾先生承诺好的一餐饭都无法实现，唐总会怎么想？便饭都能敷衍塞责、偷天换日，生意还能谈吗。

徐晚星清楚这个道理，生意人最看重细节。

也就在这时候，她听见身后隐隐有脚步声，片刻后，有人疑惑地说：“行云流水？那不是我们的包间吗？”

她一顿，匆忙回头，就看见几步开外的一小片青竹林前走来一行人。

人不多，五六个罢了，她甚至没能看清都是什么岁数的人，穿什么衣服，目光堪堪接触到其中最高也最显眼的那个人，忽然就失了焦。

到底是命运的玩笑，还是拙劣的巧合？

这样的场合，这样的重逢。

徐晚星脑子一片空白，几乎是叮的一声，世界被摁下了消音键。她也没弄清楚到底是云方远太安静了，还是只是因为耳鸣才听不太清周遭的声音。

真是人间处处有惊喜。

领班见正主来了，更是一把将那卷厚厚的钱塞回来，避之不及地后退两步：“徐小姐，您就别为难我了。我也只是个服务生罢了，顾客得罪不起，老板也违背不了。说句实在话，您就去对面的兴德大酒楼吧，趁早去，事情还能圆满。”

小何低低地哀求她：“星姐，怎么办啊？”

现状把徐晚星从刹那失神里拉了回来，现在根本不是胡思乱想的时候。

她深吸一口气，看清了眼前的一行人。

老者，年轻人，个个都光风霁月，哪怕未着昂贵礼服，看上去也气质独特。被拥在中间那位是个头发花白的老者，戴着银框眼镜，慈眉善目，很好说话的样子。

说话的是一旁的年轻人，好奇地望着她：“行云流水不是我们的包间吗？怎么你也要？”

徐晚星也顾不得那么多了，上前冲那位老人笑道：“老伯好，我姓徐，您可以管我叫小徐。”

开场白说完，直奔主题。她三言两语挑重点说了，旨在强调她的顶头上司招待多年未见的老朋友，而她身后的何姓小朋友因祖母忽生急病，耽误了订座时间，造成了现在的麻烦。

她央求老人，能不能把包间借她使用一小时，还是那句话——“我可以向您保证，一分钟也不会超出。”

老人是航天研究院的老教授了，胡天云。一行人本来也不是生意场上的人，平日里除了学术和技术研究，就是普普通通好打交道的读书人。

他看小姑娘可怜巴巴的样子，也动了恻隐之心。

这一餐饭还是张院要请的，说是为新入研究院的两位年轻人接风洗尘，可大家都不是多讲究的人，吃什么好像不要紧，在哪里似乎也都一样——

胡教授回头看看大家：“反正张院也还没来，要不，咱们把包间让出来？”

话主要还是问宋辞和乔野，毕竟今日的主角是两位新来的小朋友。

宋辞笑了：“我没那么穷讲究，坐大厅也——”

“不好。”一旁的人却忽然打断他。

大家都愣了愣。

却见个子最高那人，年纪轻，但气质却很沉稳，此刻静静地站在原地看着面前面露难色的小姑娘，淡淡地说：“凡事都讲究个先来后到，还有契约精神。”

徐晚星赔笑道：“吃顿饭罢了，谈什么契约精神呢？”

“顾客和餐厅约定好了位置和时间，双方达成了一致，我们一行人也兴致勃勃都来了，没有道理临时变卦。”

“就是一间包间罢了，您是不是也太较真？”

“看来你并不懂什么叫作一诺千金。”

空气里有一刹那的凝滞。

胡教授一行人似乎有些迷茫，但乔野发了话，他也不好和小朋友站在对立面，于是不再多言，只笑着说：“这是个较真的家伙，我在美国那会儿就看出来了。”

宋辞察觉有异，替乔野打圆场：“可不是？这几天不知道是不是水土不服，脾气可坏了呢，亏得我人好包容心强，要不谁能跟他住同一个屋檐下？”

插科打诨片刻，大家都笑起来。

乔野没笑，他只淡淡地看着徐晚星，脸上写着三个字：不可以。

徐晚星气极反笑，一把拉住何承绪的胳膊：“成，不行就算了。我们走。”

何承绪一路追问：“走去哪儿啊？”

“对面。我还就不信了，就这一个餐厅吗？就他们家会做鱼吗？没有那行云流水的包间，咱们是会被顾先生打死还是骂死？”

她拉着人大步流星往外走，绕过小竹林，都走到大门口了，忽然有人追了上来。

她听见那急促的脚步声，心下一动，还没准备好要用什么样的面目回头，就听见对方慌张的声音——

“徐小姐，徐小姐！”

“……”

是个女人。

她脚下一停，回过头去，看见领班追了出来。

“徐小姐，刚才有客人打来电话，取消了今晚的预定，现在有空包间了，您还要吗？”领班气喘吁吁地停在她面前。

她还要吗？

徐晚星忽觉好笑，她怎么会以为追出来的是……

定住心神，气不打一处来。怎么，刚才还一口咬定绝不通融，这才眨眼工夫，怎么又追上来殷勤地提供空包间了？

这里的人都会变脸吗？

要不晚上不去顺兴茶馆了，在这儿看一场川剧变脸不就好了？

她怒火攻心，张口就说：“要，怎么不要？”

气是要生的，包间也是要的。

她真的太难了。

第六章

当年明月在

要换作学生时代，年少气盛的徐晚星一定不会妥协。

好话歹话都说尽了，毕生的耐心都用来磨这一个包间，结果对方就是死活咬定不能给。不给拉倒，要不是顾先生说了那位唐总对那什么鱼有执念，谁费这工夫啊？

结果一眨眼，对方又追出来了，前后脚的工夫而已，就从打死都不肯给的包间变成了送到眼前的包间。

可她毕竟不是当年的徐晚星了，懂得见好就收的道理。

跟着领班一路往回走时，何承绪拉拉她的衣袖，嘀咕：“真气人。早知道是这个结果，刚才何必跟我们磨那么久呢？”

“行了，好歹没辜负顾先生的嘱托。你今后做事情千万谨慎。”

“知道啦，幸好有星姐你在。”何承绪感激过后，又惦记起刚才的风波，“说起来，那个拒不给包间的男的是真不通情理。明明我看那老人家都同意了，大家也都没什么意见，偏他站出来鬼扯，还拿什么契约精神来压人。开什么玩笑，吃个饭也能鬼扯到一诺千金，书读傻了吗？迂腐成这样！”

徐晚星沉默片刻，莫名有些心虚。

再看看身旁的年轻人，小何其实还是个孩子，刚出社会不久，做事难免还不够圆滑，心直口快。可有棱角未必见得不好。都磨平了，也就和其他人没什么两样了。

不像她……

一路穿过小竹林，回到大厅内，领班带他们去了一间名叫“春山如笑”的包间。

巧的是，对面的包间门大开着，一眼就能瞥见其中光景。

何承绪眼睛一眯，用胳膊肘碰了碰徐晚星：“星姐，你瞧。”

徐晚星回头一看，表情一滞，再抬头看看两边包间的名字。

为什么没人告诉她，“春山如笑”的对面就是“行云流水”？

她维持镇定，迅速收回视线，扭头钻进了自己的包间，坐在靠近角落的座位上指挥：“你给特助打个电话，让她转达顾先生这边的事情办妥了，然后把包间位置告诉她。”

两边的大门都开着，大概都是在等人，对面的对话也隐隐约约传了过来。

“张院说大概还有十来分钟就到，我把包间名字告诉他了。”

“别，还是我和乔野亲自去接他吧。”

“接他做什么？哦，我都是自己进来的，他怎么那么大面子，还要你们俩去接？”

“您可别这么说啊，胡教授。刚才您才不是自己进来的，这不是咱们众星拱月把您给簇拥来的吗？”

胡教授被逗得哈哈大笑：“就你小子贫嘴。”

片刻后，有人从对面包间走出来，恰好和在门口叫服务员端茶的何承绪打了个照面。

何承绪一见，这不是刚才语气生硬地鬼扯契约精神的家伙吗？当真是冤家路窄。

他白眼一翻，回头就冲徐晚星说：“星姐，咱们这包间不好。”

徐晚星纳闷地抬头：“怎么了？”

“和某些斤斤计较、小肚鸡肠的人离太近了，影响食欲，饭都吃不安生。”

“……”

走廊上站着的正是准备出门接张院的宋辞与乔野。

宋辞冷笑一声，停住脚步，眼刀直接戳在了对方脸上：“有话直说就好，阴阳怪气算什么？你嫌我们小肚鸡肠，我们还嫌你满身铜臭呢。”

“你说什么？”何承绪也生气了，“自己一身穷酸气，也好意思说别人满身铜臭。”

“要真是满身铜臭倒还好，就怕钱没几个，全是狗仗人势。”

宋辞是个天不怕地不怕的主，自幼在教师家属楼里长大，顺风顺水，属于孩子堆里称霸王，老师眼皮子底下也能点炮仗的小浑蛋。这些年来出格的事倒是不怎么干了，但嘴皮子功夫依然独树一帜。

何承绪不是他的对手，两人多说了几句，立马就落了下风。

徐晚星扶额，匆忙走到门口，一把将何承绪拉了回来：“行了，别在这瞎互动了。包间咱们也有了，大门一关，各吃各的。”

乔野与她开局就不对付，这她能理解，没必要和无关紧要的人结仇。

徐晚星客客气气地把小何护在身后，对宋辞说："不好意思，刚才的事是我们唐突了，希望你别放在心上，吃好喝好。"

虽然言辞客气，但看表情，还真是完全没有半点诚意，她话音一落，下一秒就要动手关门。

宋辞只觉眼前一花，身后的人不知何时伸出了手，径直抵住了正欲合上的门。

乔野淡淡地说："没把包间让给你，很气吗？"

门内的人一顿，抬眼看他，笑道："哪能呢。本来就是我唐突了，提了个无理的要求，被拒绝也在情理之中。"

话是这么说，她的眼睛里却明明白白写着：是的，我很生气。

乔野看她片刻："按理说，老同学见面，几分薄面还是该给的，你不高兴也在情理之中。"

徐晚星心头一跳，没想到刚才人前还像是素不相识的陌生人呢，这会儿他倒是干脆利落挑明了关系。

她不知他葫芦里卖什么药，只能继续客套："没有，没有，你都说是老同学见面了，我高兴还来不及，哪能生气呢？"

乔野没说话，定定地看着那双眼睛。

她明明在说：就是生气了又怎么样？少来我面前装腔作势。

可装腔作势的又何止是他呢？乔野松开手，敛了笑意，淡淡地扔下一句："知道你不高兴，我就高兴了。"

说完，他头也不回，步伐从容地往外走了。

徐晚星："……"

乔野身后是从不解到震惊再到八卦之火熊熊燃烧状态的宋辞，快步跟来，一脸"真是没想到"的表情。

"哎，哎，你刚才叫她什么来着？"

"……"

"你叫她徐晚星了是不是！"

"……"

"不是吧，居然真的是她？她就是徐晚星？！"宋辞不可置信地一拍脑门儿，乐了，“这是什么奇妙的缘分？这么大个城市，吃个饭也能遇见，还抢同一个包间。我的天，这活生生就是小说里的天作之合啊兄弟——”

说到一半，像是被馒头塞住了嘴，喉咙忽然一堵。

“哎，不对啊。要真是前女友，人家求你行个方便，让一下包间，你不该这个反应啊！管他三七二十一，和平分手还是闹崩了，起码人设不能崩，得让她看看你多有风度才对啊。你怎么直接给人拒了呢？？？”

宋辞匪夷所思。

乔野不耐烦地再次强调：“说过不是前女友——”

“是是是，我知道全称应该是‘从来没承认过你的名分，还没成为女朋友就把你抛弃了的妹子’，但我这不是尽量简洁明了地进行口语表达吗？你懂就行了——”

话音未落，他被乔野一记森冷的眼神逼得硬生生吞掉了后续的追问。

“你是来吃饭的，还是来讲相声的？”

两人都穿过竹林了，在大门外站了一会儿，翘首以盼张院的到来。

宋辞还是没忍住，侧头冲他坏笑。

“妹子挺好看的。”

“闭嘴。”

“眼睛像小鹿，特会说话。一面笑着跟你说不生气，一面用眼睛喷火，这操作都给看我傻了。”

“……”呵，连你都看出来了，她还以为自己表演得挺到位。

“也很聪明，识时务。你看咱们一行人进来，她眼珠子一扫，就知道该找胡教授下手，要不是你半路拦着，咱们那包间一准归她了。”

乔野依然没说话，双手插在裤兜里，身姿笔直地站在路边，白衬衣加休闲西裤，面容沉静如水，不知道的还以为是谁家的公子哥出来晃悠，一身清高。

他安静地看着远处，城市车水马龙，夕阳余晖照在公路尽头。

是啊，她倒是表现得很聪明。

曾经最直来直往、鲁莽冲动的人，如今也学会了迂回战术，学会了察言观色，更学会了拿钱压人。

踏进餐厅的那一刻，他从未想过会看见她，更想不到映入眼帘的，是她恰好拿着一卷钱，姿态娴熟塞地给领班的画面。

到底是七年过去，物是人非了。

他摸出包烟来，却被宋辞一把抢走："干什么啊你，一会儿回去让胡老师闻到你抽烟了，一准儿得当众批斗你。"

乔野顿了顿，由他拿走了那包烟。

一顿饭，徐晚星食不知味。

顾先生不是那种强人所难的人，一早看出徐晚星不是喜好声色犬马的姑娘，要喝酒的场合几乎不叫她。像今天这样的饭局，唐总也是风雅人，和善友好，才会有徐晚星出席。

他一早看出，小姑娘品性善良，说话做事都伶俐，所以偶尔带她来这样的场合，她总是伶牙俐齿，很能讨长辈欢心。

所以徐晚星即便食不知味，也依然卖力地说着俏皮话，引来唐总笑声不断。

唐总冲顾先生摇头笑："你这小助理是真招人疼，咱们聊什么，她都能插上嘴来，哪怕插得牛头不对马嘴，就是叫你心花怒放。"

顾先生笑了："唐总可别这么夸她，不然她还真以为抖机灵就是可爱，将来说话没个正形。"

总算是宾主尽欢，谈到后续生意上的事时，徐晚星就不插嘴了，埋头吃饭，非常懂事。

中途去了趟洗手间，恰逢服务员为对面"行云流水"上菜，门打开时，她听见他们在谈论什么空间站，什么飞行器。下意识抬头看时，她正巧看见那位白胡子老教授一脸骄傲地拍拍身侧的年轻男人——

"后生可畏啊。"

旁边一位先前没见过的老人家笑道："成了，等你胡天云退休了，我一定让人在你的介绍里这么写——这辈子最大的丰功伟绩，是为航天研究所招来杰出人才两名。"

"呸，我就这么点作用吗？"

“这是最突出的贡献嘛。”

所有人都笑起来，包括被夸后生可畏的他。

徐晚星一时恍惚，仿佛看见了旧日的少年。他像棵挺拔的青竹，哪怕普普通通坐在人群里，也总是最引人注目的那一个。不笑时，像朵远在天边的流云，可一旦笑起来，又像是不落的太阳。

那个笑，似乎从很远的过去到很久后的今天，都未曾改变，带着不可一世的耀眼锋芒。

某一刻，包间内的他似乎察觉到有目光从外面投来，下意识抬眼，却只瞥见虚掩的门外一抹匆忙离去的身影。

他一顿，笑容忽然淡了些。

离场时又碰面了。

一行人站在大门外，院里的几个小年轻开了车来，大大咧咧分配任务——

“我和张院、小孔顺路，就把他俩载回家了。”

“行，那我负责胡教授。”

“乔野、宋辞，你俩住哪啊？”

“跟你们不同路，我们在城南那边的清花巷。”宋辞特意强调一句，“乔野同志觉悟高，特地选了个鸡不生蛋的地方，突出展示我们俩的勤俭节约。”

一阵哄笑声。

“行，那你俩就自己打车回家啦，明天院里见！”车里的孔鹏飞给出一个飞吻，绝尘而去。

另一边，徐晚星也在送客。

司机开来黑色卡宴，她和何承绪热情地把人送走。

唐总都快上车了，还拍拍她的肩：“小姑娘人机灵，嘴又甜，要是哪天你们顾总不要你了，尽管来我公司。”

徐晚星笑吟吟地点头：“谢谢唐总，我记住了。”

顾先生在一旁笑：“这下她更有恃无恐了。”

送完唐总上卡宴，又送顾先生上奔驰。临行前，顾先生笑着对徐晚星说：“今天表现不错。”

她笑容甜美地眨眨眼："那涨工资吗？"

顾先生边笑边指指她，一边摇头说"你呀"，一边也坐车离去。

何承绪一直笔挺的背这才放松下来，揉揉脸："嘴都笑僵了。"

徐晚星也终于松口气，放下心来："好了，咱俩也打车回去吧。"

一侧头，却恰好看见几步开外也停在路边等车的人。乔野和宋辞站在那里，她这一扭头，恰好和乔野打上照面。

他看着她，目光深沉，眼里似有失望。

徐晚星一顿，竟不知是自己看错了，还是他真有此意。她一晃神，再看他时，那抹神色就消失了。

她顿了顿，还是走到他面前，伸出手来。

"听说你现在在航天研究院做工程师，老同学一场，还是要恭喜你。"

乔野盯着那只停在半空的手："对我就不必说什么言不由衷的客套话了，毕竟我一不是你的客户，二不能为你涨工资。"

徐晚星一愣，这才反应过来，他是在嘲讽她刚才的行为。

她笑了一声，收回手来："我以为这是基本的礼貌，如果你非要认为我在跟你客套，那就当是我虚伪好了。"

徐晚星说完那句话，头也不回地转身离开。

何承绪一头雾水地追上去："星姐，上哪儿去啊？不等车了吗？"

"不等了。"

"那我们怎么回去啊？"

"先走了再说。"

虽然不知道她和那个男人说了些什么，单这个背影也看得出她火冒三丈了，何承绪识趣地闭上了嘴，非常乖巧地跟在她身后走了半条街。

直到徐晚星停下脚步，指挥他："你回头帮我看看，那两个人还在云方远门口没。"

何承绪立马回头看："没人了，应该是打车走了。"

她这才转过身来，看着已经没有那人身影的远处，刚才还挺直的脊背蓦地一松，像是泄了气。

"星姐？"何承绪试探着叫了一声。

她闭了闭眼，低声说："打车吧，回家了。"

另一边，坐网约车朝城南走的两人沉默了一路。

下车时，都走进清花巷了，宋辞才开口："刚才为什么要那样说话？"

"哪样？"

"简直不是人话。"

"恕我孤陋寡闻，不知道你还能听懂兽语。"

"少跟我扯淡。"宋辞眉头一皱，"你不是那么尖酸刻薄的人，说话也从来都有分寸。这么多年不见，即便不喜欢人家了，好歹是个老同学，哪有你这样出口伤人的？活像有深仇大恨似的。"

"你不懂。"

宋辞嗤笑："我是不懂，但我不瞎。你现在这样子，到底是故作清高，想让人家后悔当初不跟你，还是余情未了、耿耿于怀，所以不刺人家两句就不高兴？"

"……"

"好歹是个姑娘家，你开口闭口讽刺人家势利圆滑，你可真浑蛋。你以为人人都和你一样一帆风顺，在校是高才生，出来是清高的航天工作者？你管人家世故不世故呢，人家清清白白凭本事赚钱，有你什么事儿啊。"

乔野一句话都没说，多少话涌到嘴边了，还是咽了下去。

——你什么都不知道。

——她明明可以不止这样。她明明可以和你我不相上下。她的天分半点不比你差。

——她明明最讨厌装模作样，最讨厌言不由衷。曾经的徐晚星爱憎分明到可以凭一己之力与全世界对抗，勇敢到身边所有人都黯淡无光。

……

都快走到门口了，他才终于开口："真的很过分？"

宋辞瞥他一眼："请注意，'很'这个字，已经不足以形容你的过分了。"

"……"

乔野把钥匙丢给他："你先进去。"

“你呢？”宋辞略一思索，得出结论，“又要抽烟？”

乔野没搭理他，神情间有些疲倦，转身往院子外面走。

身后传来宋辞恨铁不成钢的骂声：“咱们搞航天的，有累死的，有忙死的，还有焦头烂额愁死的……照你这种抽法，怕是要成我们研究院第一个得肺病病死的！”

乔野还是没说话，走到巷子里，在树底下蹲了下来，点烟，深吸一口。

他回想了数遍刚才的场景，说过的每一句话挨个过了几遍。

宋辞骂得对，他就是个浑蛋。

正抽着烟，忽然听见巷子另一头传来了动静，乔野侧头看去。

谁家大门打开了，两人推推搡搡地出了门，看样子是一男一女。男的把女的往地上一推，还用力踹了一脚，然后骂骂咧咧回了屋，砰的一声把门关了。

那个位置不是……

他顿了顿，掐灭烟头，重新站了起来。

记不清是第几次了，或许用“几”不够准确，两年里，她被赶出来的次数双手双脚加起来都数不清了。

从地上爬起来时，她才注意到手心擦破了，火辣辣的疼。

可这点疼算什么？她神情疲倦地揉揉手，因为事出突然，连外套都没穿一件。快入冬的夜晚冷得惊人，风一吹，浑身都在抖。

一旁传来很轻的脚步声，下一刻，有人叫出了她的名字——

“辛意。”

辛意一惊，蓦地回头：“乔野？”

四目相对时，她很快移开视线，勉强一笑：“这么晚了，你怎么还在外面？”

“出来抽支烟。”他把外套脱下来，也没问她发生什么事了，只递给她。

“不用，不用，你穿你的，抽完烟就回去吧。”辛意故作无恙，一边笑一边说，“我就是和我先生吵了句嘴，这会儿他在气头上，我出来逛逛，让他冷静一下。”

她这样说的时候，小心翼翼观察着乔野的表情，也不知道他究竟看见了多少。

好在乔野也只是点点头："晚上温度低，下次多穿件衣服。"

可手还伸在半空，他执意要把衣服给她。

辛意心里急，知道这会儿门内的人说不准还在听外面的动静。她要是接受了乔野的好意，一会儿有嘴也说不清，今夜怕是别想睡觉了。可若是不接受，又该怎么对乔野解释呢。

她并不知道自己看上去无助又挣扎，但乔野看出来了。

片刻后，递衣服的手很快收了回来。

"这个点在巷子里晃，你一个女孩子，不太安全。"他似是不经意般看了眼她手腕上疑似淤青的痕迹，眉头不着痕迹地皱了皱，"你去巷子外面的咖啡馆坐坐吧，也暖和点。"

反正一时半会儿也进不了门……

辛意点头："好。"

片刻后，似乎是补充给门内的人听："你也回家吧。"

乔野点头："嗯。"

然而两人一同经过他家门口时，他却并未停下脚步。

辛意局促地说："你不回去？"

他侧头看着她："你打算怎么办？"

她一愣："我坐一会儿就回家，他肯定气就消了，你放心好了。"

乔野没说话，就这样看着她，也不拆穿，最后拿出手机递给她："给徐晚星打电话。"

他看出了她这一身家居服根本没处装手机，便把自己的递给她。

辛意推辞："不、不、不，这么晚了，叫她来干什么？"

"你们现在不是朋友了吗？"

"为什么这么说？"辛意有些错愕，"她一直是我最好的朋友啊。"

"那就打给她。"乔野言简意赅，"找个能看着你的人，不然你这个样子，我不放心。"

辛意与他对视片刻，终于不再逞强，沉默着接过手机：“……我背不出她的号码。”

“她换号了吗？”

“没有。”

“那你找通讯录。”

“……”

辛意从联系人里找到“徐晚星”，多年过去，她也没想到还能在乔野的手机里看见这三个字。

手滑点错，没摁到拨号键，反而摁到了短信页面，只是匆忙一瞥，就看见了七年前的信息。

满屏幕都是乔野一个人的独白，清一色在问：徐晚星，你到底在哪里？

她慌忙退出页面，又重新拨通那个号码。听见嘟声的瞬间，她却在想，七年时间，手机恐怕都更新换代了好多个，为什么七年前的记录还在？

来不及多想，对面已经接通，素来风风火火的好友这次却一声不吭，只是接起了电话，留下一片沉默。

辛意赶紧说：“是我，晚星。”

那头迟疑片刻，不可置信地问：“辛意？”

徐晚星赶来时，已是凌晨。

咖啡馆是落地窗，乔野与辛意坐在窗边，一人手边摆了杯咖啡，此刻已经凉了。

他几乎是第一时间就注意到了窗外的人，她存在感太强了，像是炸弹一样从车里跳了下来，旋风一样卷进店里。

此刻的咖啡馆已经没有别的客人，柜台后的小哥趴着在玩手机，呵欠连天，语音一条接一条，悲惨地和对象抱怨着上夜班的人有多苦。

看见有人进来，他赶忙收起手机，笑容满面：“欢迎光临——”

话音未落，发现那人理都没理他，风风火火冲进来，直接奔向了仅剩的两位客人那桌。

“他又动手了，是不是？”

徐晚星像枚定时炸弹，浑身上下散发着危险信号，仔细看脸的话，会发现倒计时已经抵达临界点。

她咬紧牙关，压根就无视了对面坐着的人，只一把拉过辛意的手，不容拒绝地掀起她的衣袖，看似粗鲁，力道却轻得不能再轻。

辛意没躲过，隐藏的秘密在昏暗的光线里暴露了几秒钟，又慌忙把衣袖拉了下去："晚星——"

"他还是个人吗？！"

徐晚星几乎是咆哮着，又猛地转身，推门就往外跑。

"晚星！"辛意尖叫着站起来，匆忙去追，"你别去找他——"

可徐晚星已经跑远了。

乔野神色凝重，蓦地起身："你待在这。"

随即，他也像风一样冲了出去。

多年不见，徐晚星的身手和从前一样好，跑起步来健步如飞。

他迟了一步，到达巷子里时，她已然站在了辛意的家门口，那个动作用砸门形容恐怕更合适。

"谁啊，这大晚上了，扰民——"男人骂骂咧咧开了门，才打开一条缝，门就被一脚踹开，撞得他后退好几步，"我——"

话音未落，陈俊之看清了眼前的人，脸色蓦地一变，抬手就要关门。

"你还是不是人？"徐晚星眼明手快，一脚又把门踹开，拎住他的衣领就往外拉，"你给我出来，我不打死你我不姓徐！"

"她又给你打电话了？我弄不死她我。明明说过不准给你打电话——嗷！"

陈俊之人高马大，却被徐晚星一脚踹翻在地。

巷子里一时之间发生了激烈的肢体冲突，家家户户都亮起了灯，纷纷开窗来看。

徐晚星揍了大概四五下，被人一把拉住胳膊。

"不要打了。"

她知道是谁，却并不准备停下，只冷冷地说："放手。"

那只手非但没放，还握得更紧了。

“让你别打了。”

她脱口就说：“你再拦我——”

“就连我一起打？”乔野毫不犹豫地替她补全对话。

那一刻，巷子里有刹那的寂静。

这样的对话，似乎在从前也上演过。她去肃德找人干架，他跑来阻拦，那一晚，她就说了一模一样的话。

徐晚星知道自己记忆力好，却从未想过会好到这样的地步——时隔多年，那一夜的一帧一格都历历在目。就连她穿的卫衣、他穿的毛绒拖鞋，她都记得分毫不差。

她定了定心神，一把抽回手，拎住爬起来就要跑的人。

“你再跑一个试试，看看我打不打得断你的腿！”

陈俊之哎哟连天，还兀自嘴硬：“两口子的事，关你什么事，你凭什么插手？”

徐晚星冷笑：“我说没说过，你再动她一根手指头，我宰了你？”

她一把拧过他的手腕，恶狠狠问：“是这一只，这一只，还是五只指头都碰了她？”

手上稍一使力，就听见陈俊之哇哇大叫。

下一秒，她忽然被人从背后抱了起来，手上一松，就被陈俊之跑掉了。

“你干什么你，给我松手！”心里一慌，她又急又气，拼命挣扎。

可乔野是从背后抱起她的，连人带臂，将她举了起来，像是抱孩子一样，脚掌离地好几厘米。

一直到那人的身影消失在巷口，他才松手，让她落地。

徐晚星惊魂未定，猛地回过头来：“你到底要干什么？”

她瞪着眼睛，仿佛要喷火，恶龙一样杀气腾腾地望着他。可那一刻，乔野竟然只想笑，是真正的放声大笑。

今夜无月无星，巷子里只有昏暗的路灯灯光照在地上，拉长了两人的身影。

有风吹过，带来了他低低的笑声，像是释怀一样。

他想，梦想，热爱，远大前程，直来直去，这些即便都没有了，也许依然还有什么是不变的。

比如她这暴脾气。

比如她这为朋友两肋插刀的一腔热血和打起架来不要命的浩然正气。

他不是什么痴男怨女，一段年少旧事至今还瞎惦记，可午夜梦回时，那段往事因为遗憾，所以每每回想起来，都令人如鲠在喉。

再见面，并非真的那样耿耿于怀，即便依然为她当年的不辞而别、半途而废感到失望，却不至于像今日这样浑蛋。

真正令他难以接受的，是这七年来每一次想起她，唯一的慰藉都是，那个故事除去结局不够童话以外，过程里的每一个细节、每一帧画面都是美的。因为美，所以结局才令人抱憾。可再相逢时，他不能相信故事里的那个姑娘变成了白日里见到的那个模样。

她应当是仗义执言、鲁莽勇敢的，而不会点头哈腰、世故圆滑。

那怎么可能是徐晚星？

那怎么可能是他至今想起来都觉得遗憾又气恼的小姑娘呢？

可眼前，巷子里的这个人和白天那副模样截然不同。落幕的白日也带走了她的伪装，于是没了世故，也没了圆滑，她像条喷火龙似的对他怒目而视，样子鲜活不已，像极了当年的那个徐晚星。

这才是她。

乔野低低地笑起来，长长地，长长地吐出口气。

深夜的巷子里，她怒火中烧，他却在笑。

徐晚星气不打一处来："你有病吗你，这种事有什么好笑的？"

她扭头就要去追陈俊之，扯着嗓门儿冲他消失的方向吼："有本事就别回家，你但凡回家，看看我逮不逮得住你！"

手腕又一次被拉住。

"别追了。"

"我说你烦不烦啊。"徐晚星不耐烦地回过头来，一把抽回手，"吃个饭能狭路相逢，打个架也有你多事。怎么哪哪都有你？"

白天黑夜都遇见，他还都跟她针锋相对，再加上辛意那一手的瘀痕时刻浮现在眼前，偏还让罪魁祸首溜走了。徐晚星怒火中烧，无处发泄。

她干脆转身往咖啡馆走，去找辛意。

“徐晚星。”

那三个字从他口中说出来，她有片刻的晃神，步伐一滞。

眨眼已经七年了，却仿佛就在昨天。

徐晚星站在原地，停留片刻，风吹来一片沉默。他似乎没想好要说什么，她也不知道还有什么话适合此刻。

深呼吸，她头也不回地扔下一句：“就这样吧。我去看辛意了。”

身后的人没有再出声，也再没跟上来。

咖啡馆里，徐晚星没有一点就炸，要爆炸也该对着犯错的人，不该炮轰自己人，这一点她想得很明白。

唯一想不明白的是，为什么这样的事情一而再，再而三地发生，辛意都会选择忍下去。

“为什么不告诉我？”

“怕你担心。”

“所以现在看见你这个样子，我就不担心了吗？”

“……”

徐晚星深呼吸：“这婚你还不离，那种人渣留着干什么？”

辛意疲倦地闭上眼睛：“提过很多次了，一提就吵架，一提就动手。要不就是打电话给我爸妈，撒泼加威胁，我爸妈又大老远跑来诚惶诚恐地劝我别离。”

徐晚星简直想掀桌子。

“那两口子要不是你爸妈，我早拿八十米大刀追得他们从今往后都不敢对你指手画脚了。”

辛意苦笑两声：“有时候我反而更羡慕你。说句大逆不道的话，我宁愿没有父母，也不想要这样的父母。”

辛意结婚两年了，丈夫陈俊之是父母的朋友介绍的，儿科医生，年轻有为。

两人认识那一阵，恰好是辛意的父亲听朋友的推荐，结果误信了无良投资公司，老板席卷了所有钱财溜之大吉。辛家为数不多的积蓄就这么落了空，还把唯一的房子也抵押了出去。

陈俊之的出现解决了这个难题，他学医时间长、工作忙，耽误了谈恋爱的大好时机。辛意出现在父母催婚最急的时刻，见面后，他发现这是一个温柔又听话的姑娘，对父母恭敬孝顺，善解人意。

他是医生，收入不俗，一边着手解决清花巷这边的老房子抵押问题，一边把自己在老家买的简装房提供给了岳父岳母居住。

“我爸妈在国外，当初家里选这个房子的时候，没想到我后来会在蓉城工作。反正空着也是空着，都是一家人，你们住进去刚好。”

都快无家可归的辛意父母简直喜极而泣，自此以后，陈俊之在他们眼里不只是乘龙快婿，简直无异于再生父母。

纵使那个时候，辛意与他认识不过半年，一边着急地私底下劝说父母不要住过去，这是平白无故占人便宜，一边试图说明半年时间什么都没定下来，两人八字还没一撇，利益不能有这么大的纠葛。

可辛意在家从来就说不上话。

父亲理直气壮反问她：“不住过去，那住哪里？你想办法解决房子问题吗？你有钱把抵押出去的房子再弄回来吗？”

“我会再想办法——”

“小小年纪，说什么大话？这是迫在眉睫的事情，等你想出办法，你爸妈都流浪街头了！”

“可我和他认识才半年，你们这么住过去就等于是占了人家天大的便宜。万一将来我们没在一起了，这笔账该怎么算？”

“俊之这么好的人，怎么，你还不打算跟人在一起？”

辛意都词穷了：“这不是他好不好的问题，谁知道将来会怎么样？我们都还没到谈婚论嫁的地步——”

“那就着手谈啊。”父亲理所当然地拍了板，“依我看，你是积了八辈子的德，这辈子才遇得上这么好的男人。正好那天俊之也说他父母催得紧，过了年他都迈过三十大关了，干脆我们这周约出来吃顿饭，和他父母通个视频电话，谈谈结婚事宜。”

“爸！”

可父亲已然不搭理她，转头就指挥妻子：“把台历拿出来，咱们先挑几个年底的好日子，明天再去找先生算算。”

辛意以为这至少是场持久战，一轮谈话不成功，还能接着再来。谁承想隔日还在上班时，就得知父母已经请了搬家公司，只用了一个白天的工夫，就把所有东西搬上了货车，夜里已经落户在邻市，陈俊之的家里。

她心急火燎约了辆车，一小时后抵达陈俊之的家，就看见父母已然鸠占鹊巢，如鱼得水一般张罗着明日要去买些什么花瓶挂画了。

她气得眼圈都红了，不明白他们为什么丝毫不考虑她的感受。

如果这段关系没法继续发展下去了呢？

她并没有觉得自己已经到了成家的阶段。对于生活她还一片迷茫，父母安排的公务员工作她做得并无兴趣，人生迄今为止的每一步，她都按照他们为她规划的来做了，甚至连他们强行规定她更改高考志愿，她反抗无能，也妥协了。

难道如今连婚姻大事都要浑浑噩噩就这么定下了吗？

那一夜，她终于不顾一切和父母大吵一架，可是大家似乎不在同一个频道，再怎么谈，他们都半点不理解她的想法。

不是陈俊之不好，这跟陈俊之根本没有半点关系。

她只是不确定。

她只是还不想定下来。

二十三年来，她都不知道自己要什么，想什么，未来期待什么，怎么能就这样把人生交给父母来做决定。婚姻是多么大的一件事，两个人在一起了，未来的无数决定就都不是她一个人的了。

可父母翻来覆去就只有那些话——

“你不想安定，怎么，你想学外面那些野孩子，出去浪荡，丢人现眼吗？”

“俊之到底有哪点不好？你说不出个所以然来，我们是不可能同意你和他分手的。”

“不想分手？不想分手就更好办了，正好就结婚了呀。告诉你，过了这村儿没这店儿，你以为你是什么香饽饽，还能找到比他更好的？打着灯笼也不可能了！”

……

他们堂而皇之住进了陈俊之的房子，自作主张与陈家父母谈了结婚事宜。

陈俊之发誓会对辛意好，也做尽浪漫之事向她求婚，给了她看似每个女孩子梦寐以求的婚礼。

辛意还有疑虑，却因为年轻，因为二十三年来从不曾反抗过，也不可能反抗成功，就这样半迟疑半天真地走进了一场从起点开始她就矮人一截的婚姻。

真真切切快乐过，头几个月也被柔情蜜意冲昏头脑，觉得父母的选择大概没有错。

可陈俊之的强势很快体现出来，从蜜月地点到婚房的装修，从生活作息到一日三餐，他全都要做主。

某日辛意和徐晚星出去玩，回来时已近凌晨，纵使一整夜陈俊之每隔半小时就打电话催促一次，她也觉得自己都跟他解释清楚了，也一早知会过他时间地点，他只是过于紧张了点。

“大概担心我在外面会有危险吧。”她笑着对徐晚星说。

“这也太离谱了吧，三个小时打了个七八通电话，他是有多不放心我？”

辛意也笑，笑完回到家里，遭遇了史无前例的一次暴力对待。陈俊之满面阴郁地开了门，拉她进去就是一耳光。

“你看看谁家的好女人会三更半夜才回家？”

她被打蒙了，白皙的面颊蓦地肿起来，火辣辣一片。而她不可置信地望着眼前的人，完全不知道自己究竟做了什么十恶不赦的错事，值得他这样对她。

下一秒，陈俊之闻到了她身上淡淡的酒味，更是气急败坏：“你还喝了酒？”

……

那一夜，辛意被他抽了七八个耳光，体型悬殊，压根没法抵抗，最后拧开门把手落荒而逃，听见他在后面骂她："有本事一辈子别回来！"

她不知道自己该去哪里，大哭一场后，坐车去邻市找父母。

母亲一见她披头散发的样子，脸还肿了一半，就心疼得骂起陈俊之来。父亲面色阴沉，去卧室给陈俊之打电话，十来分钟后才又走回客厅。

他把电话递给辛意，说："俊之知道错了，说是要跟你道歉。"

她浑身发抖，几乎听不清电话里的男人说了些什么，无非就是你不该这么晚回家，我也不该乱发脾气。

不，这根本不是乱发脾气的问题。

她是成年人，难道没有为自己的行动负责的能力吗？她难道无权决定自己去哪里，多久归家吗？况且她又不是不告而别，她明明把话都说得清清楚楚，难道结个婚就丧失了人身自由吗？

那是她第一次意识到，这场婚姻也许不会善终，陈俊之也并非良配。

可父母心疼归心疼，她一提到暂且分开，他们就跳起来惊呼"不可以"。

"为什么不可以？"

因为房子是他的。

因为他们每个月都会收到陈俊之打来的一大笔生活费。

因为他们对于这个女婿的依赖程度已经大到等同于把女儿卖给他的地步。如果没有了陈俊之，他们就没有老朋友们人人羡慕的每隔几个月就出国旅行一次的机会，没有了大鱼大肉可以发在朋友圈里，没有儿女多么孝顺、日子多么滋润的谈资，这是他们这个岁数的人看重的一切。

再后来，陈俊之炒股失败，把市中心的婚房卖了。

他是个好面子的人，不愿意让父母或是岳父岳母觉得他失败，也不愿听从辛意的建议，把邻市的房子收回来，和辛意父母一起住进清花巷的老房子里。

"你父母还是继续住在那边，我和你搬回老房子。"这是他的决定。

可是炒股失败后，陈俊之的暴力倾向愈加严重，一次一次对她动手。

徐晚星暴跳如雷地上门理论过数次，最后都动起手来。辛意不是没有离婚的念头，可父母坚决反对，陈俊之也死活不同意。

咖啡馆里，徐晚星一拍桌子。

“你去法院告他，告他家暴，这婚必须离。”

辛意沉默片刻：“我爸说，要是我这么做了，他就死给我看。”

隔日，徐晚星在医院陪老徐时，把辛意的事情说给他听，全程都是一张愤世嫉俗的脸。

老徐感慨万千，说“家家有本难念的经”啊。

徐晚星：“谁说的？我家就没有。你和她爸妈简直不是一个世界的人，你是全世界最好的爸爸。”

老徐哈哈大笑，笑得眉头一皱，捂着胸口气喘吁吁。

“怎么了？”徐晚星放下手里的饭盒，一个箭步冲上去，扶住他就开始替他顺背，“肚子又抽筋了吗？”

“笑急了点……”他的声音有些弱。

徐晚星一下一下替他顺背，没说话了。

今天早上量体重，徐义生只剩下七十二斤了。这些日子他常吐，吃什么吐什么，能吸收的营养所剩无几。

隔着毛衣，她摸到父亲的背上有一条清晰的脊骨，一寸一寸凸起，已经到了硌手的地步。

她定定地低头看着他，因为化疗，徐义生秃顶了。

那些裸露出来的皮肤干燥而黯淡，半点没有生气。

徐晚星用力抬眼，把那些眼泪憋了回去，笑着说：“爸，你看你还催我找对象结婚呢，这不还是一个人比较悠闲自在吗？你也单身了一辈子，我看你倒是过得挺好。”

徐义生喘了一会儿，又笑了：“少跟我胡说八道，我哪里好了？一个人孤苦伶仃的，还养了个小魔王，成天就知道打架闯祸。你要是有个妈在，早就温温柔柔有个小姑娘的样子了。”

话题又扯到了婚姻大事上。

老徐说：“我看小福哥就不错。”

“小福哥是于胖子他们叫的，你怎么也叫他小福哥了？”

“亲热呗。”老徐很喜欢万小福，“这孩子很好，做事认真，有责任心，对你又好。辛意那丫头是识人不清，匆匆忙忙就结婚了，你这不一样。你俩都认识多少年了？三年加七年，这都十年了，知根知底的。”

……

徐晚星恨自己“哪壶不开提哪壶”，又被唠叨了大半天。

最后，老徐倚在枕头上望着她，叹口气：“晚星，爸爸不中用啦。你也别有压力，我知道婚姻大事急不来，每个人有每个人的缘分。但我怕——”

他把那些感伤的话咽了回去，哪怕午夜梦回时总是被那些忧愁缠绕，他也不愿浪费醒着时和女儿相处的每一秒。

最后，他笑着说：“反正你好好考虑考虑小福哥，我也想看着你有个伴。”

——有个依靠。

——至少我不在了，还有人能替我对你好。我不会像辛意的父母那样，把自己的利益放在第一位。我这辈子只有你，只有你过得好，我才能瞑目。

徐晚星替他掖好被角，笑着说：“好。”

她看着父亲疲倦地陷入沉睡。这些日子他精神越发不好，一天有三分之二的时间都在睡觉，即便睡觉都很疼，需要吗啡帮助他缓解疼痛。

徐晚星一刻也无法再忍，匆忙转身走进病房里的洗手间，把门一关，抵在冷冰冰的墙上哭了起来。

第七章

处处都有他

乔野忽然接到高中学习委员的电话，说是周末要开同学会。

他不喜欢这种场合，原本是拒绝了的，但学委一直磨他，电话都打了好几通——

“别啊，以前你都没来过，那是因为隔得远。可今年你都回来了，还不给面子，这就说不过去了啊！

“来吧，大家都想见见你呢。

“别不是现在发达了，嫌弃老同学了吧？”

他拿着电话没有作声。

其实不是现在发达了，嫌弃他们，是从来就没有不嫌弃过。但这话不能说。他再孤僻，也不能把自己推下悬崖。

后来是心下一动，他迟疑片刻，状似不经意地问：“哪些人啊？”

“离得远的实在来不了，但是在蓉城的都会来。”

“都会去？”

“对啊。”

他顿了顿，点头：“好，我去。”

周六，乔野打开衣柜，一件一件挑衣服。

宋辞从他门口经过好几次，半个钟头时间里，他一直在衣柜前没离开过。

最后宋辞终于忍不住了，敲敲门：“哥，你是去参加同学会，还是去结婚？”

乔野：“滚。”

“领带您就放下吧，谈生意呢您？”

“……”

“衬衣好歹挑个休闲的，您老人家搞个商务衬衣做什么？”

“……”

“这件也不行——”

乔野面无表情地走过来，砰的一声把门关了。

宋辞：“干什么你？？？”

乔野：“吵。”

宋辞气急败坏："行，别说哥没跟你说过，当年在南大我可是天文系的玉面小飞龙！哥一出手，寝室里的单身汉个个出去就拉风亮眼，回来就成有家室的爷们儿了——"

话音未落，门开了。

乔野拎着一套衣服，面无表情地举在他面前。

宋辞："干吗？"

"点评一下。"

"？"

"这套OK吗？"

"你是在征询哥的意见吗？所以你现在准备相信我的审美了？给你五分钟的自由陈述时间，先给我一点热情洋溢的赞美，我就——"

砰——

门又关了。

宋辞："……"

"你这是求人的态度吗？啊？？？

"我告诉你，就你这样，还想同学会上脱单，没门儿！"

可当天下午，乔野收拾好了，出门时，宋辞抬眼看了看，又翻了白眼。

哼，皮囊好了不起，随便穿穿也帅得一塌糊涂。

吐槽之际，又有些欣慰。他想，这家伙终于开窍了，知道"天涯何处无芳草，不用单恋一颗星"，同学会这种脱单良机，一定要好好抓住了。

乔野不爱热闹的场合，因为热闹总是别人的，他不过是个难以融入的旁观者。

这是他头一次参加所谓的同学会。

地点是市中心一家高档餐厅，提供下午茶和晚宴。

他去得的并不算早，人都到得七七八八了，大厅里装潢雅致，一派热闹。

聚会是学委组织的，乔野还在路上时，就接到了好几条消息——

"人都到得差不多了，还没来呀？

"我说乔野，你可别临时放我鸽子啊，我可是把话都放出去了，大家都想看看我们风光的航天科学家呢。

“到了告诉我，我来门口接你。”

下车时，乔野给他发去信息：“我到了。”

学委秒回：“我掐着点呢，已经在门口了。”

乔野走近餐厅，抬眼看了看，并没有发现学委的身影，门口倒是站了个胖乎乎的男人，穿西装，肚子挺大。

他一边发信息：“没看见你。”一边抬步往里走。

谁知道西装男笑容满面走过来，对着他的肩膀一拍：“嘿，乔野！”

乔野：“……。”

依稀记得当年他还是个清秀少年，这才七年工夫，眨眼就成了油腻胖叔叔。

进包厢的路上，学委热情地给他介绍了几位重点人物——

“咱班呢有出息的就那么几个，今天来的人里，赵敏希在做餐饮，这家店就是他入股的。张佳佳你记得吗，咱班文艺委员，现在在歌舞团里当副团长呢，明日之星啊……”

……

说了一大通，乔野只是点头，表情也看不出到底是记住了还是没记住。

学委感慨：“大家都变了不少，怎么就你还和当年没什么两样？除了更帅了，还是一样仙风道骨的。”

他的到来显然是万众瞩目的。

大厅里的人三三两两地攀谈着，递名片、唠家常，在门开的那一刻，所有人的视线一齐投来，无一例外是惊艳的。

学委的背都挺直了，仿佛乔野莅临，他这位召唤者也与有荣焉。毕竟人是他叫来的，这份面子也是天大的。

成年人的交际场，众人殷勤有加、推杯换盏，乔野微笑着一一点头，却还是一如既往的清冷，并没有太多话可说。

他的目光在人群里转了一圈，却并没有看见徐晚星。

人呢？

不是说在蓉城的都会来吗？

他顿了顿，看了眼一旁的学委，却又不便多问。

学委陪了他一会儿，发现这位神仙的确很冷，不管周围的人如何热络，他就跟尊大佛似的，除了笑，话少得可怜。

“听说乔野现在在航天研究院呢，真厉害啊。”

“还好。”

“你们院里主要干什么呢？设计火箭还是发射卫星呀？”

“我做的是航天探测器这块。”

“具体用途是什么？听起来就很牛。”

“抱歉，不太方便透露。”

学委笑着打圆场：“嗨，你问这些干吗？说了你也不懂。再说了，人家是保密单位的，你问些机密问题，叫人怎么回答啊？”

除了恭维，这天并不太容易聊下去，很快学委也去了别人那里，毕竟聚会是他组织的，总要面面俱到才好。

春鸣和于胖子是最后一拨来的，搭的还是万小福的顺风车，三人一起来的。

麻将小分队的人一到，现场顿时热闹了。要数插科打诨能瞎扯，这俩人认第二，没人敢称第一。

门开的那一刻，乔野还下意识地往他们身后看了一眼，可直到门关了，也没有第四个人走进来。

他喝了口鸡尾酒，眉头一皱，开始觉得此行有些可笑了。

酒他不爱喝，天他不爱聊。成年人的你来我往他也疏于应酬。

好在有人懂事，开口就问：“哎，怎么就你们仨来了啊。徐晚星呢？”

于胖子：“她不舒服，在家休息呢。”

学委一愣：“不对啊，我打电话给她的时候，她不是说在外地出差吗？”

于胖子一时语塞，春鸣见缝插针地补上一句：“你打电话不是前两天的事了吗？那时候在出差，今天不是回来了嘛。”

“回来了还不来，不给面子啊？”

“这不是出个差，水土不服吃坏肚子了吗？在家歇着呢。”春鸣面不改色，胡说八道的本领是于胖子望尘莫及的。

大家很快接受了这个说辞，但到底心里是如何想的，也没人知道。

乔野安坐角落，听见身侧的三人在闲谈。

“徐晚星还挺高冷啊现在，这都组织好几次聚会了，她一次也没来过。”

“不知道她现在在干什么呢，上次聚会我还问过春鸣呢，你也知道春鸣这人，打太极一级棒，含糊其词地说她还不是和大家一样在朝九晚五，也没个明白话。”

“说不定是在政府干事，怕咱们知道了麻烦她帮这帮那吧。”

“也说不定是混得不行，不太好意思说。”

有人碰了碰他俩的胳膊，朝乔野一努嘴，咳嗽一声。

乔野侧头对上他们的目光，懒懒一笑，话都不想多说。

因为来得晚，春鸣他们和大家热聊了几句，也被学委安排在了乔野这桌。

乔野与他们还算熟，笑里多了几分真诚。

很快有人开起万小福的玩笑来——

“哎，班长大律师，现在还是大忙人一个吗？成天风里来雨里去，为人民打官司，四处奔波？”

万小福失笑：“也就混口饭吃，混口饭吃。”

“还单着？”

“我们这行，不单着还能怎么着？脚都不沾地。”

那人嘴唇一抿，笑了：“我还以为你和徐晚星好了。上回我岳母去医院看病，我还在门诊大厅看见你们俩了，她眼睛进沙子，你不还帮她看呢？”

周围的人一下子来了劲。

“哎哎，说说，怎么回事！”

“都吹沙子了，我不信你俩是清白的！”

万小福一愣，记起来了。

大概是几个月前送徐晚星去医院，她取了父亲的CT，看见了报告上显示的新长出来的肿瘤，当场就红了眼。他手足无措想安慰她，她却强忍着眼泪冲他笑，说没事，眼睛进沙子了。

可在这种场合，他也无法解释，只能摆手说：“就你们会瞎扯。”

“那你俩在医院干吗啊？”

“晚星身体不舒服，我送她去看看。”

一旁有别人插嘴：“那过年那会儿，我在超市撞见你俩呢？该不会也是你顺路送她去超市吧？”

万小福：“……”

老同学笑哈哈：“你还帮人拎水果拎牛奶呢，这要真没啥事，怎么就跟两口子逛超市似的？”

万小福原本就不是油嘴滑舌的人，哪像春鸣那样游刃有余，真真假假张口就来。当即闹了个大红脸，干脆举杯——

“好久不见，我敬各位。当初大家瞒着师爷抄作业、违反纪律，看在我都睁一只眼闭一只眼、从不打小报告的分上，请大家饶了我。”

众人哈哈大笑。

春鸣用余光瞄了眼乔野，在桌子底下碰了碰于胖子，示意他看。

于胖子一抬眼，就看见大家都在笑，气氛乐和至极，唯独乔野面无表情地坐在那，显得格格不入。

他跟春鸣咬耳朵：“这位哥咋回事啊，当年冷若冰霜，如今也跟黑面神似的，怪吓人的。”

春鸣：“……”

弟弟你是真的不太会抓重点啊。

他清清嗓子，含笑说：“可别打趣咱们小福哥了，要打趣，对面那位才是正儿八经的调侃对象啊。当初和徐晚星闹绯闻闹得全校皆知呢。”

于是大家的目光又投向了乔野。

“对哈，当初我们都以为你俩会好。”

“结果怎么狗粮吃着吃着就没有了！”

“哎，你俩现在还有联系吗？”

正热络着，万小福的手机忽然响了。他低头一看，立马站起身来，笑着说：“出去接个电话。”

乔野放下手里的杯子，也说：“我去趟洗手间。”

众人翻白眼，干吗啊，同学会的意义不就在于聊八卦吗。两位主角都散了，让他们调侃谁去啊。

好没意思哦！

乔野去了趟洗手间，抽了支烟，听见前脚进去的万小福在隔间里打电话。

头一句就是：“怎么了，晚星？”

他一顿，拿烟的手在半空中停了片刻。

“看电影？今天晚上吗？”万小福似乎看了眼时间，“今天同学会，吃过晚饭不知道几点了——

“别别别，不用改天，一会儿我就说我加班，提前离场就好。

“不麻烦啊，应付那群家伙有什么重要的？当然是你——当然是看电影比较要紧啊。

“好，那我一会儿网上订票——不行，怎么能让你请我？”

也不知道那边说了什么，最后他妥协：“好吧，那你订。我大概七点半左右去你家接你。”

万小福挂了电话，从隔间走出来，面上还带着温柔的笑。两只酒窝让他显得有些孩子气，还和当年那个直率稚气的班长一样。

突然在洗手台前撞见乔野，他一愣，随即看了眼对方手里的烟，笑着说：“出来透气？”

乔野点头。

万小福露出一个“懂你”的表情：“里面挺闷的，大家都只会说些没营养的话。”

乔野笑笑，没吱声。

场面其实有点尴尬，毕竟万小福作为当初的见证者，乔野和徐晚星的所有年少往事他都看在眼里。如今这场面，就好像新欢撞见旧好。

虽然他心知肚明，徐晚星从来就没忘记过乔野，他万小福也压根还没上位。

他指指包厢的方向：“那我先回去了。”

擦肩而过时，却又忽然被乔野叫住：“班长。”

“啊？”他停步，侧头看着乔野。

后者定定地注视着他，忽然问了句："你开车来的？"

"是啊。"

"方便说说是什么车吗？"

万小福一怔，摸不着头脑："怎么了？"

乔野笑笑："随口问问。"

似是不经意般，他问："是英菲尼迪吗？"

万小福一惊："你怎么知道？"

"……"

乔野的笑意凝固了一瞬，随即笑得更加好看了，只是眼底藏着更深的情绪。他低笑："来的时候好像见到了一辆，想起前几天也撞见过同一辆，所以猜的。"

万小福迷茫地眨眨眼，只能干巴巴地说："你猜得真准。"

乔野笑笑，扔下一句："走了。"

然后他就头也不回地往外走。万小福叫他:"哎,那边不是包厢的方向啊！"

乔野一言不发，消失在走廊。

直到走到了餐厅外面，才深吸一口气，提醒自己成年人别当孤狼。他站在台阶上，低头给学委发信息，随手拈来个理由，说院里临时通知有紧急任务，他要立马赶回去，请学委代他向大家致歉，他就先走一步了。

回到研究院时，实验室灯还亮着。

乔野走进去，看见宋辞还在加班搞设计图。

"咦，你不是开同学会去了吗？"宋辞摘了眼镜，一头雾水，"这开的什么啊，速战速决，这么快就搞定了？"

乔野脱了外套，从衣架上摘下深蓝色工作服，边穿边说："不感兴趣，先离场了。"

"同学会不感兴趣，怎么，加班就感兴趣了？"

"……"

"哎，哎，没见到好看的妹子？"

"……"

“不是吧，你们班资源这么匮乏的吗？一个都挑不出来？”宋辞想想，咧嘴笑，“还是好看的都名花有主了？”

乔野在窗边的工作台前坐下来，调整角度，凑到天文望远镜前。

“我跟你说，现在都这个年头了，不要有那么多顾虑。”宋辞扔下图纸，走过来拍拍他的肩，“俗话说得好，只要锄头挥得好，没有墙脚挖不倒。有好看的妹子，看上就大胆上，我还不信谁瞎了，看不上我兄弟。”

那句“你不说话是不是会死”都到嘴边了，又消散于无形。乔野人在望远镜后，嘴里却应了一声：“对我这么有信心？”

“虽说脾气臭了点，性格差了些，但我建议你照照镜子，优势不要太明显。”

乔野低笑一声：“来战？”

“不是吧，又来？”宋辞眼睛一亮，二话不说在那边那台望远镜前坐下来，“战就战，谁怕谁？”

这是他俩从北京玩到美国的游戏，如今回了蓉城，又故技重施。

航天这个领域，看似奥妙无穷，一整个苍穹宇宙等待探索，可真正的航天工作者每天都待在实验室里，日复一日地钻研同样的工作、与同样的数据打成千上万次交道，实际上是枯燥而单调的。

不知是谁提议，一颗一颗辨认星球，你认一颗，我认一颗。谁先卡住，谁就输了。

这个比赛从五年前延续到现在，两人互有输赢。

又是一阵激烈对战后，乔野埋在望远镜后，忽然久久没抬头。

宋辞：“怎么，今天这么快就不行了？啧，你就这点水平吗，乔野！”

望远镜后的人忽然问：“你认识这颗星吗？”

“哪颗？”

他把方位报了，宋辞立马凑上去看：“这不是阿尔法二十三号吗？”

乔野说不是，那颗星叫少女星。

宋辞：？

“为了赢，你现在都这么不择手段了吗？翻翻书吧，哥们，你要起个正常点的名字说不定我还能被你蒙过去。这种中二的名字，你当我是智障吗？”

那人倚在椅背上，笑了。

“十八岁那年，我在龙泉山顶看流星雨，有人跟我说它叫少女星。”

“很显然他是个骗子。”

“她不是。”

乔野侧头看着窗外，似是记起了当年的场景，小姑娘神采奕奕地抬头望天，笃定地说那是她从天文望远镜里看见的第一颗行星，所以不管别人叫它什么，对她而言，那就是她徐晚星独一无二的少女星。

那一夜繁星万千，璀璨无比，可他却只是侧头看着她。

她问他：“看我干什么啊，看天上啊。”

他复而抬头看天，却依然在神游天外。好像自从认识了她，所有的注意力都无法集中在别处。

一闪一闪亮晶晶，满天都是徐晚星。

……

乔野靠在椅子上，看着今夜的满天繁星，没头没尾地说：“万小福也挺好的。”

宋辞没听清，追问：“你说什么？”

他回过头来：“我说，我们去看电影吧。”

“？”这话题是不是转移得太突然了？

宋辞：“什么电影？”

乔野回忆片刻，报上名字，不偏不倚，正是今天万小福在洗手间里报的那一部。

他们去得太晚，电影已经开场了。

宋辞一直在嘀咕：“让你订下一场，偏要订这场。看吧，我就说来不及。”

乔野不说话，径直往最后一排走。

视线在厅里转了一圈，最终停在几排前的正中央。他看见了那两颗后脑勺。

宋辞一边吃爆米花，一边有一搭没一搭地跟他聊剧情，某一刻发现自己完全得不到回应，终于不满地侧过头来。

“不是，大哥，你叫我来看电影，你这看的是哪里啊？”宋辞在他眼前晃了晃手，“幕布在上面，你这往下看哪呢？”

乔野拨开那只扰乱视线的手：“别挡我，有要紧事。”

“能有什么要紧事？”宋辞顺着他的目光看过去，仔仔细细观察片刻，发觉那颗后脑勺似乎有那么一星半点的熟悉。

在哪里见过呢？

不是，他来这城市也就这么几天工夫，能看见过几颗熟悉的后脑勺呢？能叫乔野这么惦记的，好像也只有一颗啊。

他瞪大了眼睛：“你醉翁之意不在酒啊？”

再定睛一瞧：“你的星星在跟别的野男人看电影哈？！”

乔野沉默片刻，说：“你也觉得他们不配？”

“嗯？”宋辞仔细回忆刚才说过的每一个字，他有表达过这层含义吗？

乔野淡淡地得出结论：“是啊。光看后脑勺，也一点不配。”

宋辞：“……嗯？？？”

“你是怎么从后脑勺看出两个人配不配的？”宋辞琢磨片刻，“是脑袋浑圆的程度，还是秃顶的面积？”

乔野没搭理他，顿了顿，忽然起身。

“去哪啊？”

宋辞纳闷地看着他从他们就座的这一排走出去，摸黑走到了几排之前，重新落座。新座位不偏不倚，恰好在那两颗脑袋的背后。

这部电影口碑不怎么样，不少人说两个小时的电影看起来有三个小时那么长，节奏并不明快。加之还有一部热门电影在上映，这间放映厅里的人并不多。

宋辞也跟着起身，偷偷摸摸跟去了乔野旁边。

怕惊动前排的人，他比口型：“干吗呢你。”

乔野目不斜视，一本正经地看着大屏幕低声道：“后排看不清，离近一点。”

“看不清电影还是还不清人？”宋辞翻了个天大的白眼，很快被乔野按住了脸，示意他闭嘴。

大概是电影确实不好看，前排的两人在说话，声音不大，但仔细听还是能辨别出来。

万小福问："怎么突然想起找我来看电影了？"

"怎么，我不能找你看电影吗？"

"可以是可以，但是情况太罕见了，所以我有点受宠若惊。"万小福笑了，"该不是别有所图吧？"

徐晚星顿了顿，没说话。

万小福挑眉："怎么，还让我猜中了？说吧，要我帮什么忙。"

"什么忙都肯帮？"她反问。

"这种问题还需要问吗？你开口，我什么时候拒绝过了？"

这话说得徐晚星心头一酸。

这些年来，万小福的的确确帮了她不少——

老徐住院，好几次手术后需要守夜，而她一个人精力有限，不可能时时照顾在旁，总得有人轮换。可护理员收费很高，她根本支付不起，春鸣和于胖子来帮她守夜就算了，万小福也义不容辞地跑来医院帮她。他的工作性质强度高，下班了还跑来陪老徐，这份情她一直记在心上。

还有当司机这回事，他总是风雨无阻，每回得知她要去哪里，就连逢年过节去超市买年货，他也念在她孤家寡人的分上，跑来又当司机又当搬运工。

她在医院和家两头跑，隔三岔五要带些东西去医院，他也义不容辞地出车出力。

……

昏暗的放映厅里，徐晚星侧头看着他，其实万小福也很好看。他个子高，面容清俊，笑起来的时候会有两只酒窝，总是带点少年气。

只是她从来都天不怕地不怕顶在最前面，从初识他起，就在球场上替他挡了一记篮球，所以理所当然把他当成了和于胖子、春鸣一样的存在。她永远挡在他们前面，所以忘了回头看看。

老徐的话带来太多纷乱思绪，她想，她是不是也该给万小福一个机会，给他们一个机会呢？

她弯起唇角，确认道："不瞒你说，的确另有目的。"

"您请讲。"万小福莞尔，看她时眼里若有光，"一声令下，在所不辞。"

徐晚星喟叹，哥你可真懂啊，就跟知道我这会儿动摇了似的，说话这么撩。

她眨眼："小福哥，去年你说的话，还算数吗？"

万小福一愣，随即点头："算。一直都会算。"

徐晚星笑了："算就好。"

"你改变主意了？"他似乎忽然紧张起来，背都挺直了，离开了座椅靠背。

她点头，看出他的紧张，有些好笑，又有些动容。

坐在后排的人也挺直了背，默不作声地盯着相视一笑的两人。

去年万小福说什么了？

她又改变了什么主意？

乔野对他们所谈的话题一无所知，只觉得两人之间的空气在发酵，明明前一刻还是兄弟之间两肋插刀的热血，这会儿嗅着，风向一变，似乎朝着粉红色的方向一路狂奔。

他并不知道去年圣诞节，老徐的化验单恰好出来，体内癌细胞指数非常糟糕，还严重贫血。徐晚星原本准备好了一桌子好菜，结果匆忙办好入院手续，自己一个人面对一桌冷菜。

那一天，律所发福利，老板给大家都送了巧克力和苹果。万小福想想，又去买了些水果和零食，来慰问整天不是忙着照顾父亲就是在顾先生那里忙活的徐晚星。

他撞见了那一桌冷菜，当即笑道："你怎么知道我没吃饭，还准备了好吃好喝的伺候我？"

他撸袖子动手，回锅热菜，吃了第二顿晚饭。哪怕肚子撑得不行，也还很给面子地陪她过了一个圣诞节。

饭后他就受了罪，胃里不消化，撑得难受。

徐晚星陪他去买药，又沿着府南河走路消食，叹气说："何必呢，明明吃过了，非说没吃，现在受罪了。"

“受罪也乐意。”他还嘴硬。

“你是自虐狂吗？自己难受还乐意。”

“徐晚星，你看看自己，每次见到你都比上一次瘦，你什么时候好好吃过饭？”万小福一丝不苟地看着她，“我再吃一顿有什么要紧的？能陪你认认真真吃顿饭，肚子疼得就很值。”

明明是孩子气的话，说出来令人哭笑不得，徐晚星却听得眼眶发热。

她低低地说：“我知道你的心意，但是小福哥，我现在真的没办法去考虑那么多。”

万小福没说话，一边慢慢地朝前走，一边听她说。

徐晚星说她现如今所有的心思都在老徐身上，不想拖累别人。

“你可以问问我，有没有觉得你是个拖累。”

“我不问。”她抬眼看他，笑里有些心酸，“不管你怎么想，我只是不希望每天看到你，自己都觉得自己是个累赘。”

“有拖累就是有牵挂。万一我就喜欢替人操心、被人拖后腿呢？”

“可我不喜欢。”

……

大概是从小跟着老徐长大，徐家父女都活得很独，自我是最重要的。

天不怕地不怕，只怕觉得对不起别人，只怕活得内心有愧。老徐为此不结婚，选择一个人生活一辈子。而她为此不肯对万小福敞开心扉，因为不公平。

老天爷给她罪受，她为了老徐赴汤蹈火、在所不辞，也不怕苦、不怕累。可旁人没必要跟她一起来蹚这浑水。

更重要的是，她的心思都在老徐身上，没法思考风花雪月的事。

“这么多年，忙得脚不沾地，我再也没有动心过。”她对万小福坦诚道，“如果因为你对我好就跟你在一起，还拉着你陪我一起经历你原本不用面对的困难，我会于心有愧。”

可那一夜，府南河畔烟火盛放，年轻的男人站在她身侧，神情认真地说：“那我等你。”

“不要。别等我。”

“你刚才说的是你的决定，等你是我的决定。互不干涉。”

“万一你等不到呢？”

“不试试看，又怎么知道等不等得到。”

“……”

她哭笑不得，推他一把，说“你别傻了，这么大个人，还是个优质男青年，行业精英，大把好姑娘任你选，干吗非要在一棵树上吊死啊”。

万小福笑了：“我妈一直说我是不撞南墙不回头的那种人，以前我不信，现在信了。”

再看她，被生活压弯了脊梁，他不忍心再给她添任何重量。

“徐晚星，你一点负担都不要有。放心好了，我也不是傻子，会对自己的选择负责。南墙我是要撞的，撞疼了也会迷途知返的。但是在那之前，你忙你的，先让我自己义无反顾一次。”

那样的真心以待，是任何人都会动容的。

徐晚星也不例外。

她看着河对岸的烟火，只觉得它们也炸开在她的心口，沸腾而剧烈，久久无法平息。

电影院里，她点头，低声道：“是，我改变主意了。”

万小福唇角一弯，眼神都亮了，正想说什么，背后突然传来一点动静——哗的一声，铺天盖地地砸来一片爆米花。

前座的两人都惊了，立马回头。

借着屏幕上传来的微弱光亮，后排的人很快被认了出来——

“乔野？”

乔野面不改色地坐在那里：“巧啊。”

然后侧头，眉头微蹙，批评似的盯着身侧的宋辞——宋辞的手里还拿着那只空掉的爆米花桶，瞠目结舌地望着被爆米花扑了个满头满脸的万小福——“吃个爆米花也能手抖撒人一身，你帕金森吗？”

宋辞：？？？

不是，刚才明明是你忽然抓住我的手，往前那么一送！

这怎么成我是帕金森了！！！

这！

他不可置信地望着乔野，这下是真的手抖了，只想把剩下的那点爆米花往乔野脑袋上扣。

可他们是兄弟。

关键时刻，不为兄弟两肋插刀，难道插兄弟一刀吗？

宋辞深呼吸，毅然决然地抬起头来，满脸歉意地对万小福说："真是不好意思啊，今天举了两百下哑铃，手确实有点抖，一不留神就撒你一身，实在是对不起。"

在万小福"没事没事，都是熟人，不要紧"的言辞里，宋辞侧头盯着乔野，满眼控诉。

乔野目光微闪，好心地替万小福拂去头发上的爆米花，说："没想到你们也来看电影了。"

万小福仿佛这才想起什么，看他一眼，明明想说"你今天在洗手间门口是不是听见了电话内容"，可对上乔野平静的面容，他顿了顿，又没能当面问出口来。

如果没有，那就是巧合。

可他并不觉得世界上有这么多巧合。

剩下半场电影，大家看得鸦雀无声。

前排两人不再有互动，后排的宋辞疯狂和乔野互动。

"我不管，请我吃饭。

"要最贵的那种。

"我以德报怨，我妈知道都得感动哭啊。想当初在教师宿舍里，谁动了我一根头发丝儿，我都能给他把脸摁到楼下的喷水池子里以示报复，今天你这么对我，我居然还给你打圆场！

"《感动中国》的报名热线是多少来着？赶紧给我报一个。"

乔野没多说话，掏出钱夹，平静地递给宋辞："钱给你，嘴闭上。"

宋辞："……"

再定睛看看自家兄弟，行吧，这表情跟失恋了一样，自己就不跟他一般见识了。

非常自然地把钱夹揣进自己兜里，宋辞不无感伤地凑过来：“别伤心，天涯何处无芳草，何必单恋这后脑勺。”

“你想太多。”

“那你这是什么表情？难道不是生气前女友被人挖了墙脚？”

他拿宋辞的话回敬过去：“是他锄头挥得好。”

宋辞哈哈大笑：“我服了你，这种时候还有心情开玩笑。”

乔野靠在椅背上，定定地看着那两只后脑勺。

七年不见，他并不觉得自己还那么天真地一直喜欢这个人。大家都有了自己的轨道，意难平不过是意难平，并不代表别的什么。

那晚见面，看她把人胖揍一顿，他不是还释怀了吗？

那现在这种心情是什么意思？

他一向活得明白，此刻也眉头深拧，不明所以地思索着。

很快电影结束，从放映厅走出去，四人很自然地在大厅里停下了脚步。

徐晚星一直没吱声，于是万小福指指电梯口，对乔野笑：“那我们先走了？”

乔野一顿，看着电梯门应声而开，不知为何有些怕他们就这样走了。两人在放映厅里的对话令他心神不宁，他猜就这样让他们走了，大概不出十分钟，粉红色的泡泡又该满天飞了。

他忽然叫住万小福：“班长开车来的？”

万小福回头：“是啊。”

“载我们一程可以吗？”从来不轻易请人帮忙的乔野，非常流畅地说。

宋辞：“……”

也不问问人家往哪里开，张口就要搭顺风车，这种乔野简直“千年等一回”啊。

他想笑，可既然兄弟都开口了，当然要逢场作戏给足面子了！

于是万小福正惊讶乔野怎么这么自然地提出了不太合理的要求时，就听见他旁边这家伙说出更厚颜无耻的一句——

“这个点商场附近不好打车，大家都是老同学，哎呀，举手之劳，有班长帮忙真是太好了。谢谢你啊，咱们走。”

他热情洋溢地拍拍万小福的肩，拉着大家一起走进电梯。

“老同学就是好。”

万小福：？？？

不是。谁是你的老同学？

我答应了吗？

你家住哪啊，朋友！

我还有个告白在进行中啊啊啊！！！

一脸发蒙的万小福呆呆地站在电梯里，眼前飘过一万句弹幕。

可事情却不知为何就这么定下了。直到走进停车场，开门坐进他的英菲尼迪里，听宋辞报了地址后，他还在深思。

他到底是为什么要送这两个人？

他们根本不顺路好吗！！！

后座，乔野礼貌地问过他们俩的住址后，说：“徐晚星住得近，先送她回家吧，然后你开车回自己家，把我们在路边放下就好。”

那你们为什么要上车啊？！

万小福从后视镜里看着一脸从容的乔野，满脑子问号，到底是他想太多，还是乔野套路多。

真的只是商场外不好打车吗？

还是其实乔野别有所图，听见了他和徐晚星在电影院的对话？

第八章

共赴青山外

四人同车，最尴尬的其实是徐晚星。

她才是货真价实的女主角，旧爱新欢居然都齐聚一车。虽然这个旧爱当年还没真正爱起来，新欢如今也还没成功上位，但就是哪哪都不对。

车内一时陷入诡异的沉默之中。

好在有宋辞这个话痨在，反正不管什么场合，不管你说什么，他总能无缝衔接，并且自带一种令人浮想联翩的特殊能力。

万小福问乔野："我记得航天研究院离清花巷挺远的，怎么还是住回了那边？"

宋辞笑吟吟："嗨，还不是乔野他恋旧。老话说得好，衣不如新，人不如旧。不知道为什么到了他这，房子也要旧了。"

一句"人不如旧"，车内又沉默了一阵。

万小福又问："你们俩大老爷们儿，怎么想起来看爱情片了？"

宋辞："你是不知道我们这一行，搞航天的都是一群闷骚工科男，只会跟数据仪器打交道，当然得好好琢磨琢磨爱情片，不然跟望远镜谈恋爱吗？毕竟打着灯笼也难找到一个对数字和星星感兴趣的姑娘啊。"

"……"

徐晚星表情微僵：他说的一定不是我！

万小福也跟徐晚星说话，顾及有后座两人在场，有心问老徐今天怎么样，也不敢问，只能挑些无关痛痒的话说。

"最近风声紧，顾先生那边还好吗？"

"好像也受了点波及。今晚本来有局的，下午小何打电话通知我取消了，要不我也不会找你看电影。"

就这个话题，宋辞居然也能插得上嘴！

"哎哎，你们说的是什么风声？是最近严打这事吗？"

"是啊。"万小福说，"就连我们律所都受了影响，打官司免不了和客户往来，以前能在饭桌上谈就在饭桌上，一举两得。结果现在都得问清楚，如果客户的身份比较敏感，除了律所，什么地方也不能一起去。"

今年是重要年份，风声一紧，连饭局都受影响，更何况是牌桌文化。

万小福担心徐晚星，问她以后怎么办，看这样子，上头也不是一时半会儿心血来潮。要是持续下去，她的工作一定会受到影响。

徐晚星笑笑：“顾先生那边工资也还是照发的。他这一阵会去澳洲待上几个月，昨天特意见了我和小何，交代了些事。”

宋辞继续“哪壶不开提哪壶”：“这位星星姐之前是专门负责帮老板搞饭局的吗？”

徐晚星微微一顿，云淡风轻说：“不，我负责牌桌上的事。”

丝毫没有顾及乔野在场，她照实说话。倒是一旁的万小福有些紧张，抬眼从后视镜里看了看乔野。

男人就连坐个车也挺直了背，模样矜贵地坐在后面，表情一如既往的清冷，看不出个所以然来。

万小福低声问：“之后有什么打算？”

“我跟顾先生借了辆车。因为风声紧，云院暂时停业了，送货的面包车也都空了出来。”徐晚星咧嘴一笑，侧头拍拍他的肩，“所以最近要是律所需要用车，载人运货都好，随时 call 我。肥水不流外人田，有生意当然要照顾我。”

万小福失笑：“就你脑子转得快，这才刚失业呢，又有新业务了。”

后座的人依然没作声，视线落在万小福肩上停留片刻的那只手上。好在手很快收了回去。

车停在徐晚星居住的小区大门外，她下车时挥挥手，目光一一扫过三人，说了声拜拜。

万小福叫住她：“晚星，到家我给你打电话。”

徐晚星回过头来，迟疑片刻，点头说好。

她心不在焉地踏着一地月光回家，总觉得今日在电影院没有说完的话，放到现在似乎就说不出口了。

车继续往清花巷开。

一直没开口的乔野终于出声了，问万小福：“她这些年，一直在打麻将？”

万小福点头应了一声。

“也没有再参加高考了，是吗？”

“是的。”

乔野沉默片刻，问他：“你支持她的决定？”

“我支不支持都没有用。”万小福诚实地说，“当初也劝过，但你也知道她这人，认准的事情九头牛也拉不回来。”

“……”

“况且，每个人有每个人的想法和苦衷。”

两人的目光在后视镜里撞上了。

乔野：“什么苦衷？”

万小福忽然紧张起来，冲他笑笑，佯装镇定：“就，就有的人喜欢念书，有的人不爱念书。何况她家庭条件不好，高中一结束，需要高额学费才能继续读大学。她也想早出入社会，早点帮她爸减轻负担吧。”

乔野淡淡反问：“靠打麻将吗？”

“……”

宋辞给了他一下：“怎么说话呢，打麻将怎么了？打麻将也是一门手艺，这不是国粹嘛。”

万小福也说：“顾先生是正经生意人，对晚星多加照拂，况且工资确实不低的。”

宋辞来了兴趣：“工资多少啊，说来听听。”

“……反正比我的差不了多少。”

“你不是律师吗？还是律所单干的那种。她打个麻将，能跟你差不多？”宋辞都惊了，“那不是三五万少不了？”

乔野沉默片刻，才问：“工资那么高，为什么还去开面包车？”

万小福一慌，红灯都没看见，从路口一晃眼就过去了。还是宋辞叫了一声“红灯！哥们儿”，他才一脚踩下刹车，猛地停了下来。

一车人都吓了一跳。

乔野依然从后视镜里盯着万小福，万小福咳嗽两声，冲他笑道：“她误信了投资公司，再加上炒股失败了，现在还欠着债。”

这是辛意的丈夫陈俊之破产的原因，万小福是实诚人，一时之间编不出那么多花样，就记得徐晚星的叮嘱：不要告诉其他人老徐生病的事，尤其是老同学。

前一阵他多嘴问了句：“那乔野呢？”

“更不行。”徐晚星神情严肃地盯着他，“一个字都不许透露。”

车上，乔野：“……”

很好，除了打麻将，还开始误信投资公司，还炒股。她是多天真，觉得天上能砸大钱？

那天之后，生活波澜不惊，继续在正轨上一路狂奔。

蓉城入冬时，宋辞已经和乔野一样非常适应这座城市的生活节奏了。在研究院里当然是忙碌的，但一旦走出大门，就能充分领略到这座城市的魅力。

一个字，懒。

两个字，悠闲。

宋辞甚至积极融入了清花巷附近的夜市，虽然麻将馆最近都暂且停业了，但小吃街还一如既往的热闹。他去了一次就上瘾，每晚加完班都会拉着乔野一同去尝试新的川味小吃。

毫不夸张地说，每天吃两样，一个月都能不重样。

路过兴旺茶馆时，乔野定定地看了几眼，但风声太紧，它也毫不例外关门停业了。倒是有一天他撞见了进去打扫的张静萍，两人在门口碰上。

七年未见，张静萍一愣，起初只是觉得年轻人有点眼熟。

她定在原地，疑惑地问：“你有什么事吗？”

乔野见她并未认出自己，也不多言，只问：“我想请问以前这里有家卖抄手的，怎么现在没有了？”

张静萍说：“哦，摊主不卖了，都停业五六年了。”

乔野：“他不是说卖了一辈子抄手，这辈子除了这个手艺活儿，也没别的事能做了吗。怎么会不卖了？”

张静萍的表情显然一滞，抬眼看着他，问：“请问你是——？”

“老顾客，以前常来，后来搬家了，很少到这附近。”他这样解释说。

张静萍笑了笑，说：“他也搬家了，离太远啦，再来摆摊也不太方便。”

两个月时间，乔野倒是在这附近碰见过三次徐晚星。

一次是她从一辆小破车上下来，一箱一箱把啤酒搬到一间副食店里，跟老板结完账后，又开着小破车离开。

一次是运货给水果店，老板一检查，说她把杧果给磕着碰着了，非要少给点钱，补偿损失。

她把腰一叉，利落地说：“我从驿都大道来的，一条大路直接到罗马，您是知道那路面状况如何的，连颗石子都没有，我上哪儿去磕碰你的杧果？”

“那我这杧果怎么会流水？”

“这您跟您的进货商聊去，我只负责进货，运费给我就成，水果有什么问题，麻烦您找对人。”她把手机掏出来，拨通电话，递给老板，“来，电话费我替您出，您和进货商好好聊聊。”

老板一时语塞，忙不迭地把电话挂了，连同运费一起塞回来。

她像只骄傲的大公鸡，下巴一抬，开开心心开走了小破车。

第三次也差不多，总之她在这一带熟人多，似乎揽到不少生意。

每一次见到她，她都并不知道乔野在附近。也许是她自带气场，哪怕身处落魄境地，也和周围的市井小贩不一样，他总能第一眼就注意到她。

这样的状况，乍一看似乎是她光芒未散，还和当初不可一世的徐晚星一样。可仔细一想，他却觉得有些不甘。

大好前途不要，留在了这样的地方，哪怕和周围格格不入，也毕竟在尽力融入。

从北京到蓉城，乔野和宋辞一直在负责新的空间探测器。从设计到测试阶段已经过了整整一年，十二月初，终于要进行第一次发射。

发射地点在西昌，他和宋辞都要去现场。

宋辞把胡教授劝留下了：“您老这么大年纪，天又冷，去西昌还那么多山路，我们年轻人去就成。您留在这。”

胡天云说：“那你们怎么去？”

向来不关注这些琐事的乔野忽然开口：“我们包辆车去。”

去西昌并非人到了就可以，他们要带的东西不少，沿途要和发射中心保持联系，还要继续跟进每个小时的实时数据。若是坐动车，安检未免太不方便，信号也会受影响。

胡天云点头：“那我让院里去安排车。”

“不用了。”乔野说，“现在打车软件很发达，实时约个网约车就行。”

胡天云摸摸胡子，感慨说后生可畏，老一代的不被淘汰都不行啦。

宋辞：“这话不适合您老说，前两天您不还在说网上流行的那个什么宅舞吗？我都不知道这些事儿，您老人家还门儿清，您可不老，您老当益壮着呢。”

胡天云当即招呼了他的后脑勺。

转背，乔野给徐晚星发去信息：“有一个货运单子，接不接？”

收到这条信息时，徐晚星在开车，几分钟后抵达地下车库，把小破车停好，一边数着今天赚的两百块钱，一边往电梯走，心道这么个赚法，一整个月过去也没多少。

短信提示音又响了，一遍遍告知她还有未读信息。

她叹口气，把钱放回包里，掏出手机。

目光落在屏幕上，忽然定格。“乔野”二字和正主一样，人消失在她的世界多少年，信息就消失了多少年。

她还以为这辈子都收不到来自他的只言片语了。

徐晚星在电梯里看到了那条信息。数字一路攀升，她就一路失神。

踏出电梯时，她深吸一口气，回复：“什么单子？”

“有一批物资要运到西昌发射中心。”虽然过去了十来分钟，乔野也依然是秒回。

“你们院里的？还是算了吧，那边国道常塌方，又是山路，不好走。你们的物资不是寻常货物，路上有损耗，我负责不起。”

乔野一连发了两条来——

第一条：“不要你负责，也没什么昂贵的。”

第二条：“三天时间，运过去一趟，运回来一趟，中途也可能会有用车的时候。费用三千，接吗？”

徐晚星的目光定格在那个数字上。

三千啊。

她心下一动，摸摸包里的钱，结果摸出来一张医院的账单。

她给自己打气，怕啥啊，老同学一场，万小福和春鸣都在给她拉生意，这不就是换了个人而已吗？

七年都过去了，再多恩怨都拜拜了。上回辛意出事，他不还是惦记着旧年情谊，又是帮辛意，又是拦着她干架吗？

尴尬都是假的，钱才是真的。

徐晚星为自己呐喊助威了一分钟，很快把电话拨了过去："时间，地点，我们详细谈一下。"

另一边，乔野无声地笑了笑，把院里的安排说了。

对话很自然，似乎从前的恩怨真的一笔勾销了。

只是在电话最末，徐晚星还是问了一句："怎么想起找我了？"

乔野顿了顿。

如果说真话，那大概是，看见她奔波在夜市，做着辛苦的工作，年纪轻轻一个女孩子却搬着重重的货物，他依然会不忍。不管过去多少年，不管他平日里冷冷清清是个什么模样，看见徐晚星时，想起的总还是当年那个小姑娘。

他也希望她不要过得那么辛苦，虽然这样的念头总会带着一星半点的愠怒——

活该。谁叫你当初辍学？

也只是一念之间，他很快声色如常地选择了不说实话——

"我在蓉城也不认识几个人，上哪找车和司机？恰好老同学一场，找你正好。"

他这么一说，徐晚星就放下心来，还像当年一样爽快利落："那就包在我身上了，后天见。"

"嗯，后天见。"

乔野挂了电话，正巧碰见刚洗完澡从洗手间出来的宋辞。

宋辞一边擦头发，一边说："和谁打电话呢，笑得这么恶心。"

恶心？

乔野眉头微皱，经过镜子时，侧头看了一眼，没觉得自己有什么异常。

他顿了顿，回答说：“司机。”

“和司机打个电话也一脸骚气，怎么，女司机？”宋辞反应片刻，才追问，“等下，咱们去西昌，你找了个女司机开山路？？？”

“怎么，你歧视女性吗？”

一顶大帽子扣下来，宋辞词穷，片刻后指着乔野：“是我看错了你，前一阵不是还惦记着你那颗星星吗？呵，男人，果然是喜新厌旧的。”

直到两日后的大清早，宋辞从研究院搬着几台机器出来，看见停在院外的那辆面包车，擦擦汗问：“是那辆？”

乔野还没来得及说话，车门开了。

“那颗星星”从车里跳下来，义不容辞地接过宋辞手里的一台机器，打开后备厢往里放，笑嘻嘻地说：“又见面了啊，接下来几天，宋哥你多多照顾。”

宋辞：“……”

看看乔野，看看徐晚星，他瞠目结舌。

这这这。

玄幻了！

乔野倒是面色如常：“搬啊，都等着人家帮你吗？”

宋辞把东西往车里挪，无声地指指他，竖起大拇指：你够可以的啊，兄弟。

说来说去，原来女司机就是“那颗星星”！

东西都装上车了，徐晚星拿出备好的纸笔，一副洗耳恭听、认真做笔记的模样：“送到什么地点，具体有什么要求，对接的联络人是谁，都需要跟我说一下。”

宋辞一头雾水，看看乔野，又看看徐晚星：“什么情况？”

乔野也没多说，径直拉开了副驾驶的门，好整以暇地坐了进去。

徐晚星也愣了，收起纸笔，对上他降下车窗后投来的视线。

窗内的人淡淡地说：“上车吧。”

“不是运货吗？”她有些蒙。

“我什么时候说过是运货了？”乔野拿出手机，调出短信页面，朝她面前一递。

他说有一批物资要送去西昌，但从未说过无人跟车。

徐晚星瞠目结舌："所，所以你们俩也要去？"

乔野的视线绕过她，朝不远处奔来的人招了下手："孔鹏飞，这里。"

再看徐晚星，他微微一笑："一共三个人，辛苦你了。"

徐晚星："……"

运货和载人，分明就是截然不同的状况。

徐晚星悻悻地上了车，心道没人的话，她大可以放着歌在山路上一路鬼哭狼嚎，怎么嗨怎么来。可现在车上骤然多出三个人，全程都得笑脸相对。

毕竟她是收钱干事的，气势上也矮一头。

早晨七点，天光大亮，面包车从二环内出发，碾过一路细碎的晨光。

出来得早，后座谁的肚子发出咕咕的叫声，徐晚星笑道："没吃早饭吗？"

孔鹏飞尴尬地挠挠后脑勺，说起太早了，没来得及吃。

于是她轻车熟路地把车停在某个路口："里面有家早餐店，我去买点吃的吧。"

孔鹏飞忙道："不用不用，我没那么精致，不吃早饭也没什么的。"

"上了国道就不好找休息站了，午饭大概会吃得比较晚，先买点东西，路上饿了还能垫垫肚子。"

徐晚星正欲开门，就被副驾座的人摁住了手臂。

"我去。"乔野开了车门，径直下车。

没过多久，他就拎着几袋子早点回来了，馒头、花卷、肉包子，豆浆、油条、茶叶蛋，应有尽有。其中一袋装了两只白糖包，顶端缀有红色小点，他把那袋递给了徐晚星。

徐晚星接过来一看，愣了愣。

他言简意赅："我记得你早上不爱吃咸。"

后座的两人对视一眼——

孔鹏飞用迷茫的眼神询问：有什么是你们知道，但我不知道的吗？

宋辞用真挚的目光回应他：沉默是金。

面包车在路边停了一阵，四人都吃了点东西垫肚子。徐晚星心不在焉地啃着热乎乎的糖包，思绪飘得很远。

那时候她爱迟到，经常顾不上吃饭，起床就开始撒丫子往学校狂奔。后来和他关系越来越近，他就开始替她带早饭。

高三那年，她甚至被他惯坏了，每天抵达座位后，第一件事情就是摸摸抽屉里有什么早餐。

她还会点评——

“今天的锅盔炸焦了，有点苦。”

“这家的肉包子全是肥肉，腻死人了。”

“豆浆好好喝！”

“大清早的，还是吃甜的东西会比较对胃口，幸福到爆炸。”

……

她啃着手里的糖包，忽然之间有点不敢侧头。

十来分钟后，重新发车上路。

怕一路没话说会尴尬，她索性打开电台听听路况信息，只可惜听得整车人昏昏欲睡。她从后视镜里看到了后座的情况，便对乔野说：“车载音响可以放CD，我出门时拿了两张，就在你前面的抽屉里。”

乔野打开抽屉，拿起CD时，手一顿。

徐晚星百忙之中还抽空看他一眼，看清那张CD时，也是一个晃神，当场就有了拔起方向盘砸死自己的冲动。

“不是，我就是出门的时候有点急，随手抽了两张——”

“是吗。”他不急不缓，打断她语无伦次的解释，径直把CD放进了唱片机里。

音乐飘出的瞬间，很容易辨别出Coldplay的声音。

并且在这些年收集的这支乐队的所有专辑里，不偏不倚，她恰好拿的是他送的那一张。

徐晚星万念俱灰。

半小时后，从高速驶入山路时，后座的两人已然呼呼大睡。

徐晚星拿出专心开车的架势，目不斜视，正襟危坐，因为太过刻意，反倒令人有些想笑。

倒是乔野很自然地坐在她旁边，也很自然地开口问："什么时候学的车？"

"前几年了。"

"车技不错。"

她听他这样轻松的语气，心里也放松不少，抿唇："我该说谢谢吗？"

"该说谢谢的人是我。"乔野笑笑，意有所指，"接下来的三天都要耽误你了。"

话匣子这就算打开了。

徐晚星问："去西昌那边，是要发射什么东西吗？"

然后又迅速补充："如果不方便说，我就不问了。"

"没什么不方便的，是目前最新的空间探测器。"

"往哪里发射？"

"木星。"

"主要探测哪些方面呢？"

"土壤，地表，长期监测。"乔野简洁地报上用途，顿了顿，又说明了更多细节。

徐晚星听得很投入，末了才问："是你设计的吗？"

"我是设计师之一。"他指指后座的两个人，"孔鹏飞和宋辞也参与了设计。"

宋辞眼睛都没睁，好心替他补充一句："别这么谦虚，直接说你是总设计师就好，我和飞飞都是替你打杂的。"

徐晚星一惊："你没睡着啊？"

宋辞一拍脑门儿："光顾着接话，sorry，sorry 啊，我马上就睡着了。你们继续。"

徐晚星："……"

乔野："不用理他，他讲十句话，能有一句有营养就很了不起。"

她哭笑不得，却在这样的氛围里逐渐放下心防，最初的那点尴尬也渐渐冰消雪融。

抵达休息站时，已经是下午一点半。

不少大巴都停在那家脏兮兮的餐馆外，下车吃饭的大多是去川西高原的游客。

餐馆连招牌都掉了好几个字，黑乎乎的，看不出原本的名字。店内的白色墙壁也都斑驳脱落，显露出红砖的颜色。可碍于这沿途没什么休息站，餐馆也少，生意竟然好得出奇。

四人在油腻腻的木桌前坐下来，宋辞抽了不少纸擦桌子，不可置信地惊叹："这桌子至少得有十年没擦过了吧？"

徐晚星笑着解释："不好意思啊，这附近确实没什么别的地方可以用餐了，这里不用下国道，就在路边，所以最方便。再下一家店还得开四十来分钟才能到。"

孔鹏飞好奇地问："你是专门开车的吗？"

"不是。也就最近开得比较勤。"

"那你怎么对这附近这么熟？"

"川西这边走过不少次，川南也比较熟。"徐晚星笑着掰开一次性筷子，"我老板常出差，省内到处跑。往这边一开，一般没八九个小时到不了目的地。我心地善良，偶尔替司机大叔开一段，换他休息休息。"

"那你是做什么工作的，还跟着老板到处跑？助理吗？"

"算是？"她笑起来，爽朗地说，"就是那种打杂的助理，端茶递水，开车打牌，什么都做一点吧。"

孔鹏飞惊叹："十项全能啊！！！"

他很快就化身为"十万个为什么"，深入了解十项全能的奇女子究竟擅长些什么——

"所以你除了是秋名山车神以外，还是赌神，还是公关小姐？！"他瞪大了眼睛，却被宋辞一把拉住。

"停停停，你调查户口呢你？"

"不是，你们都不吃惊的吗？这个年头连妹子都十项全能了，我们一群理工男成天宅在研究院，肩不能扛、手不能提的，难道都不自惭形秽吗？”孔鹏飞心疼地抱住自己，“不瞒你们说，我连驾照都没有，逢年过节还被爸妈嫌弃不会打麻将，除了工作，回家都不知道该干什么娱乐娱乐。”

……

重新上路时，大家似乎都认识很久了。

徐晚星自幼像个男孩子，麻将小分队里除了心思细腻敏感些的春鸣，其余人也都是男生。她原本就不擅长和弯弯绕绕的女孩子打交道，如今和这车上的几人相处起来，如果忽略掉和乔野那一段陈年旧事，其实还是很愉快的。

插科打诨的时间很快就过了，三个大男人也开始看手机的看手机，开笔记本电脑的埋头看数据。

徐晚星一路听着他们交谈，尽管说的都是中文，却渐渐开始变成她听不懂的语言。

隔行如隔山，她从那些遥远晦涩的信息里，间或能听到多年前读书时接触过的知识点，捕捉到开普勒和其他公式的影子，仿佛这才察觉到这一路走了多远。

人生的岔路口早已过去，他们朝着各自的方向一路疾驰，而后即便有交集，也隔着不可跨越的高山。

傍晚六点过，车堵在了国道上。

一边是青黄交加的山体，一边是奔腾的江水，而前方拉起了警戒线，有应急车停在路边，穿黄马甲的工作人员聚在一起。

徐晚星下车看了看，回来告知大家，前面发生山体塌方，交警正在紧急处理。

“已经接近尾声了，预计还有半小时左右能清理完毕，然后就放行。”

四人干脆下车活动活动腿脚。

徐晚星看着乔野走远了些，站在江边的护栏旁，从包里摸出包烟来，点燃一支，凑到嘴边。

宋辞在她身后说：“憋了一路，终于找到机会放飞自我了。”

她一顿，问：“他抽得很厉害吗？”

“那可不，人家一日三餐都没他这么有规律。一顿不吃也饿不死，他是一天不抽就会憋疯。”

徐晚星没说话。

宋辞看看面前这颗沉默的后脑勺，心里一动，又不动声色地补充说：“尤其是回蓉城之后，抽得更厉害了。”

“……”

孔鹏飞还在状况外，凑过来也加入悄悄话大军：“可是你们不觉得吗，野哥抽烟的样子是真帅。别的男人抽烟可能会油腻猥琐，他抽烟，那就跟偶像剧男主似的，深沉又有品位。”

正说着，就见到江边的男人深呼吸，一口白烟从唇边溢出。

孔鹏飞星星眼感叹：“仙气飘飘的，搞得我也想学抽烟了。”

徐晚星回头看他，忍俊不禁：“有没有人跟你说过，你真的是捧场王啊？”

她打麻将打杂都能被夸是十项全能，如今乔野抽个烟，也能变成仙气飘飘。她刻意把注意力放在了调侃孔鹏飞上，不让自己为乔野抽烟这一幕过多分神。

那已经和她无关了。

别在意。

可话是这么说，等待的半小时里，她还是没忍住，下意识记住了他摸了多少次烟盒。再上车时，她低声嘀咕了一句：“抽那么多烟，也不怕得肺癌。”

一旁的人顿了顿，没说话。

宋辞也来劲了，加入声讨的步伐：“就是，浑身烟味，熏死人了。”

乔野：“我就抽了两支——”

“四支。”一旁的徐晚星神情严肃地竖起四只手指。

乔野抬眼看她，似笑非笑：“观察得这么仔细？”

徐晚星又蓦地缩回手去，挪开视线：“就，就一不小心看见了。”

天色渐晚，车速逐渐放慢。

山路并不好开，徐晚星全神贯注，渐渐地不再与车上的人说话。

乔野低声问过几次："我来换你？"

徐晚星摆手："不用。不困。"

他也没开过山路，这边的路况反倒是徐晚星比较熟一点，所以他也不勉强，只是沿途观察着路边，在某段路忽然出声，要她停车。

徐晚星问："怎么了？"

"买烟。"他回答说。

她眉头一蹙，很不想停车，可现在她是司机，雇主有吩咐，她不得不停。刹车时有点赌气的成分，毫不温柔，吱的一声停下路边。

乔野看她一眼，没说话，解开安全带下了车。

路边有家简陋的家庭小卖部，泥土房开了扇窗，旁边歪歪扭扭写着"小卖部"三个字。乔野去窗口站了一会儿，拎着一袋东西回来了。

他坐回车上，关好车门，重新系上安全带，然后从袋子里拿出两瓶苏打水，递给后座。

最后拿出来的，是一瓶咖啡。

他替她拧开，递到面前："喝一点。"

徐晚星一愣，看看咖啡，又看看他："不是去买烟吗？"

"嗯。顺便买了点水。"

"烟呢？"她又看了眼空空如也的塑料袋。

"忘了。"乔野神情寡淡，说得理直气壮。

徐晚星不吭声了，接过咖啡，咕噜咕噜喝了几大口，精神好很多。再上路时，她的动作就不那么暴力了，全然不似刚才刹车时。

夜幕低垂时，面包车才抵达导航的目的地，西昌卫星发射中心。

时间太晚，他们过中心而不入，开到了几公里外的酒店。

来之前，酒店就已定好，四个单人间。

乔野从前台拿来房卡，一一分发："条件比较简陋，大家凑合一下。"

徐晚星抬眼看看，笑道："已经是大凉山这边最好的住宿条件了。"

"还有比这更差劲的？"孔鹏飞心有余悸地看看周围，"说这是酒店都侮辱了旅馆，这也就比农家乐要好那么一点吧。"

徐晚星哈哈笑："那你是没见过镇上的，那边更糟糕，大冬天热水都放不出来。"

乔野看她一眼，没说话。这一路风雨兼程，每一个细节都在说明这些年她过得不好。

众人各回各的房间，也不知是有意无意，房卡是乔野发的，他们俩的房间也是相邻的。

一路奔波，大家都困了，打着呵欠就回屋睡觉。

乔野在门口对她说："今天辛苦了。"

"也还好。"

"明天我们去发射中心，你可以起晚一些。下午如果有行程，我会打电话告诉你。"

"好。"

走廊上的灯光很暗，还有一盏忽明忽灭。川西高原的风从走廊尽头的窗外呼啸而来，吹得人浑身发冷。

他侧头看着她，仿佛还有话未说完，徐晚星忽然有些紧张，惴惴不安地等待着。

可最终却也只等来一句："晚安。"

那颗心忽明忽灭，被她强行按捺住，抬头笑笑："好的，你也是。"

她几乎是胡乱开门扎了进去，然后关门，靠在门上发怔片刻。

要死了，这心跳是怎么回事？

她胡乱念叨着，别乱跳，别胡说，别强行加戏，然后往床上一躺。

闭眼时，眼前浮现出他在门口看她的场景，侧脸好看，一如当年——不，七年过去，他更好看了。

在车上说那些她听不懂的专业知识时，很好看。

在江边抽烟时，很好看。

拧开咖啡递过来时，也很好看。

徐晚星躺在床上，抬手捂了捂眼睛，觉得白炽灯有些过亮了，真刺眼。

过去只是隔着三十名的差距，如今呢。

呵，十万八千里，她就是腾云驾雾也追不上了。

下一秒，她一个鲤鱼打挺坐起来，对自己说，追他干吗啊。她干吗妄自菲薄？孔鹏飞明明说了，她可是十项全能，上得厅堂、下得厨房，还能当秋名山车神，甭管是车上还是嘴上。

哼着歌，徐晚星又快快乐乐地去洗澡了。

真好，这间酒店有热水。

热水澡总能驱散一身寒气，包括一路开车带来的困倦。她以为自己洗完澡就能倒头睡着，结果翻来覆去都很精神。

大概是他那瓶咖啡的后遗症吧。

她又坐起身来，推开阳台的门，看一眼川西高原贫瘠的小镇、连绵起伏的大山。抬头，群星璀璨，仿佛比城市里能看见的更亮也更大颗，伸手就能摘下。

她笑了，拍下照片，发给老徐。

然后拨通了老徐的电话。

“睡了吗，爸？”

徐义生说：“还没呢。”

“在干什么？”

“春鸣刚走，陪我聊了聊天，看了会儿电视剧。”

徐晚星笑了：“春鸣比我更像你亲生的。”

“那可不是！比你体贴多了。”

父女俩说了会儿话，徐晚星没话找话说，说开了一天的车好累啊，说这里的风很大，在屋里都能听见呼呼的声音，说星星有拳头那么大一颗，说等你好了我也带你来看看。

渐渐察觉到老徐精神不济了，她止住话头，说：“爸，那你好好休息，我明天再给你打电话。”

挂断电话，手机还握在手心，一侧头，她蓦地愣住。

一旁的阳台上也站了个人，和多年前一样，他倚在栏杆上，徐徐侧头看过来，对上她的目光。

徐晚星张了张嘴，没说出话来。

反倒是乔野先开口："你爸爸怎么了？"

她心下一惊，不知道刚才的对话他听进去多少，也下意识地回忆自己是否有提及什么不该让他听到的信息。

最后她只是笑笑，强装镇定："哦，他最近身体不太好。"

"住院了？"

"在输液。"

乔野看她片刻，提醒说："你头发是湿的。"

"啊？"

"回屋去，别吹风了。"他望着她，静静地说，"不然明天进医院的就是你了。"

徐晚星愣愣地应了一声，正准备进屋，却又忽然被他叫住："徐晚星。"

"啊？"她又回过头来。

乔野思量再三，还是问了出口："万小福那边，你答应了吗？"

"答应什么？"话都问出口了，她才霍地明白过来，震惊地抬头盯着他，"你，你都听见了？"

乔野淡淡地说："看个电影说话声音也能那么大，想听不见都难。"

徐晚星瞠目结舌："明明是你偷听了别人的对话，还怪我们声音大？"

别人。我们。

这样的词令乔野目光一沉，冷笑。

"所以你答应他了？"

"你管我答没答应他。"徐晚星翻了个白眼，径直回屋，把阳台的门一关。

没过半分钟，房间门忽然被敲响。她一惊，就听见门外传来乔野的声音——

"是我。"

她隔着房门说："干什么，你还没完没了了？"

他说："睡不着，聊聊。"

"聊什么？"

"聊聊你和万小福。"

徐晚星：“……”

神经病，谁想跟你聊！

她没好气地把门打开，翻了个白眼：“没答应。没在一起。没下文。满意了？”

乔野静静地看她片刻，慢条斯理说：“哦。”

“哦？？？”

“按理说，你们俩在不在一起，不关我什么事，无所谓满意不满意。”

他身姿笔直地站在门口，影子被昏黄的灯光拉得老长，老旧的地毯仿佛也因为这修长身影的存在而多了几分电影的情怀感。但嘴里说出的话可就没他这模样看起来那么赏心悦目了——

“不过宋辞说，你们俩光看后脑勺也不是一路人，性格差异太大，女强男弱。万一在一起了，万小福会吃亏，压不住你，只能被你欺负得死死的。”

他还云淡风轻地强调说：“是宋辞说的。他一个局外人都能看出来，我觉得有必要提醒一下你，毕竟当局者迷。”

第九章

繁星永不灭

怎么又是宋辞？

徐晚星翻了个白眼："麻烦你转告宋辞，反派死于话多。"

乔野："当初你话也挺多，不也好端端活到现在了？"

"我这叫祸害遗千年，一时半会儿是死不了的。"

乔野轻哂，低头轻飘飘看她一眼："歪道理还是一样多。"

他们之间从重逢后就鲜有这样的时刻，仿佛和七年前一样，只有轻松的插科打诨，不再有剑拔弩张的对峙。

徐晚星移开视线，问他："你还不回去睡觉，明天不是要早起吗？"

"睡不着。"他径直走进她的房间，"聊聊。"

喂，这是你的房间吗？怎么进来得这么理直气壮呢！

徐晚星迟疑片刻，阖上门，跟了上来："聊什么？我和万小福？刚才不都跟你讲明白了？"

"为什么没答应？"乔野拉开窗帘，在阳台上坐下来，下巴一抬，"柜台上有矿泉水，给我一瓶。"

？

把谁当丫头使唤呢？

徐晚星"不"字都到嘴边了，对上他的视线，又莫名其妙把话咽了回去，扭头拿了瓶水，朝阳台上一扔。

男人稳稳接住。

浑蛋，多年不见，身手都变得矫健了。想当年他还是个肩不能扛、手不能提的弱鸡学霸，揍个人都能骨折。

徐晚星坐在床沿瞪着他，浑身上下都散发着"求你把话说了赶紧回去睡觉"的气息。

乔野选择无视。

"为什么没答应他？"他又重复了一遍，"我看你在电影院的时候，不是只差没求婚了？"

"……"

徐晚星："我只是想稍微考虑一下！"

"你喜欢他？"他单刀直入，问得简单粗暴。

徐晚星面上一红："你是不是管得太宽了？"

"那就是不喜欢。"他又简单直接地下了结论。

"你知道什么。"

"我当然知道。"阳台上的人拧开瓶盖，慢条斯理地喝了一口，"你喜欢一个人的时候，胆大包天，没什么好认怂的。现在扭扭捏捏，顾左右而言他，显然是不喜欢。"

"……"

所以说大家知根知底，就是不好。随便说个什么，也能被对方捉住把柄，予以反驳。

徐晚星沉默片刻，低头盯着陈旧的地毯："这么多年了，人都会变。"

"是吗。"乔野看着她，淡淡地问，"那你觉得，你是变好了，还是变差劲了？"

"都沦落到为您开车的地步了，能是变好吗？大家心知肚明，冷言冷语你就少说两句。"她也很直接。

乔野定定地看着她，有片刻的沉默。

他坐在风里，从山间而来的夜风凛冽又粗犷，吹起他的发，吹起他的外套。他坐在沉默的夜色里，像一座沉默的雕像，漂亮而清冷。

"徐晚星。"他的声音很低，也像是来自远方，"你后悔过吗？"

徐晚星没说话。

"知道自己过得不好，当初明明有另一种选择，这么多年你后悔过吗？"

他不知道自己为什么问出这一句，可这些年的不解与难以释怀，仿佛都藏在了这句话里。他希望她后悔，希望她承认错误，希望她说当年不应该抛下他。

明明约定好了远方，最后却只剩下他背上行囊。

可床边的人却抬起头来看着他，笑了："不后悔。"

那一瞬间，他的心沉了下去。

"选择都是自己做的，不管怎么样，也没有后悔的必要。"她望着他，目光明亮，也很平静，"我是过得挺辛苦的，但心里是也快活的。"

她没有说假话。

前途是可贵的。年少的感情是真挚的。可这些年来她也依然如初，知道老徐是独一无二的。

医生明明说了只有五年，那还是乐观的情况下，可如今老徐已经走过了第七个年头。

她没有什么可后悔的。哪怕在外风雨兼程、一身疲惫，走进那间病房时，能看见老徐冲她笑，叫一声“晚星”，她始终觉得值。

乔野与她对视了很久，才说：“年轻时心高气盛，知道你做出选择，挽回过，也被你拒绝了，所以觉得老死不相往来也好。”

“……”

“可我确实没想到你能那么狠，只言片语都没有再给过我。”他低笑两声，“我以为照你的性子，哪怕一时不欢而散，总会在事后多解释一句。”

徐晚星沉默了再沉默，开口也还是一句：“对不起。”

乔野看她很久，却终究没能等来一句解释。七年都过去了，她也依然没有后悔过，更没有什么要说给他听的话。

他起身，都走到门边了，忽然听见她叫了声：“乔野。”

他在刹那间停下脚步，回过头来看着她。

她似乎有些迟疑，明明有话要说，最后开口却是一句：“早点睡，祝你明天一切顺利，发射成功。”

她能看出他那亮起又沉下的眼神，脑子里乱糟糟一片，在关门声响起后选择一言不发地倒在床上，怔怔地看着天花板。

要怎么说？

从哪里说起？

深夜的酒店，她睁眼望着陈旧的天花板，慢慢地闭上眼。

曾经是满心怨怒无法说，如今呢。如今是时过境迁，两人之间隔着大山大海，又该从哪里说起？

都是陈年往事了，说出来有什么意思？就好像她还惦记他似的。说出来引人同情，再看看有没有发展下去的可能性吗？

她可没那么厚颜无耻，妄图高攀今日的乔大科学家。

清晨六点，西昌的天还未亮。

一行三人在大厅集合，乔野准备叫车前往发射中心。

门外忽然停下一辆面包车，刹车时激起一阵黄土飞扬，徐晚星降下车窗，冲他们喊了声：“上车。”

乔野问她：“不是让你今天白天休息吗？”

“受人所托，忠人之事。况且我车上还有一堆你们的东西，送佛也要送到西。”

她连导航都没开，过人的记忆力在这时候也能发挥作用，即便昨夜是赶夜路来的，也把去发射中心的路线记得分毫不差。

十来分钟的时间，天边从鱼肚白变亮了。

一米多宽的车窗像是望远镜一般，逐渐呈现出日出的盛况。一轮火红的朝阳从远山跃出，刹那间点亮了大地，点亮了群山，也点亮了苍穹。

窗外有凛冽的风，车窗微微开阖，徐晚星扎着马尾，发尾在风里猎猎飞扬。

她浑然不觉，甫一刹车：“到了。”

沿途都没几个人，商铺还紧闭着，只有零星几家面馆开着。中心门口倒是簇拥着不少人，还挂上了横幅——欢迎总设计师一行莅临发射中心。

见车来了，所长带人拥了上来。

徐晚星一动不动坐在那，只低声说了句：“一切顺利。”

她目送三人下车，把后座和后备厢的东西拎下去，也看见了乔野和所长寒暄。正准备开车离去时，他却忽然转身走来，敲敲车窗。

她把窗户降下去，听见他交代她：“回去好好休息，睡饱了，下午再来。”

“下午还有行程？”

“没有了。白天是最后的准备时间，发射时间在今晚九点。”

“那叫我来……？”

他顿了顿，抬眼注视着她：“不想看发射现场？”

徐晚星一惊：“我也能看？”

“来都来了，待在酒店也没意思。”他言简意赅，“下午两点，我在门口接你。”

回到酒店后，徐晚星睡了个很好的觉，也做了个很美的梦。

梦里老徐没有生病，她参加了高考，和后桌的学霸一同考上了北京的高校。她梦见自己也在发射现场，不知道是火箭升空还是什么东西升空，她和沸腾的众人一起望天，满心骄傲。

醒来时，她不记得自己是不是也考进了C大，但梦里的她显然前途无量。

她对着天花板放空很久，终于承认，她很羡慕乔野。

徐晚星提前十来分钟开着小面包车到了发射中心，乔野已经站在那了，换了身深蓝色工装，头上还戴了顶帽子。

可即便穿着这样的衣服，也丝毫无损他的气质。放眼望去，一众穿蓝色工装的人里，他依然还是万众瞩目的焦点。

他管她要了身份证，去门卫处登记，然后带她走进了偌大的发射中心。

“吃过午饭了？”他问。

“吃了。酒店旁边有家炒菜馆，随便吃了点。”她又问，“你呢？”

“我也吃了。”他补充，“这边有食堂。”

徐晚星点头：“对了，还没问探测器叫什么名字。”

“繁星。”说起这个话题时，他唇边染上了一抹笑，“繁星号。”

她定定地看着他说话的样子，也笑了。

繁星号。光听名字也很美。

下午的时间，他带着她参观发射中心。如今的中心已经成为西昌著名的旅游景点，科普航天知识，为天文爱好者提供了近距离接触航天世界的机会。

当然，也并不只是参观而已。

站在橱窗前，乔野问她：“还记得发射窗口吗？”

“怎么，想考我？”

“只是想试试看年纪会不会和衰减的记忆力成正比。”

徐晚星翻了个白眼：“火箭发射时间并不是一个确定的时间点，而是一个时间范围，被称作‘发射窗口’。”

“继续。”

“发射窗口宽度因‘星’而异，近地轨道卫星一般为日窗口，每天都会有；月球探测器为月窗口，每月都有，但只有那么几天。而小行星和彗星等地外天体交会需求的探测器则为年窗口，一年甚至几年才能遇到一次。”

两人的目光在半空相撞，她带着挑衅的眼神，就连上扬的眉眼都在诉说着不可一世的神气。

乔野弯弯嘴角：“还不错。”

“只是还不错？”徐晚星嗤了一声，“那要不要我继续往下说？”

“你说。”他一副洗耳恭听的样子。

于是徐晚星又和他继续掰扯为什么卫星发射时间都定在晚上。

下一个讨论环节是，高轨道卫星和低轨道卫星发射时间的不同。

再下一个焦点问题，地球的阴影区。

说着说着，她蓦地一顿，不自在地移开目光，停了下来。

乔野：“怎么不说了？”

徐晚星故作平常地撩了撩鬓发：“都是些小儿科，没啥好说的。”

内心却在握拳呐喊：徐晚星你疯了吗，突然变身秀知识狂魔是什么节奏？他要是不知道，你在这儿秀就算了，这秀的全是人家已知的“小儿科”信息。

她淡淡地抬头继续看航天科普窗，一边想，还不如表演个胸口碎大石比较能震撼他。

头顶却忽然传来男人的声音。

“看来这些年，你也并没有放下你的梦想。”

徐晚星忽然失语。

“我听万小福说，你炒股失败，误信了投资公司，所以欠了不少钱。”乔野顿了顿，说，“可是徐晚星，二十五岁并不是一个不能重新开始的年纪。如果你还爱你的星空，还有再去追逐的机会。”

“然后呢？然后像个影子一样跟着你，等你施以援手，等你拉我一把，等你告诉我你经济能力很好，可以暂时帮我缓解债务压力吗？”

徐晚星的眼前浮现出来的，依然是很多年前的那一幕，兴旺茶馆的后院里，少年从假山后走出来，把钱夹递给她，说那是他全部的积蓄。

可是疾病与贫穷如何假手于人？

他帮得了她一时，却帮不了她一世。除非他能妙手回春令老徐好起来，否则她依然要把全部的精力都交给父亲，她没有追逐星空的权利，至少目前为止。

徐晚星抬起头，平静地望着乔野，说：“我知道你一直想帮我，也一直恨铁不成钢，觉得我自暴自弃。我很感激你，真的。”

“……”

她想说什么，又觉得此刻不合适。当年的事情已经过去，老徐生病的事也并不是什么非得瞒着他的秘密。但今天是他重要而特殊的日子，不该提那些丧气事。

她笑了笑，拍拍他的肩：“好了，这些事情回去再说。快告诉我，今晚在哪里能看到你的繁星升空？”

群众观看卫星发射的地点在指挥大楼前面的空地上。

傍晚，徐晚星和一众人一同坐在那里，都裹着厚厚的棉衣羽绒服，在风里仰头望着漆黑一片的夜空。

不远处，火箭载着繁星号，等待发射。

不少人拿着手机观看直播，画面里，现场的工作人员紧急做着最后准备，进行第无数次的检查。

她拿出手机，发现小破手机被冻得没信号了，关机重启也没用，只好凑近旁边的一位姑娘，厚着脸皮问能不能一起看。

年轻姑娘很爽快，笑眯眯地把手机递了过来：“当然没问题。”

她问徐晚星：“你也是家属吗？”

徐晚星一愣，才明白过来她问的是什么，赶紧摆手：“不不不，我朋友在这里工作。”

“就是刚才送你来的那个个子高高的帅哥？”

徐晚星笑了：“嗯，是他。”

“他负责什么呀？”

“他是总设计师之一。”

“啊？！”小姑娘瞪大了眼睛，“他就是设计师？”

徐晚星被她这生动的表情逗笑了，点头：“他是。”

“我刚还想跟你炫耀呢，我老公是负责火箭发射的。结果你朋友居然是总设计师，那我老公就黯然失色了。”小姑娘感慨说，“设计师啊，真的好厉害！”

“还好啦。”徐晚星下意识地替乔野谦虚，片刻后又意识到，奇怪，她现在跟他什么关系啊，轮得上她来替他谦虚吗？于是赶紧又点点头，“是有点厉害的。”

小姑娘哈哈大笑，挤眉弄眼地问：“你们是男女朋友吗？”

“不不不——”

“不是男女朋友，他干吗带你来看呀？这可是只有家属能来看的。”

徐晚星一愣。

小姑娘信誓旦旦地点头说：“这种千载难逢的机会，只提供给里头人的家属。毕竟工作性质比较特殊，我家那位有时候几个月都没个人影。所以才提供给我们近距离观看的机会，算是一点补偿吧。”

然后笑着拍拍她：“他肯带你来看，你一定他是很重要的人。”

徐晚星忽然无言。

下一秒，小姑娘指着屏幕：“哎哎，快看，是你家那位吧？！”

徐晚星的目光蓦地投向屏幕，就看见央视的直播里，总指挥室里无数亮起的屏幕，工作人员身着深蓝色工装，整齐地坐在自己的屏幕前，埋头忙碌。而几名站在最前方望着中心大屏幕的人里，其中一个高高瘦瘦，背影挺拔如松。

他在和身侧的人说话，某个瞬间，回头露出了侧颜，就被小姑娘捕捉到了。

她惊叹：“真的好帅啊！”

徐晚星定定地看着屏幕，看着那个神色认真，甚至带有几分庄严肃穆的侧脸，慢慢地，慢慢地弯起嘴角。

她低声附和：“是有点帅。”

不，是超级无敌帅。

现场在做最后的准备工作，屏幕上已开始倒计时。

空地上的人也仿佛受到感染，明明气温已低至零摄氏度以下，空气里却仿佛弥漫着沸腾的热气。

“倒计时，六十秒。”

“三十秒。”

“十秒。”

所有人都不约而同放下手机，注视着不远处的火箭。夜空如墨，红白相间的火箭醒目如火炬。

呐喊声从众人口中发出。

十，九，八，七，六——

徐晚星也张开了嘴，与众人一起倒数，五，四，三，二，一。

巨大的轰鸣声响彻耳畔，今夜无月无星，只剩下一枚耀眼的火箭，在火光里升腾而起，载着繁星号腾空而去。

所有人都在欢呼，所有人都在呐喊，一片欢腾里，她忽然眼眶一热。

屏幕上，直播间里还在传来后期播报。

——各项指标一切正常。

——助推器分离。

……

十分钟左右时，探测器与火箭成功分离。

消失在天际的繁星号正式进入预定轨道，朝着更遥远的星河一路远去。

一片欢腾里，身侧的姑娘拉着她的手，激动地嚷嚷着，握得她手都疼了。

“他一定很开心！

“呜呜呜，我忽然好想哭哦！

“等他出来，我一定要给他一个大大的拥抱！”

年轻的面庞是那样可爱，喜怒哀乐都真实，每一种情绪都不加掩饰。徐晚星望着她，像是望着久违的自己。

她喃喃地说，恭喜啊，乔野。

大约半个小时到一个小时的时间里，里面的人陆陆续续出来了一些。家属们飞奔过去，扑向自己的亲人，像是久别重逢。

那个开心的姑娘在看见丈夫出来的第一时间，头也不回地对徐晚星说："啊，我老公来了，先走了！"

然后就奔向了夜色里。

徐晚星还坐在原地，紧紧地用棉衣裹住自己，笑着望着欢笑的人群。

一旁有人问她："姑娘，你家属还没出来啊？"

她答："他是设计师，应该要再晚一点出来。"

也没去反驳那句"家属"了。

等到人去楼空，空地上只剩下零星的人，跺着脚呵气暖手。徐晚星还坐在那里。

手机有了信号，直播里还在继续播放着后续进程，大屏幕上是很多人都看不懂的抽象轨道图。但她能看懂。

只是她的视线也总是迷离不定，似乎透过轨道图在看别的什么。

某一刻，头顶传来谁的声音——

"都成功了，还在看什么？"

她一顿，呆呆地拿着手机，仰头看去。

夜幕里，穿工装的男人披了件黑色的棉衣外套，衣服好长好长，仿佛斗篷一般，轻而易举令人想到儿时看过的动漫。

她笑了："你这样，好像夜礼服假面啊。"

乔野接过她递来的手，将她一把拉起："还差个面具。"

她笑了，也没抽回手，反而用力回握着，一字一顿道："恭喜你，乔野。"

他笑了，仰头看着一望无垠的夜空，即便那里已完全没有繁星号的影子，他却像越过星河，看见了遥远的卫星。

那么多个日日夜夜。

那么多的不眠不休。

今日似乎终于有了结果。

乔野握着那只手，喃喃道："希望它在上面一切都好。"

“会的。”她用力地回握着，笑道，“它会变成你的眼睛，为你看清更多繁星。”

乔野低下头来，看着那双明亮又澄澈的眼，轻声说：“不仅仅是我。”

它会变成眼睛，为所有人看清这个浩瀚宇宙。

为我，也为你。

第十章 换我去找她

回程只有他们二人。

“宋辞他们呢？”

“他们比我先走。”

“已经回酒店了？”

“大概去吃夜宵了。”

话音刚落，就收到宋辞的电话，说在酒店附近的烧烤店等他们俩，让他们速速去付钱。

乔野：“不付。让老板留着你俩做苦力正好，回蓉城了我还能清净不少。”

挂了电话，他对徐晚星解释：“开玩笑的。”

徐晚星眼睛亮晶晶的，一面回望发射中心的方向，一面说：“真好。”

“好什么？”

“梦想的生活实现了，也有两肋插刀的朋友在身边。”

乔野淡淡地瞥她一眼：“当初说好要两肋插刀的可不是宋辞。”

“……”

徐晚星打开车门，蹿了上去，顾左右而言他：“去吃烧烤吧，肚子都饿扁了。”

她全程正襟危坐，看都不看他一眼。

次日没有行程安排，乔野嘱咐徐晚星睡个好觉，大概十一点从酒店出发，去吃个午饭，然后离开西昌。

没想到徐晚星开出了酒店，才得知他们要去参加一个庆功宴。

“我也去？”她瞪大了眼睛。

“你也去。”

“可我又不是你们研究院的，跟着蹭吃蹭喝好像，好像不太好吧？”

宋辞笑笑，跟她勾肩搭背：“就说你是家属。”

下一秒，有灼热的目光落在他的胳膊上，他顿时一惊，收回了那只手，毕恭毕敬道：“乔总设计师的家属。”

乔野：“来都来了，总不能每天都留你在酒店。”

“我没关系的啊——”

“我有。”顿了顿，他才淡淡又加一句，“良心。”

徐晚星：“……”

并不知道他们是要去参加午宴，况且此行原本就是当司机，徐晚星也没带什么好衣服。她还穿着随意的毛衣与棉服，下身是牛仔裤配运动鞋，头发还是一个干净利落的马尾。

再看乔野，脱去外面长长的棉服，里面是白衬衣和灰色大衣，精英感顿时就出来了。

所长等人在楼下接他们，徐晚星把车停在酒店门口，刚下车，就看见所长身旁还站了个与她年纪相仿的女人。

那人穿着职业套装，外面披了件大衣，面容姣好。

她笑吟吟地说：“张所都等得望眼欲穿了，好在你们来了。”

话是对大家说的，目光却只落在乔野面上。

徐晚星身为女性，第六感立刻冒头，从这人的笑容和眼神当即得出结论，她对乔野有意思。

所长是个急性子，很快拉着乔野开始说发射后续，从上面来的指示，迄今为止得到的各项数据，也没管这是工作场所还是聚餐地点，两个人闷头往前走，话不停。

都到了酒店门口，里间开着空调，暖气扑面而来。

众人都在脱外套，那个漂亮女人也不例外，姿态优雅地将大衣褪下，侧头时恰好看见徐晚星，便顺手把衣服递给她。

徐晚星一顿。

女人微微一笑，说：“司机的用餐地点在食堂，衣服也麻烦你挂前台了。”

徐晚星张了张嘴，又闭上了，没抬手去接衣服，只扭头往她指的食堂走。

“哎，我的衣服——”

“我是司机，不是服务员。”徐晚星头也不回，虽然心头堵得慌，却不想在这种场合为乔野他们添麻烦。

食堂就食堂，但接衣服这种活她绝对不干。

哪知道走了没几步，却忽地被人拉住了胳膊。

之前还在和所长说话的人，不知何时走了回来，径直拉住她，走到了女人面前。

“介绍一下。”乔野的目光落在那女人面上，话却是和大家说的，“这位是徐晚星，她和我一起的。”

也没说究竟是什么一起，一起工作，还是一起干什么。总之他给了个非常模糊的界定，就拉着徐晚星往里走了。

徐晚星小小地使力，想把手抽出来，却听见头顶传来乔野的质问——

“她让你走，你就走？”

“我穿这样，本来也不太适合进去。”她看了眼金碧辉煌、流光溢彩的场所。

乔野淡淡地说：“你是来吃饭的，不是来走秀的。”

“可你们都穿得很精英啊。”她扯了扯衣服，“也没告诉我是什么场合，我还以为你准备带我去吃火锅。”

乔野一顿，松了颗纽扣，把领带顺手摘了下来。

“这下半斤八两了。”

徐晚星：“……”

哪就半斤八两了？你这模样穿个衬衣西裤就人模狗样的，我毛衣牛仔裤能跟你比吗？

可乔野把她带进了包间，安置在自己身侧，觥筹交错间，与人说话时，也不忘筷子一动，替身旁的小矮子夹菜。

一桌人都没问什么，但目光灼灼，悉数关注着乔野的筷子动向。

乔野却像瞎了一样，该做什么做什么，嘴上回答所长的话时还流畅无比。

一顿饭吃得徐晚星极度不消化，连连戳乔野的腰，小声说：“别给我夹了，我自己来！”

乔野侧头：“手这么短，够得着？”

徐晚星：“……”

宋辞喷了口饮料：“哈哈哈……”

饭吃到一半，徐晚星也从大家的言谈里听出来了，对面那个女人叫吴梦婷，是发射中心的研究员，父亲还是总师。张所长很照顾她，不住地在夸乔野一行人年轻有为时，顺带提一提她。

前半截是工作往来，后半截，张所说：“好啦，咱们吃顿平常一点的饭，替乔野、宋辞和孔鹏飞践行，不提那些琐碎的事了。”

于是大家就放松下来，开始聊八卦。

八卦还是围绕着中心人物乔野来的，吴梦婷显然活泼不少，顺着大家的话又是问乔野有没有对象，又是说他如今年纪轻轻就有了这个成绩，恐怕学生时代也是个努力的标杆，没有谈过恋爱。

宋辞来劲了：“谁说他是书呆子？这个可以问我，我门儿清。”

乔野也没反驳，只瞄了眼身侧人的杯子，一面替她倒豆奶，一面言简意赅地提醒宋辞：“劝你一句，谨言慎行。”

大家哈哈大笑，吴梦婷说：“此时不爆料，还待何时？”

宋辞清清嗓子，说：“人家高中就有苗头了呢，哪里是什么乖孩子？”

徐晚星背上一僵，汗毛都竖了起来。

张所哈哈大笑：“看不出啊，你小子还早熟呢！”

一旁的领导也笑：“这有什么看不出的？小乔长这么帅，自然是从小到大都不乏追求者啊。”

乔野勾勾嘴角：“她没追我。”

吴梦婷：“那是你倒追吗？”

“算是吧。”乔野漫不经心地把倒好的豆奶递给徐晚星。

“那她是什么样的女生？”

“是个小骗子。”乔野微微一笑，“说好了两肋插刀，结果插我一刀。说好了一起考 C 大，结果放我鸽子。”

众人爆笑，都当乔野被人甩了，个个都乐得拍桌子，说没想到你也有这天。

徐晚星：“……”

一口豆奶堵在嗓子眼里，上不来下不去，面上还要露出僵硬的笑容，以免大家都在笑，就她一个人面如菜色，太醒目……

吴梦婷追问：“那后来呢？”

乔野瞥了身侧的人一眼："后来？后来就没有后来了。"

徐晚星如坐针毡，火速起身："我去趟洗手间。"

她一路狂奔到走廊尽头的洗手间里，洗了把冷水脸，拍拍双颊，告诉自己要冷静，要淡定。谁知道身后进来个人，立在一旁，淡淡地问了句："心虚了？"

徐晚星身体一僵，抬头没好气地说："我心虚什么。"

"那你脸红什么？"

"我这是气的。"她戳乔野的胸，"什么场合啊你，就这么小心眼，存心给我添堵，让我吃不下饭。"

乔野也没去理会胸口的白衬衣上出现了点点水渍，只反问她："一顿吃不下，就这么难受了？"

下一句，轻描淡写："我可是好多年都没吃下。"

徐晚星像被剪掉舌头的鹦鹉，一时之间哑口无言。

他却从一旁抽了几张面巾纸，塞进她手里："擦擦脸。"

体贴又温存。

徐晚星："……"

回程时，徐晚星开了四个小时，被乔野强行替了下来。

"你去副驾驶。"他不容置疑地和徐司机对调位置，继续驾驶。

徐晚星也确实困了，在一旁坐了没一会儿，就完美融入后座两人的呼噜声里，三人都陷入酣睡之中。

十来分钟后，乔野瞥了眼身侧的人蜷缩在座位上的姿势，把车停在路边，从后座拿来自己的棉衣外套，动作极轻地搭在了她身上。

年轻的女人睡得很熟，面上半点妆容也没有，细碎的刘海搭在光洁的额头上，一如当年。

她的皮肤白得有些过分，在车灯下呈现半透明状，下眼睑有一片暗淡的青色，像是许久没睡过安稳觉了。

他看她良久，替她把座椅朝后放倒了些，才重新发车。

她到底经历了什么，才会磨平了当年的棱角，他不得而知。唯一能察觉到的，是在繁星号发射当晚，他从她眼里看到了始终未曾改变过的热忱与渴望。

面包车行驶在黑夜的山路上，重重远山遮住了视线。

乔野一丝不苟地开着车，心里却在想，到底是什么挡住了她的渴望。

离蓉城还有一小时的车程时，徐晚星的手机忽然响了，全车人都被吵醒。

她迷迷糊糊坐直了，先看见身上的大衣，愣了愣，随即才去找手机。

电话是春鸣打来的。

徐晚星刚接通，就听见春鸣紧绷的声音："到哪了？"

这样稀松平常的三个字，却引来徐晚星浑身战栗，她从头到脚都凉了下来，仿佛被人泼了盆冷水，答非所问："怎么了？"

下一秒，预感应验。

春鸣说："你没在开车吧？"

徐晚星的牙齿都在打战，声音却显得异常冷静："没有。是他出事了吗？"

"徐叔在厕所里晕倒了，护士去的时候，发现他在大出血。"春鸣声色紧绷，"你回来了就立马来医院吧，他现在被送进急救室了。"

徐晚星挂了电话，死死攥着手机，浑身都在发抖。

"开快一点。"

乔野侧目："出什么事了？"

"我叫你开快一点！"

后座的两人都蒙了，乔野没说话，只定定地看她片刻，然后踩下了油门。

一小时的车程只开了四十来分钟，谁也没说话。

过了收费站，也不用乔野开口，她径直说："去第一人民医院。"

乔野默不作声，方向盘一打，左转驶入去往医院的车道。

他在路边停留片刻："你们下车，我送她去医院。"

宋辞丝毫不拖泥带水，带着孔鹏飞就往外走，末了回头看着乔野："有事打电话。"

乔野点头，踩下油门，再一次离去。

徐晚星侧头看着窗外，从高速到市区，夜景从漆黑一片的植被逐渐变成蓉城辉煌的街道。圣诞将近，橱窗里挂上了红绿相间的饰品，还有不少商店摆上了流光溢彩的圣诞树。

这世界荒唐而热闹，唯有她内心兵荒马乱，一片苍白。

她甚至不敢发信息问春鸣半个字，只无望地侧头看着窗外夜色，无声地叫着爸爸。

车停在医院的停车场里，她一把松了安全带，头也不回地朝外跑，乔野紧跟其后，大步流星地追上去。

“徐晚星！”

她没说话，也没能顾得上遮掩秘密，满心只有徐义生。

医院像座不夜城，不管何时，灯光永远闪耀。扑面而来的消毒水味是永不消散的主题，走廊上总有推着车忙碌来去的护士。

乔野紧跟徐晚星。她轻车熟路跑进电梯，按下十二层的按钮，他的目光定格在楼层指示牌上。

十二层，肿瘤科。

电梯层层上行，徐晚星仰头望着不断攀升的数字，浑身紧绷。

“徐晚星。”身侧的人叫她。

她没有应声，只伸手又神经质地对着十二层的按钮多按了几下，急躁的情绪溢于言表。

能叫她这样情绪失控的人，乔野不作他想。

他定定地看着徐晚星，忽觉这些年来一直身处迷雾，不知从何而来的预感告诉他，也许今日所有的疑团都会解开。

真相似乎就在电梯打开的那一刻，可看着徐晚星越接近十二层，越无法抑制双肩的颤抖，他忽然有一瞬间的失神。

也许真相不该来。

也许被蒙在鼓里也好过直面现实。

叮，清脆的声音。光洁似镜的电梯门开了。

徐晚星头也不回地冲了出去，一路跑到三十一号病房门口，明亮的室内，床上，被褥凌乱。坐在椅子上的人见到她，纷纷站起来。

乔野出现在门口时，看见的就是这样一幕。

春鸣在，于胖子在，万小福在，辛意也在。他们整齐划一地站在那里，而画面却像忽然失声，谁也没开口，俨然一幕滑稽的哑剧。

徐晚星死死抓着门："我爸呢？"

春鸣："还在手术台上。"

"不是说不能动手术了吗？"她的声音忽然嘶哑，尾音几近分叉。

"没敢动肿瘤，但要止血，如果失血过多，还要输一点血。"春鸣走到她面前，伸手抱住她，"你放心，不会有事。"

病房内的卫生间有动静，保洁人员拎着桶和拖布出来，洁白的拖布已然被血染红。

徐晚星转身就跑。

身后的人不断叫着她的名字，追了上去，好在她只是停在电梯门口，不住地摁着上行键。春鸣拦住众人："她是去手术室。"

万小福迟疑道："我们也去陪她吧。"

春鸣摇头："让她自己待一会儿。"

"万一她想不通——"

"她是徐晚星。"春鸣看着电梯前那个瘦弱的背影，很轻很慢地说，"她不会想不通。"

她只是需要时间冷静下来。

七年来，她每一天都在做着告别的准备。

她不会想不通。

春鸣转身，对上乔野的视线："你还是知道了。"

乔野安静地站在原地，很久才问："高考前就发现了？"

春鸣看看他笔挺的衬衣，整洁的灰色大衣，笑笑说："很有科学家的样子。"

他答非所问，像是如释重负般，抬眼对上乔野的目光："我一度觉得徐晚星选择不告诉你，对你不够公平。但今天看到你这样出现，才觉得也许她比我们所有人都想得更周到。”

年少气盛时，也许会因为喜欢一个人而不顾一切。徐晚星不会放弃老徐，那么就只能是乔野放弃 C 大。

那么这七年间，就当一切如童话故事般进展，他们的感情日益加深，决不因疾病或挫折有所减少。也许徐晚星会因为有人陪伴而好过不少，但老徐逃脱不了疾病的折磨，而乔野也不会是今天这个乔野。

得到好处的只有徐晚星一人，老徐的结局不会改变，乔野的前程会被耽搁。

而如若再现实些，热情消退后，乔野会不会责怪徐晚星，因为她把自己的负担强加于人，影响了两个人的未来？

手术室亮着红灯，人在外面，什么也看不见。

徐晚星如老僧入定般等在室外的长椅上，头顶的灯光照在身上，把影子揉成一团、打在光洁的地面。这让她看上去更加渺小，也更加瘦弱。

叮，电梯门开了。

出来的只有乔野，他走到她面前，步伐很慢，每一步都像用尽了力气。

可是七年时光，那是他迈不过的距离。

“徐晚星。”他叫她的名字。

她恍若未闻，依然蜷缩在长椅上，一动不动地盯着自己的影子。

他便也坐下来，紧紧靠着她，慢慢地，慢慢地伸出手来，牢牢握住了她冰冷的手。

以什么身份，他没想过。

他们之间是否还有别样的情愫，也没想过。

眼前依稀浮现出好多年前的场景，那时候学校里都在传他们俩的八卦，罗学明亲自把他们叫去办公室，目光严厉地望着他们。

“说吧，究竟怎么回事？”

临近高考，一个是全校瞩目的优等生，一个是他心爱的弟子，罗学明绝不希望他们在关键时刻掉链子。

徐晚星还是那副大大咧咧的样子，挺直了背说：“什么事都没有。”

“没有的话，是人家乱嚼舌根吗？”

“那是捕风捉影，您得明察秋毫才对。”

罗学明睨她一眼：“捕风捉影也得有风有影子，你俩要是啥事都没有，人家空穴来风吗？”

其实不只是学生们，就连他这个五大三粗的班主任也察觉到了，更不止一次两次听别的老师旁敲侧击地提醒过——

“昨天晚自习之前，我看见乔野从小卖部回来，偷偷往徐晚星抽屉里塞面包牛奶。”

“他俩每天都一起上下学，我前几天还看见他们在校门口有说有笑的，流言满天飘。”

“我还听别的班孩子说，他俩偷偷在课间‘掰手腕’来着。”

罗学明不爱管那么多，可他也怕早恋影响这两个孩子，赶在高三关键时刻，必须把话跟他们说清楚。

可那时候，面对他的严厉措辞，徐晚星是怎么说的？

她挺直了腰，似乎完全不觉得自己犯了错，只是理直气壮地反驳说：“为什么一定要问清楚我们是什么关系？”

罗学明一愣：“什么意思？”

“为什么非要给我们之间下个定义呢？早恋，男女朋友，同学，前后桌……”徐晚星眉头一皱，光风霁月地站在那，一字一顿地说，“我们之间，有朋友的肝胆相照，有敌人的钩心斗角，有情人的风花雪月，还有兄弟的两肋插刀。这么跟您说，您放心了吗？”

在那个冲动又懵懂的年纪里，为什么要为一段关系下一个明确的定义？

他们当然有相互欣赏，但那份欣赏不足以支撑起成年人之间的爱情关系。

他们没有男女朋友的关系，但彼此之间也有肝胆相照、同甘共苦的义气。

那一天，罗学明看她很久，笑着挥手，说“你俩走吧”。

徐晚星似乎有点不敢相信：“就这样了？”

“就这样了。”

她迷糊地离开现场，依然不敢相信这事就这样轻拿轻放，她小声冲他说：

“我总觉得师爷不是这么好糊弄的。”

可乔野望着她，心知肚明那些话绝非糊弄。

苍白的灯光下，手术室亮着醒目的红灯，而他的思绪从遥远的昨日赶赴兵荒马乱的今夕。

当年她说过的话，他一字不落全记在心上。

他们之间，有朋友的肝胆相照，有敌人的钩心斗角，有情人的风花雪月，还有兄弟的两肋插刀。

所以今日，不管他们之间隔着多远的距离，七年，七十年，还是一整个光年。

他低下头来，牢牢握紧了徐晚星的手，不容她挣脱。

他的声音像是来自遥远的山谷，越过高山河流，跨过春夏秋冬，安然落在她耳畔。他说：“徐晚星，不管发生什么事，有我在。”

我改变不了既定的事实，但我陪你。

从十七岁到二十五岁，很多事情都变了，但依然还有什么是不变的。比如那些风花雪月，钩心斗角，肝胆相照，还有两肋插刀。

徐晚星没有抽回手，没有划清界限。

一则没有精力去顾虑那些，满心满眼都是老徐。二则她奋战至今，太需要一个肩膀。

她慢慢地闭上眼，把头枕在他肩上，没有说谢谢，只是长长地舒了口气。

她说：“如果睁开眼睛，我还是十七岁的徐晚星就好了。”

“做梦的话，还是可以实现的。”

她紧绷的肩膀放松了片刻，一边笑一边喃喃道：“都什么时候了，还是这么尖酸刻薄。”

“当初不是说好了吗？你负责做梦，我负责叫醒你。”

徐晚星没说话，只是靠在他肩上，很久很久。

有那么一刻，她觉得自己的确分不清此刻是现实还是梦境。明明身处七年后，却又觉得鼻端的气息、头顶的声音、面颊紧靠的地方，处处都像是七年前的场景。

十指紧扣着，无限安心。

老徐在半夜醒来，镇痛泵的作用还在继续，他有些麻木地睁开眼，并未感觉到疼痛。

入目所及是趴在身边睡着的徐晚星，他也不过是动了动手指，她就立马惊醒，叫了声爸。

随即，坐在长椅上的一排人都醒了过来，纷纷拥上前。

徐义生笑了：“都围着我看国宝吗？”

开口才发现，几乎只剩下气音。

嘴唇干裂，浑身乏力，除去动动手指，他几乎不能再有别的动作。哪怕脑子里混沌不清，有一个念头却异常清晰。

徐义生想，终于还是大限将至了。

他用力地侧头看着徐晚星，扯开嘴角笑了笑：“又叫你担惊受怕了。”

那一抹笑绽放的瞬间，徐晚星就哭了。

她把头埋在他的胸口，呜咽着说：“醒了就好，醒了就好……”

“晚星，和我说说话。”

“不，你先休息，明天醒来我们再说——”

“听爸爸的话，现在说一句是一句。”

他异常清醒的目光令徐晚星悲从中来，眼泪大颗大颗往下坠，砸在他心口，如遭雷击。

徐义生想抬手为她擦泪，却发现连这样简单的动作也做不到了，他笑笑，说：“爸爸不中用了，今后要靠你自己了。”

病房里安静得像是被抽了真空一般，连喘气的声音都清晰可闻。

徐晚星摇头，死死握住他的手：“不，你好得很，你还会好起来——”

“晚星。徐晚星。”

他用尽力气叫女儿的名字，看见她朦胧的泪眼，严厉地说：“你给我振作一点，哭哭啼啼，哪里像我徐义生的女儿？”

于是徐晚星抬手用力地擦着永不干涸的眼泪：“好，我不哭，我不哭。”

“我知道你很辛苦。”徐义生定定地望着她，“不瞒你说，我也一样，我也很辛苦。”

七年了，从还抱有希望，到身体的每个器官都仿佛枯竭一般。这一个月来，吃什么吐什么，因为癌细胞已经扩散至全身。

他明白自己大限将至，可因为不舍，所以还强撑着。

那么多个日日夜夜，癌痛令他生不如死，可一想到徐晚星，他还咬牙活着。他多不甘，不甘自己渺小平凡一辈子，连人生唯一的光辉时刻都无法见证。

他多爱这颗星星。多希望自己能再坚持得久一点，至少看见她有个家。至少看见她穿上白纱，成为某个傻小子的新娘。

他有多不舍，就有多不甘。

可是人生没有那么多如愿以偿，他从老天爷手里多偷了两年，自私地多拖累了女儿两年。

徐义生笑了，目光明亮地看着女儿，说：“晚星，你让爸爸走吧。”

徐晚星泪如雨下，不住地摇头。

“再听一次爸爸的话吧。”他笑着，疲倦地闭上眼，“爸爸累了，想好好睡个觉。生病这么久，一次也没能睡好……”

用尽最后的力气，徐义生抽出手来，拔掉了手背上的留置针。

他说：“下辈子，爸爸会争取做个风风光光的有钱人，把日子过好。到时候，你再来当我的女儿，好不好？”

那一夜，在徐义生的要求下，医生为他注射了一支吗啡镇痛。

他精神大振，说了一夜胡话，后来已然神志不清。天亮时他陷入轻度昏迷，间或说句话，再无其他。

监测仪都用上了，心跳、血氧，所有的数据清晰可见。

病房里安安静静，谁也没有走，谁也没有多言。

上午十点整，徐义生的呼吸逐渐变得绵长清浅。徐晚星寸步不离地守在床边，一直握着他的手，低声说：“谢谢你。”

徐义生的眼皮动了动，却最终没能睁开，只气若游丝地回应她：“谢谢你。”

一模一样的三个字，其中深意只有徐晚星一人明白。

那些年里，所有人都对老徐说：“多亏有你，如果不是你养大了这个孩子，她都不知道能不能活到今天。”

而老徐总会笑着说：“不，是她成全了我，该我谢谢她。”

因为没有她，他还是那个家不成家的单身汉。

没有她，他这辈子是死是活、是好是歹，都无人在乎，包括他自己。

如果不是那一夜，这颗星星落入怀里，他此生都将微不足道，渺小暗淡。可因为她的出现，他也有了牵挂，有了希冀，有了喜怒哀乐，有了人生的每一个光辉时刻。

安静的病房里，他躺在雪白的病床上，对徐晚星说出了此生的最后一句话。

他说谢谢你。

千言万语，都藏在这三个字里。

十一点四十七分，监控仪上一切归零，心跳变成了一条无限延长的直线，宣告着生命的终结。

医生拿来死亡证明，例行公事，宣告病人的离去。

徐晚星依然一动不动握着父亲的手，直到失去温度。

踏出医院的那一刻，天是灰的。

未来也许崭新一片，但再不是她期许的那一个。

半个月的时间匆匆而过，徐晚星再回想时，竟只记得一些杂乱无章的片段。

她为父亲选的住所在半山腰的公墓里，条件有限，买不起多么豪华的大墓地，只是墙壁上的一个小隔间。

从殡仪馆到下葬时，她都没有再哭过，只无限安静地做好了一切。

她甚至能在众人站在墓地前送走老徐那一刻，含笑说：“爸，等我有钱了，再给你换个大房子。”

所有人都微微笑着，告诉她徐叔叔是去一个安静的地方好好休息了，这些年他太累了，终于能睡个好觉。

他们说他会在天上看着她。

大刘也从广州赶了回来，眼圈一红，就直挺挺跪在徐义生墓前，说“叔叔，我来晚了”。

万小福这个精英律师，从不迷信，不知从哪里看来一些奇奇怪怪的段子，还告诉徐晚星说人死后是有灵魂的。

“真的，英国科学家曾经做过实验，在人咽气前量过体重，咽气后又量了一次，前后差了0.35千克。也就是我们说的七两。”他说，“所以这说明人是有灵魂的，大概就七两的样子。你就当叔叔是以另一种方式和你生活在一起吧，他一定能看见的。”

徐晚星笑了，调侃他堂堂大律师，居然说出这种迷信的话来。

万小福还在着急地佐证自己的话，拿出手机来给她看实验报告。

……

七天后，徐晚星又去了墓地一次。

这一次，没有了众多人环绕左右、安慰劝解，她孤身一人站在半山腰，看看父亲，再看看山下的蓉城。

清晨的日光热烈美好，呼出一口白雾来，也觉得人间灿烂。

她把那束花放在父亲的照片旁，原本是想笑的，但嘴唇一弯，眼泪就砸了下来。

原本计划好了，要非常有风度地来和爸爸说说话，可刚叫出一个字来，就泣不成声。她坐在地上号啕大哭，像个不知所措的孩子。

直到一双脚停在眼前，黑色的皮鞋，再往上，是黑色的西装。

眼前的人蹲下身来，很轻很轻地拉过她，把她揽在怀里，像儿时徐义生做的那样。他没叫她别哭，只一下一下轻轻拍着她的背，陪她宣泄出那些藏了许久的泪与痛。

良久，她抽噎着，说了声“谢谢”。

乔野低下头来：“真要谢的话，陪我吃顿饭吧。”

他看着她愈加单薄的身子，静静地说。

饭是在清花巷吃的。

乔野将徐晚星带回了家，嘱咐她坐一坐，然后亲自下厨去了。

“宋辞呢？”

“上班。”

“那你呢，今天不用上班吗？”

乔野没说话，打开冰箱看了看：“土豆炖排骨，肉末青豆，再加一个煎蛋汤？”

徐晚星定定地看着他：“你翘班了？”

“请过假了，不算翘班。”他把食材都拿了出来，“你要是没意见，就照刚才说的菜单做了。”

徐晚星走到他身后，将毛衣袖口往上撸：“我帮你。”

却被乔野摁住肩，挡在了厨房门口：“你去休息，饭我来做。”

“你会做饭？”她显然还记得学生时代的情况，他是十指不沾阳春水的大少爷，除了读书，从未下过厨房，就连蛋炒饭都没有动手炒过。

乔野转身，系上围裙，云淡风轻地说：“会不会，一会儿就知道了。”

可等到半个多钟头后，乔野从厨房出来时，就看见徐晚星窝在沙发上睡着了。手边摆了本《暗淡蓝点》，鬓发遮住了面颊，她的睡姿像个极度缺乏安全感的孩子，蜷缩成一团。

垂在沙发边缘的手腕苍白纤细，脆弱得像瓷器。

他看她片刻，原本想叫她起来吃饭的，最终却没开口，只从卧室里拿出薄毯，替她搭上，然后调高了空调温度。

徐晚星醒来时，已是下午三点过半了。

这一觉睡得很沉，她花了片刻时间回神，才猛然坐起身，看清了周遭环境，也记起了睡前的一切。

“醒了？”

一旁的单人沙发上，乔野放下书，看了眼手表：“我去热饭。”

徐晚星拿起茶几上的手机，摁亮了屏幕，一脸错愕：“都三点半了？”

“你睡着了。”

她掀开毯子，站起身来，看清了餐桌上一口未动的饭菜：“你也没吃？”

“说好了陪我吃顿饭，怎么，又想放我鸽子，让我一个人吃？”

热过的饭菜就失去了最初的味道，但徐晚星依然很给面子，吃了个饱。

七年时间，大家都在成长，眼前的人也从那个缺乏自理能力的学霸变成了居家科学家。即便饭菜不新鲜了，也能尝出他手艺不错。

乔野扫她一眼：“不用这么拍马屁。”

“不是马屁。”她放下碗筷，笑笑，“我都不记得有多久没吃过一顿安稳饭了。”

老徐住院后，日子就过得兵荒马乱的。要么在医院食堂解决，要么随顾先生东奔西跑，在外面胡吃海喝。

小时候家境不好，她总惦记着外面的东西。即便老徐手艺很好，她也热衷于下馆子。可长大后才发觉，原来山珍海味也比不过一顿家常便饭，只要桌子对面有家人。

她笑笑，没有继续往下说。

乔野顿了顿，问她：“晚上有安排吗？”

“没有。”

“那交给我来安排吧。”

他们去电影院看了一场电影，喜剧动作片，可以边吃爆米花边笑成傻子的那一种。

荧幕上光影转换，明明灭灭，电影院里一片欢声笑语，仿佛人间只有欢喜，没有忧愁。

从电影院出来，商场还在营业。

乔野说：“换季，买件衣服。”

于是两人破天荒一同逛起了服装店。

他是衣架子，穿什么都好看，可选的总是清一色的冷色调。

徐晚星说：“年纪轻轻，干吗穿得老态龙钟？”

索性拿起枣红色的毛衣，配了件白色大衣：“试试这个？”

他也没拒绝，从善如流地接受了自己从来不会挑战的颜色，结果从试衣间里出来时，得到了店员们的一致好评。

“你男朋友好帅啊。”店员甲偷偷跟徐晚星咬耳朵。

“完全碾压了我们画册上的模特。”店员乙星星眼，毫不掩饰眼中的惊艳。

乔野买下了新衣服，走出门时，侧眼看她：“现在轮到我了。”

“？”

“你选的衣服我穿了。换装游戏，也该轮到我来操作了。”

他把徐晚星领进了女装店，从容淡定地坐在了沙发上，开始指挥她换装。

徐晚星一向认为他的审美很好，可今天才发觉，男人就是男人。

在他的操作下，她一共换了五套衣服，从繁复华丽的淑女裙到气质满分的日系少女装，徐晚星这个穿的人都不好意思了，坐在沙发上的男人却一脸淡定，偶尔发言：“转个身看看。”

徐晚星满脸通红，瞪着眼睛说：“你就是想看我笑话。”

结果冲进更衣室换衣服，腰后的蝴蝶结老解不开，店员小姑娘贴心地敲门进来：“我来帮你。”

然后就偷偷跟她咬耳朵：“你男朋友真好。”

她从哪里得出乔野很好的结论来的？徐晚星瞠目结舌：“满肚子坏心眼，哪里好了？”

“情趣满分啊。”小姑娘笑眯眯，用欣羡的目光望着她，“还那么帅，肯陪你来逛街买衣服。”

徐晚星：“……”无从解释。

在乔野的主张下，徐晚星也久违地买了新衣服。

最后拎着大包小包的两个人停在甜品店门前，对视一眼。

乔野：“想吃？”

徐晚星摸摸肚子，有点心虚：“你还吃得下吗？”

“试试看吧。”

就在徐晚星对着一众甜品犹豫不决时，前台的服务员笑着推荐：“二位可以选择我们新推出的情侣套餐，杧果冰和红豆糯米糍都是爆款。”

她还没来得及说话，就听见乔野回答说：“那就这个。”

她心跳一滞，乱了节奏。

灯火通明的店内，徐晚星一勺一勺地挖着冰，间或才能看见乔野动一动勺子。店里放着舒缓的音乐，落地窗外是商场里来来去去、形形色色的人。

“一会儿回家吗？”

“你累了吗？”

“不累。”她挑眉，“毕竟睡了个那么长的午觉。”

“那就继续，糟蹋完这一天。”

他说到做到，又带她去了电玩城。这几年新流行起来的迷你 KTV 整齐地摆放在大厅一角，两个“老年人”钻进去捣鼓一阵，原本想学年轻人嗨一把，结果唱起歌来，全是周杰伦、林俊杰和 S.H.E。

隐约能听见隔壁的小隔间里传来 TFBOYS 的歌，两人面面相觑。

乔野感叹：“不服老都不行了。”

“我就不服。”徐晚星不服气地打开排行榜，试图找到热歌榜上自己会唱的歌，结果找来找去，就找到排名前十的一首《精忠报国》。

中气十足地吼到了“马蹄南去人北望”时，她被乔野拉出了隔间。

“开赛车吧。”他淡定地揉了揉饱受凌虐的耳朵。

一路从赛车玩到桌球，从打地鼠玩到射击，最后实在闲着没事，把剩下的游戏币都献给了娃娃机。可娃娃机全然不给面子，几十枚游戏币进去了，一只玩偶也没有抓起来。

走出游戏厅时，商场已经关门，他们从侧门的电梯下楼。冬夜的蓉城依然灯火辉煌，但行人已悉数归家，街上只剩下零星几个身影。

府南河在夜色中静静流淌，五光十色的灯火将河面映照得辉煌明亮，仿佛银河。

他们沿着河边慢慢走着，很久也没有说话。

最后是徐晚星开口：“谢了，乔野。”

“谢我什么？”

“谢谢你体谅我老年人生活过了这么久，带我来体验一下年轻人的人间烟火。”她扬了扬手里的购物袋。

他看她片刻：“这么客气，可不像我认识的校霸徐晚星。”

“这么体贴，也不像我认识的高冷学霸乔野。”

她知道他的用心，想把这些年来她错过的很多事情都重新带回她的世界。今夜平淡温馨，她很放松也很放肆，仿佛再也没有需要操心的事，再也没有时刻压在心上的沉重负担。

见招拆招片刻，乔野问她：“以后有什么打算？”

“还在想。”

“需要我提供一下参考思路吗？”

她干脆利落地摇头：“才不要。念书的时候就全靠你提供思路，这都多少年了，难道我一点长进也没有？”

“是我没长进，总是恨不能亲力亲为，把最好的解题方案双手奉上。”

对视片刻，徐晚星移开视线：“我知道，所以我很感激你，从那个时候开始到现在都是。”

银河如练，冬夜寂寂。

她沉思片刻，才开口说：“我需要一点时间想想。想想自己想要做什么，希望成为什么样的人，有能力办到什么事，未来要怎么生活。”

她说：“我爸走了，人生好像出现了一大块空缺，虽然没有那么多需要操心的事情了，可是操心了这么多年，突然一下无所事事，我好像失去了重心。

“我知道你会建议我继续念书，朝你我热爱的方向走下去。有你在前，这条路也许会顺得多，毕竟你也说了，你热衷于为我提供解决方案。”

徐晚星呵出一口气，白雾氤氲不散，像是一个谜。

她低头笑笑，轻轻踩在河边的石板路上：“可是乔野，我不想只当一个被指引的影子。我也想做颗星星。”

脱离你的指引，靠自己发光，哪怕发光的时间晚了些，哪怕光芒微弱暗淡，至少它完完整整属于我。

属于徐晚星。

徐晚星出国念书那天，送她的人一大堆。

她用了一天时间向顾先生辞别，谢谢他这些年来的照顾。顾先生看着眼前不知何时长大的小姑娘，只含笑说了句："朝前飞吧，想落脚时，再回巢来。"

她用了一天时间收拾好了房子，将多余的东西都打包寄放在于胖子那里，然后挂牌出租，将后续事宜交给了春鸣。

她跟辛意彻夜长谈，认认真真地告诉好友，人一辈子只活一次，活给自己，其余任何人都只是陪衬。

她抱着春鸣喝了一整瓶酒，拍拍他的背，说世界很大，总有人爱你。实在没有的话，自己爱自己不行吗。春鸣哈哈大笑，说我最爱的就是你。

最后，是万小福。

他不知所措地想要劝她留下来，眼圈都红了。那模样像极了当初得知老徐生病，硬要留下来照顾徐晚星的少年。

那一年，他说的话还历历在目。

他说："徐晚星，我是喜欢你，想帮你，但帮你是我的个人意愿，你用不着有压力。我没有半点道德绑架的念头，也用不着你还我什么。我万小福做事坦坦荡荡，一码归一码。徐晚星你爱我也好，不爱我也罢，那是你的个人选择。而我帮你也一样，这是我的个人选择，也请你不要拒绝。"

"如果说有什么私心，你也用不着害怕，坦白说给你听吧，我做这么多就图一件事。"他咧嘴笑了，挠挠头，说，"徐晚星，你回头看看我吧。一眼都行，一眼就好。"

那么多年里，徐晚星天不怕地不怕，谁都不放在眼里，唯独追在乔野屁股后头，他讲好听的她笑，不好听的她还笑，万小福快被气死了。

凭什么他乔野能得到这份青睐啊？关键这人还"身在福中不知福"。

万小福没有别的心愿，知道自己没有乔野的好皮囊和好能力，也知道徐晚星不可能突然之间来个一百八十度大转弯，转眼爱上他，但他自忖这颗真心无论如何不比乔野差，他只缺一个好的开始，那个开始需要一个充分必要条件，那就是徐晚星回过头来，认认真真看到他。

七年后，徐晚星站在马路边上，给了万小福一个大大的拥抱。

"小福哥，别等我了。大好的青春等着你，大把的好姑娘值得去爱。"

万小福眼圈都红了："我不稀罕！"

"我稀罕。"徐晚星温温柔柔笑了，松开手，认真地抬头望着他，"你那么好，我希望你身边也有个最好的人。”

不是他不够好，是曾经这颗心里有人，后来就再没别的人能突破心防。她活一辈子，不想贪图安逸就选择一个全心全意爱她、而她不够爱的人。

万小福值得最好、最诚挚的心意，而这一点她办不到，给不了。

很多人相送，最终开车将她载去机场的却只有乔野一人。

他素来话少，也没有太多可以絮絮叨叨的叮咛，只沉默地一路相送，陪她走到了安检的队伍尽头。

“回去吧。”她仰头笑。

“嗯。”

“不用担心，我走到哪里都是天不怕地不怕的徐晚星。”

他笑了，依然点头，回以一个单音：“嗯。”

这样沉默了好一会儿，他才说：“嫌话费贵，可以打微信语音电话。”

“……”徐晚星差点没笑掉头。

“长胖一点，女孩子太瘦也不好看。”

“知道了。”

千言万语，到最后也只剩下一句：“照顾好自己。”

他站在人群最末，与她之间隔着一条红色的隔离带。她随队伍逐渐远去，而他在人来人往的机场大厅静默地望着她。

一直到她进安检口之前，回望那一刻，还看见他静止不动的身影。

眼眶一热，徐晚星毅然决然地转头离去。

而大厅里，乔野接到宋辞的电话。

“走了？”

“走了。”

“听听您这语气，啧，你也有今天啊。”

乔野顿了顿，淡淡地说：“收拾好你的东西，准备乔迁新居——”

“别、别、别，我就嘴贱一下。”宋辞赔笑，“晚上喝酒？”

“不喝。明天要上班。”

宋辞摸不着头脑：“你说你舍不得人走吧，那就把她留下来啊。又不劝，又不拦着，还眼巴巴地把人送走，这我可真搞不懂了。”

乔野望着早已没有她身影的安检口，又站了好一会儿。

他说：“她心比天高，不甘心做我羽翼下的幼鸟。”

“所以你放她飞了？万一她飞不回来了呢？”

他笑笑：“那就换我去找她。”

第十一章

重拾少女心

隔着十二小时的时差，乔野总在清晨看到徐晚星发在朋友圈里的一天小结。

于是他莫名其妙地养成了每天早上刷一刷朋友圈的习惯。

后来他发现，现代人芝麻大点事也能刷屏，谁谁谁便秘了，谁谁谁又看演唱会了，跟弹幕似的连发数条。在千军万马中找到那只蘑菇头像，非常费劲。

他干脆每天定时点开徐晚星的朋友圈，像是批改作业一样，风雨无阻。

说起来，微信也还是她走之前才加上的。

当时徐晚星还嘲笑他是中老年人，微信的名字是Sean，他的英文名。

头像留白，朋友圈里连只言片语都没有。

他还云淡风轻地说："保密工作，要的就是口风紧，不胡说八道。"

"别为自己的不活泼找借口，宋辞不就活泼可爱、能说会道吗？"

"所以等你回来的时候，如果发现他不见了，不用感到奇怪。"

"为什么不见了？"

"被灭口了。"

"……"

去了美国以后，徐晚星的动态变得多了起来，去到哪里，吐槽到哪里。

她去了MIT做旁听生，发了一条朋友圈：

应用数学课的教授长得一表人才，人到中年还风度翩翩，每天都穿西装、系领带。但是同桌告诉我，他就是那种跟你讲话时满口和和气气的please、excuse me、well，但是期末挂你科时也只会人面兽心地摊手说I really want to help的人。

配图是一间教室，隐约可以瞥见窗外的如茵绿草和修得像是国会大厦的白色高楼。

她的桌前摆着厚厚的草稿本，密密麻麻地写满了解题思路。

要放大照片非常仔细地看，才能看见本子下方的印刷体小字，Massachusetts Institute of Technology。

也有非常真实的抱怨：

支配我的并不是数学题，而是数学题明明就已经很变态了，还是全英文。

配图是一张全英文的数学卷子，光看题目也能把人看得满脑子问号。

又过了大半个月，有一条苦乐参半的内容：

教授今天下课主动跟我讲话了，让我以后都把作业交给他，他帮我批改。然后夸我脑子很好，数学很好，最后建议我去英文专业，学好语言重新再来。What？？？

乔野一般都默默看，却在这条下面破天荒地点了个赞，评论说：很中肯的建议。

徐晚星：给你个机会，重新组织一下语言。

乔野：Good suggestion.

徐晚星：……

她在波士顿租了一间很小很小的公寓，做两份工作，才能支付起日常花销和房租。

一周有三个白天在便利店当收银员，三个夜晚在餐厅帮厨。

好处是，便利店每晚九点后，当日食物半价出售，她能精挑细选到自己爱吃的黑椒排骨意大利面。

以及，餐厅提供晚餐，并且任何时段，炸鸡与可乐都免费且无限量供应给员工。

徐晚星每周量一次体重，悲哀地发现自己正在以肉眼可见的速度胖下去，于是下定决心戒掉炸鸡与快乐肥宅水。

可炸鸡的诱惑就在那里，香喷喷，金黄酥脆。

她端着盘子来来去去，都要不住咽口水，最后安慰自己，只吃一块，没有问题。

再接着就有了那条朋友圈：有问题的一定是秤。

配图是体重，一路飙升到了三位数，那些年为老徐清减掉的肉全部都增了回来，并且还是加倍奉还。

乔野的评论很简单，三个竖起的大拇指。

理所当然看见了对面的人回复他无数问号，他坐上车，最后看了眼手机，低声失笑，然后发车往研究院开。

副驾驶的宋辞翻了一记天大的白眼：“窥屏狂魔。”

乔野买车的消息，徐晚星是从于胖子那里听来的。一个人在陌生的环境里努力生活，哪怕坚定如徐晚星，也会有孤独感。

好在有这群话痨，动辄在微信群里刷出上万条信息，虽然毫无营养，但总能叫人笑得露出后槽牙。

于是徐晚星知道了很多信息，比如乔野买车了，辛意离婚了，大刘升职了，春鸣变成护士长了。

至于于胖子，他恋爱了。

恋爱后的小胖子，画风都变得不一样了。开春那会儿，群里在跟徐晚星说蓉城的芙蓉花开了，他抬手就是一张实景照片，文绉绉地来了句：竹外桃花三两枝，春江水暖鸭先知。

春鸣：谁是鸭？

紧随其后，所有人都在恭喜于胖子当了“夜总会王子”。

清明时，蓉城下了一周淅淅沥沥的雨，徐晚星远在天边，只在睡前望着天花板念叨：“老徐你一向不讲究虚礼，肯定不会怨我没去看你吧。人要是没有灵魂，你也不会知道我没去看你。要是有灵魂，在天上，那你眼观八方，我在哪里和你说话，你都能听见。”

隔日就收到春鸣的信息，他说：放心吧，叔叔那里，我们都去看望过了。邻居们都有访客，不会让他一个人孤孤单单的。

他发了一张图给徐晚星，老徐在照片上笑得一脸和气。

徐晚星看见老徐的房子旁摆了好几束花，笑道：“怎么买这么多花？老徐人粗糙，这辈子都没收过这么多花。”

春鸣答：“我们只买了一束，来的时候，已经有两束摆在这了。”

徐晚星一顿，慢慢地回过神来。

不用想，她也能知道花是谁送的。万小福去过，乔野也一样。

原本还有些感触，结果下一秒就看见于胖子在群里感叹：小楼昨夜又东风，故国不堪回首月明中。

众人又开始叫他闭嘴，大晚上的不要发春。

于胖子争辩：“我这是诗兴大发。”

春鸣：“我还是比较适应你兽性大发。”

她又笑了，在深夜的台灯下多做了两道题，揉揉眼，还是拿起手机，给万小福和乔野都发了一句谢谢。

万小福的回复是，应该的，别这么客气。

乔野的却是，十二点半，不用睡觉的吗？

她笑了：在做题。

并发了一张图片过去，草稿纸上满是解题思路，而那道附加题她还是没有得出最后答案。

大概也就半分钟的样子，她收到乔野的回复，只有一个简单的数字：28。

她一愣：答案？

乔野：嗯。

徐晚星：……

徐晚星：怎么得出来的？

乔野：等一下。

大约又是半分钟的样子，他发来一张图片，钢笔字与白纸，一目了然的解题思路。他的字一如从前，干净明朗，像极了明月清风。

徐晚星定定地对着图片感慨，学霸不愧是学霸，下一秒又有些沮丧，明明已经很努力了，结果还是追不上。

她郁闷地问他：怎么想到要用这个定理的？

乔野坐在书桌前，顿了顿，原本三言两语可以解释清楚的问题，他却忽然心念一动，拨通了语音电话。

徐晚星手忙脚乱，手机都差点落在地上，最后接起来时，强装镇定地问：“怎么打电话来了？”

“这样更方便。”

他从容淡泊，不疾不徐地讲他的思路，大概也就一分钟的样子，话题结束。

徐晚星一边道谢，一边恭维了几句——学霸之力不减当年。

他低声笑起来，在沉沉夜幕里，那笑声仿佛珠玉落盘，从遥远的太平洋另一端跨越千里，坠落在她心上。

他没有像其他人一样，问她过得好不好，只说了句：“早点睡，徐晚星。”

她反问：“都不问一句我过得怎么样吗？”

他顿了顿：“朋友圈里，不是都发给我看了？”

“谁说是发给你看的？”徐晚星面上一热，“脸还挺大。”

“除了我，你的朋友圈里还有谁能看懂你求救的那些数学题？”

徐晚星：“不要小瞧人！”

“那你举个例。”

“……”徐晚星面无表情地思索两秒钟，张口胡说八道，“Peter，John，Jeremy。我在美国新交的朋友都能看懂。”

乔野：“是吗？没想到你的新朋友都是国际人才，还能看懂你朋友圈里的中文。”

“……”

徐晚星火速结束对话：“太晚了，我要睡觉了，再见！”

她挂掉电话，拍拍自己发烫的脸，咚的一声埋头倒在床上，却听见几秒钟后，微信如期而至。

乔野：晚安，徐晚星。

久违的晚安，看得她眼眶一热，在深夜抱着手机，安眠一整夜。

后来，乔野隔三岔五就能收到徐晚星发的图片，永远是一道抠破脑袋她都解不出来的题。

为此，他特意准备好了纸笔，往书桌前随意一坐，就能进入答疑解惑状态。

当然了，很多题三言两语打字也解释不清楚，两人的语音通话次数便直线飙升。既然电话都打了，光说几分钟的解题思路好像又太客套，于是免不了谈谈近况？

反正徐晚星的朋友圈以肉眼可见的速度减少了，毕竟信息量都直接通过语言传达了。

徐晚星开始戏称他为“乔老师”。

“今天，乔老师答疑解惑了吗？”

“乔老师今晚不在状态啊，解题速度明显慢了很多。”

“乔老师怎么不回信息了！解不出题的我嗷嗷待哺！”

后来，乔野也迅速适应了他的新称呼。

“乔老师今天去了发射现场，洗了个热水澡才能缓解一身疲惫，所以消息回晚了。”

“家里的炉子被宋辞毁了，乔老师去拯救厨房了。”

徐晚星问：“拯救成功了吗？”

他答：“万能老乔，你说呢？”

徐晚星捧场：“上能解数学题，下能修家用电器，乔老师真棒。”

插科打诨的状态里，距离远了，又似乎近了。

她也会跟他吐槽：“之前那个便利店关门了，我又找了家新的，但是离我住的地方有两个街区的距离，骑车都要骑二十分钟。”

“工作这么好找，说换就换？”

“别问，问了就是泪。”

徐晚星幽怨地回忆着，那家便利店还挺大，待遇也不错，老板是个很有型的帅大叔，留着络腮胡，眼里有星星。

乔野：“徐同学，麻烦你抓住重点。”

“重点就是，那么多人想进去，老板偏偏用了我。我问他为什么雇我，是因为我充满异国情调的东方面孔，还是由内而外散发出来的可爱美丽。”

“他说什么？”

“他说NO，是因为一众应聘的人里，不是交际能力满分、口语地道的本地人，就是亲切又能干的兼职生。而我全程一脸发蒙，甚至听不懂他说的好些话，单纯靠傻白甜杀出了一条血路，多特别啊。”

“……”

她的深夜，他的清晨。

徐晚星转着笔，合上手里的书，笑了：“再过两个月，我就不去MIT了。”

“下一个目的地是？”

“南加州理工。”

“和那边联系了吗？”

“联系过了，可以旁听。”

“什么专业？”

她顿了顿，低声笑了，得意扬扬地说：“天体物理。”

“王牌专业。”乔野点评。

“那是。等我再多吸收点知识回来，我国航天事业就没你什么事了。到时候新闻标题唰唰唰一出来，中国华罗庚，蓉城霍金，上得发射点，下得麻将桌……”

她噼里啪啦说不听，就听见乔野轻快地笑了。

“想做探测器？”

“才不。”她一口否决他的专业，“在你的领域践踏你，那是人干的事？我决定搞空间站！”

“有想法。”

她得意扬扬地说，再过二十年，带他坐她搞出来的宇宙飞船上天去，去火星种辣椒，去土星探望他的繁星号……说完两人都笑得前仰后合。

圣诞节那天，她已经换了环境，在东海岸扎根。

快递员送来一个国际包裹，她抱回家，坐在桌前拆开箱子，看见了一个手工模型，是手臂大小的火箭。

这和她在西昌卫星发射基地看见的那一只一模一样。

她翻来覆去地看了很久，摩挲着他亲手做出来的模型，最后在底座上看见了一行小字——

To the only star,

Merry Christmas.

清晨六点，洛杉矶的天已经亮了。

闹钟准时响起，床上的人掀开被子，跳了下来，掐掉闹钟，几步走到中岛旁。

徐晚星摁下咖啡机，又从冰箱里拿出吐司切片，随手插进面包机里。

十几平方米大小的公寓，五脏俱全。

一床一沙发，开放式厨房，衣柜立在墙边，打开其中一扇门，会发现别有洞天——里面是厕所。

她洗漱完毕，重新回到中岛边，在微信上点开来自春鸣的无数条语音留言。

从第一条开始，后续的语音自动接上。

“想清楚了？确定真要卖房子？这几年蓉城的房价一直在涨，现在卖不划算。

“下班之后我去中介那边问过了，你这房子现在估价一百万左右，因为简装过，还可以再往上多报个五万到十万。扣除中介费，税费买家出，那你到手差不多能有一百零二三万。

“可问题是，你现在卖了，几年后回国重新买，那可能就直接翻倍了。”

……

听完所有消息，她正好把最后一口面包塞嘴里，直接拨通了语音电话。

春鸣接起的第一句：“舍得起床了？”

“哥，洛杉矶才早上六点过，别一副太阳晒屁股的语气。”

“被窝是青春的坟墓。”

“那我床头是不是还要摆两炷香？”

“你笑话真冷。”春鸣都懒得配合她，笑都不笑，直接问，“我发的消息都听完没？”

“听完了。”

“怎么说？”

“卖吧。”

她一口干了杯子里的咖啡，起身拉开窗帘，阳光充沛的洛杉矶，朝阳初升。

春鸣问：“想清楚了？”

“想清楚了。”她伸了伸懒腰，神清气爽地说，“房子还能再买，学费可没地方凑。”

“我们几个咬咬牙，钱还是能给你凑上的。毕竟还有个乔老师在，人家每年科研经费就能 cover 你的学费，还绰绰有余——”

“有手有脚，我干吗要靠别人？”

春鸣还欲多说，却被她从容打断：“行了，房子的事就麻烦你了，委托书我中午之前搞定，给你发扫描件过去。还有课，我得出门了。”

“知道了，路上小心。”

早高峰，L.A 的路况没比蓉城好多少。

徐晚星骑了辆山地车，见缝插针地从车流里往前挤，半小时后才停在 USC（南加利福尼亚大学）大门外。红白相间的教学楼在阳光下熠熠生辉，像森林里的红蘑菇。

她背着书包往教室走，陆陆续续有学生坐了进来，手里都拿着课本，Quantum Mechanics（量子力学）。

徐晚星和他们不太一样，从背包里掏出的东西要多那么一点。

一本厚重的英汉词典，两本天文与物理方面的词汇书，还有一本超厚的笔记本，大概有上千页。

笔记本已经用了三分之二，详细记录着她从 MIT 到 USC 的旁听笔记。

事实上现在的她已经不需要怎么翻词典了，但工具书还是时刻摆在手边，以防万一。

陆续进来的同学和她打招呼。

“Hey，Mary！”

“Always so early，aha？”

坐在她身旁的，是个年纪比她小一点的女生，从得克萨斯州来的，名叫 Carol，人小脾气暴，口音很重。起初和她说话时，徐晚星只能听懂一半，剩下一半全靠蒙，后来两人关系越来越好，她的听力水平也直线飙升。

Carol 坐下来就问她：“入学手续办好没？”

徐晚星答：“快了。”

“这周是截止时间，下周期末考试之后，办公室就没人了。”Carol 严肃地说，“抓紧一点。”

徐晚星连连点头。

Carol 是个很特别的女生，完美继承了德州人的基因。徐晚星来 USC 第三个月，曾经在图书馆待晚了些，而学校在郊区，离 L.A 市区有一定距离。她在骑车回家的路上，遇到几个反社会黑人青年，吹着口哨、拎着小刀，勒令她停车。

要说一点不怕，那是不可能的。

毕竟国内的古惑仔们即便左青龙、右白虎，总体来说，中间还是有一个瘦筋筋的二百五。可眼前这几位，论个头，平均一米九起步。

徐晚星身为一个一米六的美少女，仰头时觉得自己是霍比特人。

她加快速度想连人带车冲过去，毕竟打架是下下策。可几位哥完全料到她的意图，直接冲到马路中央，堵死了她的路。

想她一届校霸，洗心革面多年，没想到来了美国还要重操旧业。

徐晚星正在酝酿打架的情绪，忽然看见车灯亮起，不远处飞速驶来一辆福特老爷车，金黄色的车身，非常有年代感的款式。

Carol 一个急刹停在路边，车轮与地面之间猛烈摩擦，发出了类似藤原拓海漂移时的声音。

副驾驶的车门一开，Carol 冲她喊了句："上车！"

徐晚星也顾不上山地车了，往路边一扔，回头就跳上车。

开车的瞬间，Carol 单手握住方向盘，另一只手伸出了车窗，在黑夜里比了个大大的手势，配上无比嘹亮的骂声。

徐晚星大笑，瞬间爱上了这个口音浓重、爽快利落的德州小妞。

这是她来美国的第三年，进入 USC 的第二年。

作为旁听生跟了一年半，除去打工时间，徐晚星的所有的人生一分不差地全献给了学习。每天清晨六点起床，抵达学校时最迟七点，她会在这里待上一整日。图书馆和教室是她"唯二"会出现的场所。

她申请了数学与物理方向的旁听，也因勤奋与天赋逐渐闯入教授们的视野。

起初是有很多困难的，语言，生活，压力。

她很难听懂老师的授课内容，只能用手机录音，回家之后一遍一遍重复听，边听边做笔记，还要不时查参考书。

她一度每天只睡五个小时，剩下的时间都仰仗不加糖的黑咖啡和便利店便宜的三明治赖以为生。

工也是要打的，照例两份，从餐厅到商店，从加油站到送比萨，她也算是体验了一把各类服装cosplay。毕竟美国不比国内，就连比萨小姐也要穿上低胸紧身裙，黄色的着装还要配上大红色的围裙。

徐晚星很想得开，入乡随俗嘛。

就当是国内太保守，不能秀身材，来了美国还能展示展示。

虽则一米六，但我是黄金比例美少女！

来到USC的第四百七十三天时，天体物理专业的Howard教授向她提出建议，可以考虑申请入学，当他的助教，同时进行正规的天体物理学习。

之所以抛出这根橄榄枝，是源于徐晚星自己的努力。

她花了一年半的时间，从一个一知半解的旁听生，成为一名备受瞩目的优等生。别人付出多少努力，她压缩时间，拒绝娱乐，投入超过三倍的汗水。

光量子理论。

状态函数。

波和粒子。

德布罗意波。

其实无所谓辛苦，因为她本就是奔着挑战而来，那些不可能，那些难以逾越的大山，都是七年里错过的风景。如今她毫无负担，活得充实而圆满。

失去老徐后，生活一度缺乏重心，站在车水马龙的街头，徐晚星常常问自己，她活着是为了什么。

那么多人奔波忙碌一生，只是为了生存。

可仅仅是吃饱穿暖地生存着，百年之后，当她离开这个世界，回首一生，庸碌且无为，再过上几年，就会彻底被世界遗忘。

她说过，她也想当一颗星星，不是普普通通的光鲜亮丽，闪耀片刻别人的眼睛。她想在万千繁星里拥有自己的光辉，即便微弱渺小，也能够持续发光。

那一点光大概是不足以照亮人类前行的道路的，毕竟人要理智一点，不是谁都能只靠努力，动不动变身爱因斯坦和霍金。

但那点光可以积聚起来，为她撑起一盏小小的灯笼，照不亮世界，却足以照亮她的前路。

徐晚星对此深信不疑，而她的的确确发出了那么一点光，引起了Howard 教授的注意。

事情是这样的，因为同时学习物理与数学两门课程，徐晚星比物理专业的同学们多出了一点数学知识，并且因为记忆力惊人，心算速度卓越，她常能以快他们数倍的速度解出教授给出的题。

有天傍晚，霍华德教授在黑板上写出一道冗长复杂的千禧之题，落笔后，教室里陷入一片岑寂，只剩下纸笔触碰时沙沙作响，仿佛春蚕啃食桑叶。

他说："我会给你们半节课的时间解题，得不出答案也是正常的，主要是锻炼你们思考的能力。"

他说人类进步的过程是缓慢而繁复的，每一道光的出现，都有成千上万的人手持火炬前行。岔路重重，历经波折，最后才有一个人找到了光。

你们都是火炬手。他笑着说，让我们一起找光。

找不到也不要紧，你们的贡献和参与，都是为了那道光。

话音刚落，离他写出那道题大概也就过去五分钟的时间，徐晚星举起手来。

霍华德以为她有问题要问，出口就是一句："Any problem. Ask，please."

谁知道等来的却不是一个问题，徐晚星认认真真地望着他，说："T=1/36 s。"

讲台上的老教授目光一顿，接触到的来自四面八方的，都是孩子们懵懂的眼神，唯有那个穿着灰色卫衣、似乎毫不起眼的小姑娘，用清晰又明亮的目光望着他，眼角微弯，仿佛在问：我答对了吗，教授？

哪怕早已知悉这道题的答案，霍华德也有些难以置信，低下头看了一眼笔记本上的答案，重新确定一遍。

T=1/36s，准确无误。

这样的高光时刻，徐晚星有过不少，那么多的不眠不休，难以言说的执着与热爱，最终变成了课堂上短暂而闪耀的片段。

她得到了大家由衷而自发的掌声。

老教授从笔记本上移开目光，重新注视着后座旁听的小姑娘，笑了。

“What's your name？”他问她叫什么名字。

徐晚星笑了，说 Mary。

曾经的英语渣，贪玩得连英文名都懒得去找，不同于那时候的女同学们绞尽脑汁四处搜寻动听又稀罕的名字，她直接翻开英语书，指着一单元出现的那个人名：“那我就叫 Mary 吧。”

这样的高光时刻出现了好几次后，霍华德也观察了她很长一段时间。偶尔留下了难度很高的课后题，都会特意看她一眼，说如果解完了，可以直接发他邮箱。

离开时，他总能看见小姑娘不随人流，独自坐在教室里，执着地开始解题。

当他开车回家，还没来得及坐下来品尝太太做的一桌好饭，往往就会听见手机的提示——邮箱里又多了封新邮件。

他不用打开，也知道发件人是谁。

他笑起来，低头看时，眼里有温柔又明亮的光。

妻子问他：“So，Mary again？”

他含笑点头：“Certainly.”

“Which Mary？”

“The Mary.”

这世上有很多需要区分的点，却也有可以全无边界的地方。在浩瀚的宇宙之中，跨越国籍，不分肤色，无关年龄，只有热爱。

他向校委会提出申请，希望破格录取那个 Mary。只是亲自把申请书放在徐晚星面前时，他目光明亮地望着她，微微一笑，叫的却是 Miss Xu。

眼前这位才不是普普通通的Mary。他有预感，这是一颗独一无二的星星。

Howard 是真的很和蔼，像所有热爱科学的科学家一样，醉心于研究，并且惜才。

他招了徐晚星做助教，除了帮他批改作业一类的小事，还提供了实验室给她，说是让她打下手、记录实验数据，但实则让她加入到了实际的天体物理研究中来。

Howard 是大拿，这样的机会，多少人梦寐以求。

但他有一个要求，希望徐晚星不要再去打工，她可以光明正大地争取奖学金，助教也会发工资——

“总而言之，你不能再浪费一分一秒在没必要的琐事上了。”

好在房子脱手了，徐晚星非常详细地算了算积蓄与开销，觉得可以活下去。

吃什么好像不重要，穿什么也不用太讲究，她认同教授的话，心知肚明科学需要全神贯注，需要一丝不苟。

于胖子反驳说：“你们教授这是何不食肉糜，活在天上，不接地气。”

徐晚星说：“我觉得有理。”

“呸，童第周还一边打工一边学习呢，不是一样成为我国知名数学家？”

徐晚星笑眯眯地反驳说：“如果童第周没有饱受贫寒折磨，说不定就不仅仅是童第周，而是阿基米德或者牛顿了。”

于胖子：“……”

怎么好像有点道理，竟让人无从反驳！

春鸣很快帮她把房子脱手了，价格和中介预估的差不多，到手一百万的样子。

徐晚星郑重地看着卡上余额，恨不能烧上三炷高香，请它减少的速度慢一点，再慢一点。

但是阳奉阴违的时刻也还是有的，哪怕平日里对 Howard 言听计从，时刻以学神光辉制霸全班，她依然逮着暑假的机会去打工。

一年打一次，一次赚够一年。

徐晚星重操旧业，开车去了。

美国不认可中国驾照，即便持有驾照，在经过审核后，也要重新通过国际考试。这对老司机徐晚星来说，似乎也不是什么难事。

只是旅游机构的人好像不太信任她，即便她出示驾照，也还是委婉提出：第一，您是外国人，语言交流可能有问题；第二，您不熟我国的路，万一迷路怎么办；第三，两国交通法规不一样。

徐晚星没多说，眼珠子一转，看见门外停放的车：“那是你们的车？”

经理点头，答是。

“我载你兜兜风，可以吗？”

“我看没这个必要。”

徐晚星想了想，去街对面买了杯咖啡，重新回到经理办公室：“我只想要一个竞争的机会。”

对上她诚挚的目光，经理接过咖啡：“OK，你只有十分钟。”

十分钟后，当她以娴熟的漂移技术带着经理从大道上回来，经理松开头顶的扶手，惊魂未定且声嘶力竭。

“这是洛杉矶大道！不是赛车场！！！”

徐晚星一脸抱歉：“时间有限，我只想全力以赴。”

经理黑着脸，怒气冲冲地回到办公室，看见徐晚星转身要走，又出声了：“去哪？”

“打哪来回哪去。”徐晚星很实在。

经理把空了的咖啡杯扔进垃圾桶，朝她伸出手来：“签证，护照。”

“哎？”

“哎什么哎，明天开始上班，你负责接待俄罗斯人。”经理面无表情地开始填合同，“我仔细一想，他们应该喜欢你这个调调。”

徐晚星：“……”

于是大家开始接到徐晚星的礼物，她用了一个暑假的时间，开车载着俄罗斯的朋友们前往各大景点。每去一处，她除了开车就是看书，偶尔也买明信片寄回国。

在一次聚餐时，春鸣才发现一个事实，抬头看着乔野——

“你的礼物，和我们的好像不太一样。”

所有人收到的都是明信片，唯独乔野的要复杂一点。

黄石国家森林公园的明信片都是统一的，但乔野的那一张上还贴了一片枫叶。

自由女神的画像是很神气啦，但是乔野比他们多了一只迷你女神手办。

密歇根的海军码头看上去很热闹，但凭什么乔老师还有一个会发光的小摩天轮！

于胖子那个气啊，当场拨通视频电话给徐晚星：“我也要女神手办！我也要发光摩天轮！我也要枫叶！”

视频那头，徐晚星说：“你等着。”

一阵窸窸窣窣后，她拿出那个火箭模型，理直气壮地说：“那你先和乔老师学习一下礼尚往来，送我一个自己做的礼物。别说女神手办、摩天轮了，你就是要把西部牛仔的枪，我也给你搞回来。”

于胖子一惊：“真的可以吗？”

徐晚星：“你做梦！”

几分钟的视频电话里，徐晚星在人群中搜索着乔野的脸。于胖子似乎喝了点酒，手抖个不停，能看见的几眼也是高糊图。

可那并不妨碍她沉浸在乔老师的美貌里。

都是奔三的人了，男神老了，少年肥了，可乔老师还是一如既往般光风霁月，就算身处闹市的烧烤店里，也依然一个抬眼就能惊艳四方。

徐晚星呜呜呜地捂住胸口，觉得又一次被击中。

好不容易大家聚一次，其实于胖子也只是找了个机会跟她视频通话，让她知道他们都还在。于是视频最末，他拿着手机逐个停留在众人的脸前，大家挨个跟她说话。

辛意笑得像个小姑娘：“晚星加油！”

春鸣举起手里的串，慢条斯理地说：“美国没有咱们这儿的串，你馋不馋？”

徐晚星：“滚！”

大刘喝高了，手舞足蹈：“我加薪了，我恋爱了，我回来了。就差你了，徐晚星！”

后续跟了一连串的“哦哦哦”，徐晚星有点发蒙，春鸣跟她解释，出来之前大刘在家刚看完《金刚 2》。

万小福正襟危坐，想了想，说："身体健康，一切都好，有喜有忧都要告诉我们。"

最后，画面上出现乔野的脸，他穿着米色风衣坐在那，岁月仿佛没有给他带来什么烟火气，也没有带走他从读书时代起就特有的内敛和温润。

他微微一笑，举杯轻声说："等你回来。"

四个字，击中了徐晚星死掉已久的少女心。

第十二章

晚星入我怀

在USC的第四年，徐晚星二十九岁了。

因为回国的机票费用过于高，且长途跋涉也浪费钱，她一次也没有回过国。这四年里，她错过了很多，却又好像什么都没错过。

于胖子结婚了，她是唯一没有到场的兄弟，但这不妨碍春鸣全程举着手机为她直播。

于胖子牵着心爱的姑娘从灯火里一路走向万众瞩目盛满鲜花的台上时，还不忘半路对台下的手机挥挥手，兴高采烈地喊着："人没到场，份子钱可不许少啊！"

徐晚星在凌晨的洛杉矶，一边大笑，一边擦眼泪。

辛意和陈俊之分开之后，一个人也活得很好，但好像从上次吃烧烤和她视频时就有了点苗头，徐晚星后知后觉地发现，她居然和宋辞坐在一起！

嗯？

她对辛意"严刑逼供"，对方很快举双手投降："他人是很好，很照顾我，但我是真觉得他太好了，条件比我好上一万倍的妹子才配得上他。"

要不是隔着手机，徐晚星已经掐着脖子摇晃她了，呐喊："都已经21世纪了，二婚有什么呢，你一个老司机带带他这个快乐肥宅新手村玩家，他能有什么不满意的！"

还有就是，辛意离开了父母为她规划好的道路，辞去了完全没有热情的公务员工作，开始追寻自己喜爱的职业。

"我捏手工娃娃，就是OB11，还给它们做衣服。"她拿起一堆巴掌大小的玩偶，在视频里一个一个秀给徐晚星看。

那样精致的玩偶，在二十九岁的年纪里，藏着久违且不变的少女心。

还有春鸣，恋爱又分手，分手又恋爱，在这个变化万千的世界里，每一天日升日落，每一年四季交替，他却永远活得像个率性的孩子。

——妈妈不同意？关我什么事！是我谈恋爱，又不是妈妈谈恋爱。

——没有下一代？养条狗啊！

——别人会说闲话？针给你，缝了那些嘴。

徐晚星大笑着，与他们隔着千万里，心却在一起。

最后呢，是乔老师。

乔老师一直单身，研究院的人都说他眼光太高、条件太好，就连院长都张罗着要给他介绍对象。可乔老师一直婉拒，实在推托不了，那就吃个饭，吃完就把话说清楚，客客气气走人。

——要加微信？抱歉，我不用微信。

——存个电话？不好意思，常在发射中心，信号屏蔽。

——谈谈未来？我准备为科学奉献终生。

——孤独感？这倒没有，望远镜是我的太太，探测器是我的孩子，一家人每天和乐融融，我很充实。

徐晚星总会大笑。

她一点也不矫情，才不会催他找对象。在这漫长一生里，除去爱情，还有那么多精彩的故事，那么多闪耀的瞬间，还有一整个宇宙等待他们去探索，为什么要执着于找个伴侣？

还不如和乔老师多探讨探讨今天教授出的题。

二十九岁生日前后，徐晚星病了。

洛杉矶迎来突如其来的降温，大雪忽至，将阳光充沛的城市变成了冰雪森林。

她熬夜做实验，离开时吹了风、又被雪打湿了衣服，实在熬不过去，请了两天假，窝在公寓里瑟瑟发抖。

生日这天，她倒还是爬了起来，仪式感总要有的。

她打车去了唐人街，找了家中餐馆，在众多生日祝福里一边回复各位，一边挑了春鸣和乔老师，吐槽五十块钱一碗的酸辣粉有多坑。

可是入口的那一刻，眼泪哗的一下就出来了。

她又笑了，徐晚星，你矫不矫情啊，这都第四年了，怎么多愁善感、思乡之情到这个时候才冒出来啊？

可是那酸酸辣辣的滋味让她想起了蓉城，想起了夜市一条街，想起了老徐的酸辣味抄手。

她把那根粉嗦进嘴里，低声说：“生日快乐，徐晚星。”

却在吃完粉时接到乔老师的语音电话。

他在那头说了同样的话：“生日快乐，徐晚星。”

她一边吸吸鼻子，一边说：“谢谢乔老师，在嗦粉的我确实很快乐，但是一想到五十块钱一碗，穷苦的我快乐得略显心酸。”

那边的人在笑：“不是感冒了吗？还能吃酸辣粉？”

“以毒攻毒。”她的歪道理还是一大堆。

乔野顿了顿：“你哭过？”

徐晚星一惊，还以为是吸鼻子露馅了，赶紧解释：“没有，我鼻子堵了，吸鼻涕呢。”

虽然这个借口有点恶心……

他沉默片刻，好像有点无奈：“多大的人了，还哭鼻子。”

“都，说，没，有，哭，了！”她再次强调。

“多少年了，嘴硬这一点还没变。”他失笑。

“……”

好像在他面前就没有秘密，他总能一眼看穿她。即便远隔千里，他都没看见她，也能准确无误地猜中她的情绪。

徐晚星拨弄着剩下的汤，说：“你就当我人在病中，多愁善感吧。突然被孤独感击中，想到自己孤零零一个人过生日，有点心酸。”

“孤零零吗？”他沉思片刻，“是有点心酸啊。”

“那乔老师还不赶紧安慰我？”

“要怎么安慰？”

她沉吟片刻，非常不讲道理地说：“比如瞬间移动，念个咒语就出现在我面前？”

“咒语怎么念的，年纪大了，记性不好。”

徐晚星回忆着《哈利·波特》里的片段，一本正经地说：“首先你要抓一把飞路粉，然后站在壁炉里，非常清晰地叫出目的地的名字，撒下粉末，OVER。”

乔野笑了，说：“我试试。”

她也没想到他会配合到这个地步，竟然真的字句清晰地念出了她的地址：“美利坚合众国洛杉矶中国城37号。”

第一秒，她笑了。

第二秒，笑容一僵，察觉到哪里不对。

等等，他怎么知道她在中国城？

电话另一端，那人不疾不徐地说："回头，徐晚星。"

这可能吗？

她怎么敢有这样的希冀？

不不不。

像是有闪电从脊椎末端爬了上来，徐晚星浑身一颤，饶是再三告诫自己别瞎想，也克制不住身体的冲动，猛地侧过头去。

灯火辉煌的唐人街，积雪将红色的中国城染上了浓重的白。家家户户挂着红灯笼，随处可见繁体中文。

倒挂着福字的酸辣粉店里没有多少人，夜太冷，愿意出门的人不多，收银员坐在柜台后面打瞌睡。

玻璃门因内外温差被染得氤氲不清，有人推开了它，电子音机械地叫出"欢迎光临"。而那人穿着烟灰色大衣，踏上台阶，从雪中走来。

他挂断了电话，将手机放入衣兜里，云淡风轻地拍了拍肩上的雪。

"飞路粉撒太多了。"他朝她微微一笑，这样解释道。

"你，你怎么……"

徐晚星连眼睛都睁大了，不可置信地望着他。

"我确定要我瞬间移动到眼前的人是你。"站在明亮的灯光下，乔野带着笑，眼里有三月的风。

她当场就想暴风哭泣。

一个人待在这边四年了，就连她自己也觉得，没什么大不了，她是无敌徐晚星。可当乔老师活生生地从电话另一头走出来，她才发觉很多情绪只是被压抑了。

徐晚星吸着鼻子，眼圈也红了，想也不想，张开双臂就扑了上去。

乔老师也不愧是乔老师，真的很懂，伸手就接住了跳上来的小矮个。她像树袋熊一样挂在他脖子上，而他揉揉她的脑袋，动作轻得不能再轻。

"胖了。"这是他的评价。

徐晚星眼泪都酝酿好了，就差夺眶而出，硬生生被这两个字逼了回去。

"给你五秒钟，重新组织一下语言！"她冲他吼。

乔野果真沉思片刻，换了种方式表达："丰满了不少。"

徐晚星："……"

中餐馆的老板笑嘻嘻地看着他们俩，后知后觉的徐晚星这才感到羞耻，推着乔野就往外走。

“没打伞来吗？”她从门口拿起自己的伞。

“来得仓促，没准备。”

“那我勉为其难同意你替我撑伞。”她大言不惭，把手里的黑色雨伞递了过去。

乔野接了过来，从容撑开，先她一步迈下台阶，回首看她：“下来吧。”

到底是夜景太美，还是漫天白雪装点了氛围，徐晚星不得而知。但眼前这人举手投足都令她目眩神迷，仿佛他不是来自遥远的祖国，而是来自童话。

两人撑伞并肩走着，伞顶传来簌簌落雪的声音。

看她鼻头红通通，乔野把伞递给她：“拿着。”

然后他解开米色围巾，一圈一圈替她系上。围巾还沾染着他的体温，她一低头，就能闻见他的气息，淡而清冽，像是某种植物的香气。

徐晚星抬起头来，还是不争气地红了眼睛。

乔野的手在围巾上顿了顿，看着那双小兔子似的眼睛：“怎么越大越爱哭？”

“你试试一个人在外面求学四年，身边连一个可以陪你过生日的人都没有！”

他低低地笑了两声：“这不是来了一个吗。”

徐晚星鼻子一抽，眼泪吧嗒一声坠了下来。

“还哭？”

“怎么，还不许人真情流露了？”她带着哭腔驳斥。

“我认为你可以换种方式流露。”

“比如说？”

他似笑非笑地看着她，一脸“你自己想”的表情。徐晚星面红耳赤，却又觉得是她想太多。

上一次这样同撑一把伞，似乎是很久之前的事了。

她低下头来，看着两人的影子，恍惚觉得昨日重现，他们之间似乎并没有隔着七年又四年的距离。

人生真是太仓促了，转眼就过去十一个春夏秋冬。

沿着街道走了一段路，两人最终打车回到小公寓。

徐晚星在门口叫停："你先在外面等我五分钟。"

乔野沉思片刻："五分钟够吗，能收拾干净？"

"……"好像并不能。

他用眼神示意：既然不能，那就别做无用功了。

于是徐晚星默默打开门，自暴自弃地让他进去了。

其实也没有很乱，但心情就是很局促，希望他看到她一个人在这边也过得很好，日子井井有条，狗窝也勉为其难算得上整洁。

虽然她很快反应过来，大家知根知底，实在是没有必要装什么贤良淑女。

毕竟眼前这位曾经见过她拳震六中的飒爽英姿，绝对不会对她有什么美好的误解。

屋内开着暖气，那张对她来说很适宜的双人沙发，被修长挺拔的男人一坐，顿时显得局促又拥挤。

徐晚星打开橱柜："咖啡还是茶？"

乔野："热水就好。"

她一边从自动饮水机里接水，一边问："我记得保密单位的人好像不能出国，你是怎么出来的？"

乔野笑了："也没有那么不近人情，申请批下来，还是有可能的。"

其实房产证、车产证包括身份证等各类资料证明都上交院里了，申请也是一批再批，最后是张院跟上级打了包票，他才终于得到了一周时间。

这也多亏手里的项目结束了，倘若还在进行中，他是绝无可能出国的。

但这些过程都没必要告诉她，所以他略去不说。

可徐晚星毕竟不是当初的小姑娘了，坐下来时，把热水递给他，心里潮湿又柔软，不用言说也知道，他这一趟来得并不容易。

明明平日隔着手机，有不少话要说，可陡然间坐在一起，面对面，她又觉得有些拘束。

好烦啊，都是十来年的老熟人了，为什么心跳还这么不争气！

徐晚星正襟危坐，脑子里却在捶胸顿足——

"你消停一点！

“龌龊的想法暂且放放！

“就算乔老师真的让人很有兽性大发的冲动，这才第一天，好歹循序渐进一下！”

好在乔野也不硬找话题尬聊，只侧眼看了看她那简易的书架，上面摆满了厚厚的书。他扫了一圈，目光一顿，取下其中一本。

徐晚星起初没看清，后来才反应过来他拿的是哪一本，当即跳了起来，冲上去就抢。

可这并不妨碍乔野看清书里的内容，三两页里，无数眼熟的题。

这些年来她每隔几天就拿题请教，他从不抱怨，总是有问必答。虽然讲题五分钟，后续的更长时间都拿来说些无关紧要的事了。

如今翻开这本《高阶物理难题汇》，他一眼就看明白，她几乎是每隔几天就挑一道题问。而题目后面明明就有清晰无比的解题思路。

徐晚星羞愤欲绝，还装作若无其事的样子，把书塞回书架：“喏，才刚来，怎么就开始看物理书了！”

乔野：“随便翻翻。”

她打量他的神情，心道，就一眨眼的工夫，不至于发现什么吧？他给她讲了那么多题，怎么可能每一道都还记得清清楚楚。

心慢慢放了下去。

结果他不紧不慢地喝口茶，开口就是一句：“看来比起参考书，还是乔老师更值得信服。”

“……”

她就知道这个家伙没有那么省油，能有什么瞒得过他的眼睛？

徐晚星掏掏耳朵，假装没听见的样子。

乔野还是拿起她的笔记本和专业书看了起来，边看边问。而她像个被抽查的小学生一样，正襟危坐，有问必答。

“怎么想到先去数学系，然后才转物理的？”

“就觉得打好基础可能会更重要，后续学起来才不那么费劲。”

“想法倒是比以前更周全了。”

……

“这个模型，是你自己建的？”

“Howard 教授提了理论基础，我才琢磨出来的。”

“已经很了不起了。”

……

徐晚星也不懂这是个什么情况，说好来给她过生日，结果生日蛋糕也没一只，乔老师课堂倒是开始了。

但他认真地看着那本厚厚的笔记本，仿佛每一页翻过去，都参与并见证了她的人生。

徐晚星这样想着，又觉得此刻无限温柔。

他看得懂。

他能体会出。

他比所有人都更明白她此行是为了什么。

徐晚星出神地侧头，看见了窗外洛杉矶的夜空。在那遥远的被云层遮挡的天际之后，是一整个浩瀚无垠的宇宙。

而眼前，是那个与她有着同样热爱的人。

可惜温柔不能无限延长下去。

乔老师很快犀利地指出：“你热力学还有待提高。”

“啊？”

“光知道套理论，思维没打开。”他把笔记本摊开，“这里，这里，还有这里……”

……

徐晚星很快从学霸变成了学渣，恍惚间还是读书时那个她，遇上乔野，只有洗耳恭听的份。

但她早已没了叛逆，只剩下求知若渴的端正心态。

于是这个生日过着过着，变成她火速拿来纸笔，一边听讲，一边埋头苦记。

大约到了凌晨的光景，乔野好像终于发现哪里不对，对上她的目光，听见她老老实实地问：“然后呢？”

他哑然失笑。

“然后——”他合上笔记本，放在小圆桌上，“然后我们过生日。”

徐晚星一怔：“怎么过？”

“一下飞机就往你这里赶，也没有来得及准备什么。”他起身走到厨房，“因地制宜吧。”

徐晚星想帮忙，他却嘱咐她坐下。

二十分钟后，上得课堂、下得厨房的乔老师端着一大碗西红柿培根煎蛋面来了。

“寿面。”他这样说。

徐晚星信誓旦旦：“我是很想给你面子都吃光的，但你还记得大明湖畔的酸辣粉吗？”

“应个景，尝尝就好。”

她也的确很给面子，大口大口吃了一小半，味道好得出奇，酸甜可口的滋味在舌尖蔓延开来。无奈肚子撑，她瘫在沙发上：“实在不行了。”

乔野这才慢条斯理地把碗拨向自己，用她用过的筷子，似乎丝毫不嫌弃这是她吃剩下的面，径直吃了起来。

徐晚星瞠目结舌，眼睛都直了。

“那，那个……”

“有什么问题吗？”

“这，这是我吃剩下的……”

“所以？”

徐晚星的脸逐渐开始发烧，说不出个所以然来。

乔野却心安理得说：“飞机餐，你懂的。”

“所以你没吃晚饭？”

“嗯。”

他终究是个男人，虽然动作还是赏心悦目，但吃面的速度比她要快很多，三下五除二解决了那碗面。

徐晚星看着他动作熟稔地去厨房洗碗，隔着中岛台，身影忙碌。

她窝在沙发上，一眨不眨地望着他，整颗心都渐渐舒展开来，盛满了宁静的喜悦。

指针走过十二点，两人在沙发上看了部电影。

《美丽人生》，非常经典的老电影。

徐晚星头也没偏一下，直勾勾地盯着屏幕问他：“你睡哪。”

“沙发？”

“哦。”

顿了顿，她嘀咕：“沙发对你来说，好像太小了啊。”

“不然你有更好的提议？”

她不确定地问：“酒店？”

他侧头看她：“怎么，同处一个屋檐下，不放心我？”

“这不是想好好招待你，让你睡得更安心吗！”

他笑笑：“在你旁边，有什么不安心的。”

轻描淡写的一句话，点燃了徐晚星的神经。她面红耳赤地坐在那里，只觉得电影怎么这么晦涩难懂，完全看不进去！

沙发真小，离得太近了。

都不敢动一动，一动就会挨着他。

暖气怎么这么热！

……

直到某一刻，身侧传来男人的声音：“徐晚星。”

“啊？”

“我在旁边，有这么让你如坐针毡吗？”

“……我没有！”

他失笑，侧头看着她，眼神明亮又安静。

“为什么不问，我来是为了什么。”

徐晚星像是中了黑魔法，只木木地看着他，鹦鹉学舌般：“那你来是为了什么？”

“你。”

他是这样言简意赅，连基本的掩饰都没有。

徐晚星呼吸都快停滞了，只觉得空气无限发酵，洛杉矶的暖气怎么这么足！！！

她喃喃地问：“这算是告白吗？”

“不算。”

他笑笑，眼里有光：“二三十岁的人了，不兴告白那一套。”

“那兴什么？”

他顿了顿，反问：“求婚？”

徐晚星彻底震惊了。

“不是，乔老师，我们这都四年没见面了，这才刚见面四小时不到，怎么就要求婚了？”

他笑得沙发都在颤抖，更笑得她小心脏都在扑通扑通跳。

乔野：“我说笑的。”

“？？？”

有拿这种事情开玩笑的吗？！

徐晚星被他的大尺度震惊了。

心情像是过山车，忽上忽下，再这么下去，心脏病都快吓出来了。

她拿起抱枕砸他，骂他“你神经病吗”，结果他稍一侧身，躲过一击，她重心不稳就朝他扑了过去。

落在沙发上的姿势很暧昧，他在下，她在上，完全是饿狼扑食的场景。

慌乱之中，徐晚星要起身，却被他一把拉住手腕。

他望着她，眼里是一片坦荡星光。

“徐晚星，要不要再考虑一下我。”

她一怔，面前是他温热的呼吸，耳边是他似乎快了一些的心跳。

所以其实，他并没有她想象中那么淡定，也没有表面上看起来这样安之若素。

为了看电影，营造氛围，客厅里的主灯是关了的，只剩下一盏落地灯散发着昏黄温暖的光。

黑暗里，她定定地与他对视着，耳畔是他不那么平静的心跳。

徐晚星喟叹一声：“这种时候还问这个问题，乔老师你也太君子了吧。”

在乔野突然一顿的目光里，她抓住他的衣领，毫不迟疑地亲了上去。

迟到了十一年的吻。

从蓉城辗转到洛杉矶，丢了稚气，没了懵懂，尝过挫折，接受别离。

她一度被磨平棱角，失去傲气，兜兜转转才重新做回徐晚星。有时候觉得十一年太漫长，有时候又觉得不过弹指一挥间，好在她又成为当初那个天不怕地不怕、一往无前的徐晚星。

至少在两件事上，她不会再胆怯。

第一是梦想，第二是爱他。

思绪到这里就混沌一片了，因为乔老师反客为主，不知何时把她压住了。

好重啊。这是第一个念头。

等等，他的手在干什么！这是第二个念头。

理智告诉她要矜持，但身体确实很诚实。她嫌他动作不够熟练，一边嘀咕“原来还有你不会做的事啊”，一边自己动手。

徐晚星没有闭眼，在黑暗里与他共同经历这新奇体验。事实上午夜梦回时，她曾梦见过这一幕，朦胧模糊的片段里，唯有精神无限欢愉。

她对这事没什么好解读的，就觉得好，好得不能再好。

和心爱的人做亲密无间的事，她坦坦荡荡，心向往之。

起初有些不适，但那点疼痛根本不算什么，反倒像是在提醒她要铭记此刻。倒不是因为第一次有什么重要的，重要的是十一年后，她得到了所爱。

今夜，二十九岁的生日，十七岁时喜欢的少年。

尽管都不再年少了，可这颗心还是当年的少女心，眼前的人也还是令她心动的那个人。

室内温度高，皮肤很快被涔涔湿气覆盖。他的头发也染上了汗珠。

温柔里带着不容抗拒的一点粗鲁，他终于失去了平日的自持，变成了一个普普通通的男人。

夜还长，她听见他低声颤抖着，说出了那句从未说过的话。

“徐晚星，我爱你。”

乔野在洛杉矶停留了一周。次日，徐晚星的感冒就好了不少。

吝啬的她不愿错过任何一节课，所以理直气壮地带着乔老师去了USC，她上课，他旁听。在学习面前，爱情都是浮云。

由于提前问过Howard教授，所以他走进教室时，含笑看了眼乔野，问徐晚星：“所以，这就是那位神秘人？”

徐晚星镇定点头，说“没错，这就是著名的神秘人”。

乔野侧目，用眼神询问——怎么，我很出名吗？

“主要还是我做人太诚实，出色完成任务时，也没有抢占你的功劳。”徐晚星老神在在，“教授问我怎么得出思路的，我都直接说有高人相助。”

今日，高人终于露出了“庐山真面目”。

好奇的目光从四面八方涌来，以Carol为首，几乎是直接对着徐晚星吹口哨了：“你从来没告诉我他英俊成这样！”

为了不影响课堂秩序，乔野坐到了最后一排。

众人也很快恢复如初，开始上课。

这堂课是量子力学，Howard延续之前的内容讲了下去。教室内除去讲课声，还有纸笔沙沙作响。

“迄今为止，量子力学有三大难题还困扰着人类，如果将来能够解决它们，人类的文明将会向前迈进一大步，很多与量子力学相关的领域都会得到重大突破。”

他抬眼，从镜片后看着大家。

“那么，有哪三大难题？”

记笔记的声音暂时停下，众人纷纷抬头。

徐晚星答：“量子的叠加、纠缠和弦理论。”

Howard莞尔，点头继续往下问：“举例说明量子的叠加状态。”

“薛定谔的猫。”徐晚星也毫不迟疑地继续回答，“通过实验，让量子的状态影响现实中的物体，从而让可怜的猫咪陷入了悖论之中——我们无法搞清楚猫咪的状态，死亡和生存都有可能。这个时候猫咪其实和量子中的叠加状态一样，两种状态都有可能存在，如果不主动观察，就没办法发现猫咪的确切状态，在量子发生叠加时也是一样，很多量子可能是‘波’也有可能是‘粒子’，比如光子和光波，是两种可以转换的状态。但是在研究者没有观察时，无法知晓粒子的状态。”

Howard笑了，说了句Excellent，然后接着往下讲。

量子力学是Howard的主要研究领域，谈及三大难题，他显然很兴奋，口若悬河地讲着讲着就超纲了。

台下逐渐出现了一知半解的眼神。

然后是略显迷茫的眼神。

最后是全然发蒙的眼神。

Howard在黑板上写出一道经典难题，说我不指望大家现在就能解开它，事实上，当初为了解开它，无数科学家付出了毕生努力——

话音未落，他留意到了末排的神秘人，那人颇感兴趣地抬头看题，然后执笔在草稿纸上飞快地演算起来。

而此刻，整间教室都是迷茫的眼神，没人低头做题。

教授都说是世纪难题了，他们才不抱希望自己能解出来。顶多有人侧头去看徐晚星，结果发现她也紧蹙双眉，迟疑地看着那道题，就更觉得不用动手了。

Howard笑了：“看看题，不需要做出来，五分钟后，告诉我你的大致方向就好。”

教室里陷入一片沉思。

他看了眼手表，就这样站在讲台上等待着。

直到某一刻，他再次低头：“时间到了。”

目光在人群里扫了一圈，很多人直接用眼神表达着一无所知。这五分钟里，他也留意到不少人看着黑板就开始神游天外。

点了几个学生的名字，答的都是些风马牛不相及的东西。

Howard顿了顿，问：“Miss Xu？”

徐晚星看着纸上乱七八糟的笔记，老老实实地说：“刚想出一点头绪。”

“你说。”

于是她想到哪里说到哪里，对着草稿纸分析了一通。

Howard的眼里终于有了一点笑意：“方向是正确的。”

靠右的座位，有个男生哼了一声，小声说：“Always Miss Xu.”

这是常态了，很多人习惯，但并不代表每个人都乐意。教授当然偏爱聪明又努力的学生，何况还是他亲自带的徐晚星。

可是能来到这个领域的学生，纵然不是天才，也都是拔尖生，总有不愿意被碾压的。

尤其那还是张外来面孔，个子矮小，放在人群里都不起眼，偏偏一到课堂上就能艳压群芳。

Howard与徐晚星对话完毕，似乎对乔野颇感兴趣，竟开口问他：“那你呢，神秘人？”

众人一顿，目光都投向了最后一排。

乔野笑笑，说：“我也有一点头绪。”

“说说看。”

他顿了顿，目光落在徐晚星面上，莞尔：“和Miss Xu的理论差不多吧。”

之前不平的男生又哼了一声。

乔野淡淡地投去一眼，似乎改变了主意，于是唇角一弯，说：“17864.25。”

教室里的众人一片茫然。

唯有讲台上的教授眼睛一亮，不可置信地问：“你已经解出来了？”

乔野点头。

然后大家就炸了。

五分钟，世纪难题就解出来了？

这算什么世纪难题！

五分钟难题还差不多！

Howard似乎对他是如何解出来的感到非常好奇，开始详细问下去。于是教室里只剩下一群听天书的学生和你一言我一语对答如流的两个人。

思路顺畅，他们的对话省略了太多内容，只剩下核心部分，于是能跟得上的人更少了。

渐渐的，除去他们的对话，教室里只剩下众人窃窃私语的声音。

那个老发牢骚的男生用不大不小的声音抗议：“就不能稍微慢一点吗？”

乔野微笑：“慢一点就能听懂了吗？”

男生恼怒道：“你到底是谁啊！”

这个问题不需要乔野来回答，讲台上，Howard替他说出了答案：“Genius.”

厚重的镜片之后，老人眼里有笑，还有毫不掩饰的赞赏。

“乔老师，你真的很烦人。”这是徐晚星在下课后，抱着书往外走时，瞪着乔野说的话。

“哦？”

“我辛辛苦苦花了好几年时间，才树立起来我的天才学霸形象，结果你一节课就给我推翻了！”

他露出抱歉的表情，诚恳认错：“都怪我。”

“……”

你这还演上了，是吧？

徐晚星瞪着他，可没几秒就破功，笑了出来。

与有荣焉，这是她仅有的念头。

即便这样努力，也还没有完全追上他，可看着他闪闪发光的样子，她也满心欢喜。这是她独一无二的乔老师。

更何况——

“你也别太得意，我觉得我现在已经追上错过的五年了，剩下两年，以我的聪明才智，很快就能追平！”

他从善如流地点头道：“臣附议。”

Howard很快追了出来，对徐晚星说：“介意我借用你的神秘人五分钟吗？”

徐晚星连连摇头，就看见教授拉着乔野去一旁神神秘秘地谈话了。

离开学校时，她问他：“教授跟你说什么了？”

“他问我有没有兴趣来USC。”

徐晚星一愣：“他又想招助教了？”

乔野：“不是助教。他手里有国家项目，想拉我一起做研究。”

“……那你怎么说！”

“我说抱歉，我的祖国需要我。”

第十三章

变量的美丽

乔老师来的第四天，照例是答疑解惑的又一天。

夜里，趁他在做夜宵，徐晚星窝在沙发上，和群里的三人聊天。

无敌徐晚星：乔老师非人哉！

三人迅速冒了出来，一句话引发头脑风暴。

于瘦子：怎么啦，乔老师又出风头，用智商碾压你了吗？

蓉城刘彦祖：春宵一刻值千金，你居然有空和我们聊天？

是春鸣不是春鸡：她要聊的说不定就是成人话题，想和我们炫耀乔老师怎么非人哉。

蓉城刘彦祖：不是吧，尺度这么大，妈妈我好害怕。

于瘦子：楼上别装，已婚男装什么小清新呢！

无敌徐晚星：你们纯洁一点！

无敌徐晚星：他每天和我一起旁听就算了，征服了我的同学，俘获了我的教授，今天又拉着我去书店约会！我以为是很浪漫的那一种，大家坐在一起看书，偶尔抬头交流一下含情脉脉的眼神，桌子下面搞点小动作什么的！

无敌徐晚星：结果他花了一个小时，认认真真给我挑了十三本书，又花了一个小时给我梳理接下来的学习路线，列了一份考博机构的老师才会列的那种学习清单！

在于胖子和大刘深表同情的刷屏语言里，春鸣幽幽冒出。

是春鸣不是春鸡：你们难道听不出，她这埋怨的语气里充满了炫耀感？

两人一愣。

是春鸣不是春鸡：我猜乔老师不是在洗澡就是在厨房，徐同学一个人无聊了，才来拿你俩开涮。这恩爱秀得迂回婉转，既散发着学霸的光辉，又碾压了你们的智商，我给满分。

徐晚星：……

她在第一时间放下手机，去中岛台旁正襟危坐。

乔野：“怎么不聊天了？”

徐晚星：“我把天聊死了。”

“你不像是会做出这种事的人。”

“都怪你。你不在的时候，我总是很聪明的，每次你一出现，我就像丧尸一样没有脑子。”

乔野笑了，从善如流：“怪我。”

“当然怪你。”

徐晚星接过他递来的那碗豌豆腊肉焖饭，又像个孩子似的欢呼起来，她真的太久没有吃到过香喷喷的焖饭了！

一周时间匆匆而过，事后徐晚星回忆起来，总觉得这七天短得不像话，明明连七个小时都没有。

二十九岁的他们没有了当初的稚气，日子过不成轰轰烈烈的偶像剧。日常无非是共同上课，一起探讨，共进三餐，外加一个俗气的节目：肌肤相亲。

送走乔野那天，徐晚星在机场偷偷哭了。

和他道别时没哭，离去前最后抱一次没哭，看他走入安检队列也没哭，她甚至像个傻气的孩子，在人来人往的机场大厅朝他拼命挥手，然后大喊：“等我回来！”

结果一转身，她就钻进洗手间，坐在马桶盖上伤心地哭了。

当然，哭之前，还不忘用消毒液把马桶盖擦得干干净净。

没几秒钟，手机响了。

她一边抽噎着，一边拿出手机，定睛一看，是乔野的电话。

深呼吸克制住哭音，她才接起：“才几分钟啊，乔老师，就这么离不开我吗。”

乔野在那头顿了顿，声音里带着无奈：“别哭了，徐晚星。”

她一惊，要不是这是女厕所，她都怀疑乔野在偷窥她了。

“我哪有哭？”

“把眼泪擦干。”

“说了没哭！”

“打车回家吧，趁眼睛哭肿之前，有东西给你看。”

“要怎么说你才信我没哭——等等，什么东西？”

徐晚星顾不上哭了，打车回家，如他所言，在某本参考书里找到了一封信。

她有些糊涂，乔野是在什么时候偷偷写下这封信的？后来从记忆里搜索出几个可疑的时间点。

也许是有天夜里她埋头完成作业时，也许是在图书馆那晚他坐在她对面时，又也许是某个深夜，她已睡熟，他却悄然起身，写下了这封信——

徐晚星：

我一直是个不喜欢变量的人。

儿时初接触天文，祖父说不管身边人或事如何变化，在一个固定时刻，从望远镜仰望一个固定角度，总会看见要找的那颗星星。

那时候我失去母亲，又跟着父亲颠沛流离，不断转学、搬家，身边永远是需要重新认识的人和等待融入的集体。所以我开始厌恶变量。

这大概是一个孩子因为缺乏安全感，所以才有的爱憎分明，但这么多年里，我一直不喜欢变量。对数字敏感，和理科打交道，大概也缘于此。相比起复杂多变的文字，数字是不变的。所有的定理、公式，不管我转学搬家到哪里，它们永远是亲切熟悉的。

而在我漫长又短暂的人生里，你是最大的变量。

费曼说过：“物理学家总认为你需要着手的只是：给定如此这般的条件下，会冒出什么结果。”

我曾以为很多事情都能遵循这样的逻辑。努力学习了，所以会有好成绩。与他人和睦相处，所以能融入集体。公式与定理运用过无数遍，于是熟能生巧。可你不是。你冒冒失失地从教室里冲出来，撞在我心上，那一刻我从未想过，你会是我此生最大变量。完全没有办法预测走向，哪怕我给出了充分的条件，也不知道你会带来怎样的结果。

大概因为你过分跳脱，也不遵循这种逻辑，所以起初我们针尖对麦芒。

我认为你对自己的人生不够严谨，做事漫不经心，冲动鲁莽到不计后果。如果这种看法始终未曾改变，那么我们的走向也不会是现在这样。可你很快用你特别的方式震撼了我，也改变了我。

疾恶如仇，这是我认识的第一个你。会为陌生人挺身而出，在公平正义无法实现的前提下，敢于以暴制暴。若只是耳闻，我会认为你鲁莽。但亲眼见证你为春鸣挺身而出，在诊所听见于庆庆细数你曾仗义相助的过往，再抬头时，你从治疗室走出来，像个侠女。

执着坦率，这是我所知悉的有关于你的第二件事。曾被霸凌的少年们投入麾下，于是你义无反顾成为大姐头，自始至终挡在他们前面。物理竞赛，因为罗老师的一席话，你哭了一场，于是全力以赴，绝不辜负他人对你的期待。你大概并不知道我也撞见了那一幕，因为大中午去走廊上打发时间的不仅有师长，还有因为竞赛睡不着的我。我看见你擦干眼泪，抬头时，眼里有光。

后来认识了更多的你，才意识到人与人相比有这样多的不同，可求同存异似乎不是多难的一件事。即便你是我无法预测的变量，也牢牢吸引着我的目光。

事后回想起来，我们错过的那些年，我所不知的那些事，我曾为之愤慨、遗憾的一切，冥冥之中都是你带来的变量。可今夜，你熟睡在旁，我细细思索着这些年的一切，忽觉变量也许才是人生的意义所在。

我当然可以活得理智又平和，一生奉行“努力就有回报”的准则，做一个心安理得能够预知未来的人。我可以清晰地规划出自己的人生道路，十年后进入研究所，二十年后有自己的家庭妻儿，三十年后小有所成，四十年后大有名气。可当一切被打乱后，人生才真正成为人生，我也明白了活着的意义。

活着是不知道明天阴或晴，下雨就撑伞，天晴就灿烂。

是哪怕生命只剩下五天或五年，也不把一分一秒浪费在眼泪上。

是无论贫穷富贵都活得自在坦荡。

是一生不放弃的理想。

十七岁那年，我撞见一颗星星，她以莽撞又热烈的样子闯进我的人生，带来一切未知又新奇的际遇。

二十九岁，来到洛杉矶找你，纵使迟了些，但我找到了失而复得的星星。

此刻你在身侧，睡得像个孩子，而我无限安心。我一度认为此生最伟大的愿望无非三个：突破自我，革新科学，改变世界。如今我要更正这个想法。

于我而言，最重要的愿望只有一个：和徐晚星一起做到以上。

如果能力有限，去掉后面四个字也无妨。伟大和平凡从来都是一线之隔，年岁不同，心态不同。就好像今天的我，终于不再厌恶变量。

谢谢你，徐晚星。

感谢此生你带我领略变量的美丽，赠我以朋友的肝胆相照，敌人的钩心斗角，情人的风花雪月，还有兄弟的两肋插刀。

等你回来。

又及，别哭了，打起精神来，宋辞说他在研究所恭候你的大驾。

再及，我也一样。

乔野

2019 年冬

于洛杉矶，徐晚星的身旁

那封信轻飘飘地落在桌上，被坠下的眼泪砸出一道痕迹。

徐晚星慌忙伸手去擦，末了，又笑着擦干眼泪。

她把信翻来覆去读了好多遍，笑了又哭，哭了又笑。

她想，真好。

番外一

做人要诚实

回蓉城那天，风和日丽，春暖花开。

三十岁的怪力少女徐晚星同学，拎着一只登机箱，背上还背着超大号的登山行囊，正式毕业归来。

她才刚下飞机，就看到群里的消息。

于胖子说：三十岁了还怪力少女，怪力妇女更贴切吧！

春鸣：可能很快就是怪力少妇了。

插科打诨的话一大堆，她往下翻，发现新消息如期而至——

于胖子：到了吗？

春鸣：时间差不多了吧。

大刘：快来，今晚欢聚小龙坎，我请假跑出来，已经为你占好座位了，就春熙路这家。你知道他家有多难排位，还不能订座，我从下午三点就坐在这了，现在外面人山人海。

徐晚星停在洗手间外，愤怒地说：等了这么多年才回国，你们都不来接我！

于胖子：我等都是各行各业的精英人才，怎么能擅离岗位呢？

春鸣：医院没了我会倒闭的。

于胖子：餐厅没有本大厨也是无法营业的。

大刘：我这不是为了给你占座吗？在火锅店望眼欲穿呢。

徐晚星退出群消息，点开了乔野的对话框。

消息是几分钟前来的：到了？

她一个语音电话拨过去："乔老师，我到了！"

乔野在那头抱歉地说："本来是要来接你的，但院里临时给了任务，有个紧急文件需要处理——"

"没关系，你忙你的，我有手有脚，自己回去就好。"

三言两语挂了电话，徐晚星进洗手间照了照镜子，光洁的镜面里是个化了妆的卷发姑娘。

她迟疑片刻，没有取背包。原本还放了一条漂亮的裙子在包里，准备下了飞机去洗手间换，至少漂漂亮亮地出现在大家的视野里。

可现在好像没有那个必要了。

妆也白化了！

她撇撇嘴，一边想，徐晚星，你真是善解人意的小棉袄；一边忍不住嘀咕，别人回国都是热情的亲友团迎接，怎么轮到她了就这么惨淡呢！

徐晚星没精打采地拎着一大堆东西往外走，顺着人流一路抵达出口大厅。

除了登机箱和背包，她还有两只超大号的行李箱等待提取。没办法，资料太多，没有哪样能舍弃，她已经尽力精简行囊了，还是有这么一大堆。

最后走出大厅时，徐晚星完全是当之无愧的怪力妇女，推了三只行李箱，背了一只超大号背包。

众人纷纷侧目。

她一边哀叹自己是没人疼爱的小白菜，一边艰难地往外走，却在某一刻忽然听见一声如雷贯耳的呐喊——

“徐晚星！”

徐晚星吓一大跳，蓦地抬头望去。

只见接机的人群里，于胖子蹦啊跳啊，试图从人头攒动的海洋里吸引她的目光。

而在那个胖墩身边，还有另外五个人：春鸣，大刘，万小福，辛意以及她的乔老师。

每个人都带着笑意，从千军万马里杀出一条血路，朝她走来。

灯火辉煌的出口大厅，徐晚星瞬间泪目，脑子里只有两个念头——

第一个，这群超级大骗子！

第二个，最近的厕所在哪里？我要换衣服啊啊啊！

天知道她坐了十二个小时的飞机，因为贪图方便舒适，身上就穿了件洗得发白的卫衣，下面是条宽松的运动裤，形象要多糟糕有多糟糕。

眨眼间，那群人都跑到了面前，徐晚星扔了行李，撒腿就跑。

于胖子摸不着头脑：“哪儿去啊你！”

“厕所！”

徐晚星背着超大号行囊，一路飞奔到厕所，以迅雷不及掩耳之势换好了事先准备的裙子。

再出来时，她拨了拨大波浪，步伐轻盈地走向目瞪口呆的朋友们。

“是兄弟的话，刚才那一幕赶紧都忘了，此刻才是重逢。”

众人：“……”

去往小龙坎的路上，一共两辆车。

乔野开车载她，其他人坐万小福的英菲尼迪。

徐晚星说：“没必要所有人都去挤小福哥的车吧？于胖子你这吨位，挤得人家多难受啊！”

于胖子：“你差不多可以了啊，才刚回来就开始人身攻击！”

万小福笑：“给你和乔老师留点空间，免得被强行塞一嘴狗粮。”

大家说说笑笑，还是把独处的空间留给了他们俩。

徐晚星站在停车场，绕着乔野的车转了一圈：“乔老师很低调啊，年薪那么高，居然选了辆朴实无华的大众。”

“所以你比较喜欢英菲尼迪？”乔老师的视线转向对面的万小福。

“……”

徐晚星立马开门上车：“大众挺好，大众挺好。”

她忘了系安全带，乔野上车后，从容不迫地靠近她，替她啪嗒一声扣好了。徐晚星心跳加速，抬眼看着近在咫尺的他。

他亦低头看着她。

于是徐晚星再也克制不住，搂住他的脖子就凑了上去，响亮又清脆地啵儿了一口。

下一秒，对面的英菲尼迪开始叭叭叭地按喇叭，车窗悉数降下，所有人都探出头来瞎起哄，鬼叫声不断。

徐晚星：“……”

好烦你们，怎么还没走啊！

她双颊爆红，捂住脸叫：“快开车、快开车！”

倒是乔野镇定地降下车窗，对众人说：“大家低调，徐同学出国几年，学识见长，但脸皮好像薄了不少。”

所有人都在笑，万小福也不例外。

这顿饭吃得很欢快，常在美国，吃不到蓉城的辣，乍一吃火锅，徐晚星被辣得眼泪直流。

眼前是熟悉的老友，嘴里是思念已久的刺激感，她眨眨眼，如坠梦中。

所有人举杯欢呼着她终于回来了，包间里一片鬼哭狼嚎，麻将小分队还是你一言我一眼，刻薄话不断。

走出火锅店时，夕阳西下，温柔地照耀着归家的路。

她问乔野：“我住哪啊？”

“我家。”

“喀，乔老师，你都不装一下矜持，这么直接的吗？”

乔野：“等不及了。”

徐晚星：“……”

好一个“等不及了”。她噎住，只能感叹自己的脸皮是越来越薄了，乔老师的脸皮却越来越厚，简直没有下限。

“做人要诚实。”乔老师如是说。

徐晚星想了想，出神了一路，抵达清花巷时，跟在他身后进了门。

室内一片漆黑，灯都没开，乔野刚换好拖鞋，还没反应过来，就被身后的人拉住衣领。下一秒，她像树袋熊一样跳了上来，挂在他脖子上。

乔野难得一愣：“徐晚星——”

“嘘——”她笑嘻嘻地眨眼，“做人要诚实。”

也就在一瞬间，啪嗒一声，客厅的灯被人打开。

宋辞端着水杯，震惊地站在楼梯上，左手离开灯控开关：“你们在干什么？？？”

徐晚星：“……”

她在0.01秒内跳了下来，飞快地开门要往外跑。无奈手刚摸上门把手，就被乔野摁住。

宋辞一边下楼，一边啧啧称奇：“几年不见，徐晚星你可以啊，这简直是女中豪杰啊，刚进门就迫不及待了！”

徐晚星面无表情地侧头望着乔野，绝望地问：“他怎么还在啊？？？”

乔野拉住她的手，把她一路拉回客厅。

“你回来了，他就该被扫地出门了。”他老神在在地说。

宋辞：？？？

番外二

我就是白月光

“听说了没，一会儿就到了！”

“真的吗？今天就来？”

“那当然，刚才我从张院门口经过，看见了一个背影，不出意外就是她了！”

“背影怎么样啊？”

“感觉是个大美人！”

“快闪开，我要去厕所！”

“怎么，紧张到尿急？”

“NO，我要去整理整理发型，以最佳姿态迎接新妹子。”

一旁的孔鹏飞挠挠头：“你们在说什么啊？”

同事甲：“新来的妹子啊。”

孔鹏飞：“妹子要来，跟你们有什么关系啊？”

同事乙：“进所里多少年了，来的永远是弟弟，好不容易来了个妹子，我们容易吗？”

孔鹏飞：“所以？”

同事甲握拳：“脱单在即。”

同事乙推他：“去你的，是我的！”

同事丙沉思片刻：“为免分赃不均，干脆谁也别独占妹子，妹子是大家的，不好吗？”

孔鹏飞的眉毛渐渐蹙起，恍然大悟道：“好肮脏啊，你们！”

众人：“？？？”

几分钟后，孔鹏飞拿着资料去找乔野签字。

乔野接过来，逐字逐句检查，就听见他神神秘秘地说：“老乔，你听说了没？”

乔野没抬头：“听说什么？”

“咱们院要新来个妹子！”

“是吗。”乔野仍未抬头，不置可否。

“听说还是个大美人！”

“哦。”

“今天就到！”

“嗯。”

孔鹏飞觉得奇怪，眼前这人太淡定了吧，跟外面那群人比起来，他对新同事一副漠不关心的样子，全程低头看资料。

“好歹是个新人，万一分到咱们组呢？”

“那挺好啊。”

孔鹏飞眯眼笑起来：“哼，没想到你也暗暗渴望有妹子空降我们组。我要去跟徐同志举报你！”

乔野终于抬起头来，把资料递回来：“第七页的图，CA7-11-2，零件出错。”

孔鹏飞接回来一看，拍脑门儿：“哎呀，记错了组件。”

“你留神点，这不是小问题。”顿了顿，乔野补充一句，“心思不要都用在妹子身上了。”

“我就是单纯好奇，看看热闹而已。”

“最好别。”从门外走进来的宋辞，摘了工作帽，往墙上一挂，老神在在地坐在旁边的办公桌前，跷起二郎腿。

孔鹏飞：“怎么说？”

“好奇心会害死猫，多看两眼，当心小命不保。”

孔鹏飞一脸茫然，独剩下乔野和宋辞对视一眼，眼底隐隐有笑。

宋辞揽过孔鹏飞：“来，哥跟你说件事儿，机密程度不亚于手头的这个项目，你要千万保密，口风严一点！”

……

时间倒退回半小时前。

大众驶入停车场前，徐晚星叫停：“就在路边放我下去。”

“确定不一起进去？”

“不是说好了吗，咱俩不认识。”徐晚星推开车门，回头最后叮嘱一次，“千万别露馅！”

“那你准备和我不认识到什么时候？”

“到我独当一面，大家都不会认为咱俩有裙带关系的时候。”

“你是说几十年后吗？”乔野沉吟片刻，故意问。

“有你看着我发光发热、想为我哐哐撞大墙的那天！”徐晚星骄傲地合上车门，扬长而去。

车内，乔野失笑。

他当然信。因为这一路，她早已开始发光发热了。

回国后，徐晚星很快开始联系蓉城航天研究院，递交各项资料。她做的这一切，乔野都知道，但他没提，她也从未要求他插手任何事。

默契有时是个奇妙的东西，彼此都知道对方的心意，并且心照不宣。

偶尔她会抬头问一句："乔老师，你们院里需要详细的成绩单吗？"

"那个只供参考，需要着重叙述的是参与过的实际项目。"

"按比重，我这么排的序。"

"我看看。"乔野把笔记本端过去，搁在腿上，细细下拉屏幕，"你的排序是项目的规模程度，我认为可以稍微调一下，按照你进研究院后想参与的研究项目种类来排。"

……

于是直到徐晚星进研究院为止，除去宋辞与乔野，顶多再加上一个刚刚知道内幕的孔鹏飞，竟无一人知悉她和乔野的关系。

早晨十点，胡教授亲自带人来到大厅。

"来，大家认识一下，这位是我们的新同事。"他笑吟吟地拍拍手，吸引大家的注意力。

其实根本不用拍手的，从徐晚星踏进大厅的第一刻，无数道炽热的目光就向她投来。

"哎，哎，新来的妹子！"

"来了，来了，来了！"

"嚯，是真的很漂亮啊！"

"对吧？我就说看背影也能看出来的。"

孔鹏飞淡淡地侧目："漂亮也跟你们没关系。"

同事甲："干什么你！刚刚还一副事不关己的样子，怎么一眨眼工夫，你也对妹子上心了？"

同事乙："肯定是见人长得漂亮，被击中了单身狗之心！"

孔鹏飞翻白眼，心道你作任你作，反正死的不是我。

徐晚星言简意赅地做了自我介绍。

同事丙定睛一看："好像有点眼熟。"

"你一说，好像是有点。"

"在哪儿见过啊？"

同事甲记性比较好，多看两眼，一拍大腿："哎，上回咱们在云方远吃饭的时候，是她来跟咱们要包间吧？"

胡教授笑哈哈："小刘记性很好啊，这位呢，的确是上次在餐厅跟咱们有一面之缘的小徐。她说就是因为那一面之缘，她今天才会站在这里，成为咱们中的一分子。所以缘分真是件非常奇妙的事啊。"

在胡教授和众人都没注意到的地方，几道目光在空中相遇，交换了一下心照不宣、好好保密的眼神。

而胡教授一无所知，只笑呵呵地点了乔野的名："小徐啊，从今天起，你就跟乔野那组一起干吧。"

徐晚星一惊："啊？"

"乔野是做探测器的，跟你学的方向是一致的。院里研究了一下你的资料，你跟着他好好学，是最好的选择。"

然后胡教授又把得意门生吹了一遍，心满意足地离开。

徐晚星默默地看看乔野。

说好的避嫌呢？

乔野轻咳一声："孔鹏飞，你带新同事熟悉一下——"

"我资料有误，必须马上修改！"孔鹏飞拿着资料，一溜烟跑了。

乔野望向宋辞，还没开口，宋辞面不改色地转身就走："自己的事情自己做。"

一众同事笑眯眯地拥上来，跃跃欲试——

"你好，我是李越欢，你可以叫我小李或者欢欢，我可以带你参观一下院里！"

"让我来，让我来，我正好比较空。"

"嘿，小徐你还记得我吗？上次在云方远，我还跟你说了一句话呢。"

……

一片嘈杂的自我介绍里，乔野镇定地点头微笑："我的组员，不敢劳烦大家。就不耽误大家的工作时间了。"

“不耽误，不耽误！”

“都是同事嘛，说这些就太客气了！”

剩下的话没能说下去，因为老乔镇定地带人离开了。

大家捂胸口，好气，这个人想霸占妹子！

乔野带徐晚星在院里走了一圈，机房去了，设计中心去了，食堂和办公室都去了。

他的介绍也很别出心裁，并不说这里是干吗的，那里是干吗的，只在每个地方停留片刻——

“我在这里熬夜改过设计图。”

“有一回三十七小时没合眼，在这里打过盹。”

“在这里吃过泡面。”

“在这里中过暑。”

“在这里发过盒饭。”

……

细碎的生活扑面而来，串联成她所缺席的那些年。

那些年里，她只在视频里、语音里看见乔野无论何时都似风如云的脸，和他云淡风轻地谈天，如今一切皆在眼前，才发现他也和普通人一样奋斗在工作岗位上，流过汗，生过病，也熬过夜、吃着泡面。

最后，他停在办公室门口，转头看她。

“在这里想过你。”

徐晚星微微一愣：“只在这里吗？”

他煞有介事地再加一句：“——和刚才带你看过的每一个地方吧。”

徐晚星眨眨眼，面红之际，还不忘竖起食指：“嘘——做好保密工作呀，乔老师。”

保密工作的的确确不是那么好做的。

提醒乔老师之际，徐晚星自己就常常忘记。

比如说，某天开会，一群人围坐在乔老师办公室的茶几前。乔老师把图纸贴在墙上的工作栏里，拿起记号笔一处一处圈出来，讲问题所在。

“这里——”

“这里——”

“还有这里——”

众人都在专心听，间或拿笔在本子上记下来。

徐晚星也不例外，一边埋头苦记，一边觉得口渴。因为注意力都集中在耳朵上，所以目光一动，瞥见茶几上乔老师的马克杯，想也不想就拿了起来。

杯子是上个月两人一同去逛家居店时买的，家里一套，办公室一套。

因为是寻常的款式，很多人用的那一种，也不怕被人说是情侣杯。

她在家时懒习惯了，总是走到哪里，看见哪里有杯子，也不管是乔老师的还是她的，端起来就喝。

此刻她集中注意力在听乔老师讲话，也忘了场合，下意识端起就喝。

片刻后，察觉到有人盯着她。

她抬头，慢慢地露出疑惑的目光。

下一秒，有人低低地惊呼：“那是乔老师的杯子啊！”

徐晚星：“……”

迅速放下。

赶紧擦嘴。

抬眼义正词严地说：“对不起，怪我太专注，随手端起来就喝了！我马上去刷个牙！”

否认三连做得非常到位。

乔野：“……”

我有毒吗，你还要刷个牙？

再比如，某天下班时，徐晚星从更衣室换下工装，走了出来。

男更衣室里，乔野也换好衣服走出。

今日加班，窗外夜幕低垂，院里没剩下几个人了。走廊上空空如也，女更衣室里也空无一人。

徐晚星放松了警惕，冲着眼前的人就笑眯眯地说：“乔老师，长得好看就是不一样，穿工装有禁欲系的美感，穿便服有洒脱不羁的性感——”

话音未落，男更衣室就走出一位男同事，看她的眼神充满敬畏和惊叹。

徐晚星身体一僵。

男同事就连离去时也疯狂用眼神表示欣赏，隔日更是亲自向她口头传达："开玩笑能开到老乔头上，可以啊，徐妹，果然是女中豪杰、人中龙凤！"

"……乔老师不能开玩笑吗？"

"听我一句劝，满院的单身汉，上到四十岁离过婚的教授，下到二十四刚毕业的小年轻，你谁都能调戏，唯独乔老师，你还是死了这条心吧。"

"乔老师怎么了？"

"乔老师心里有白月光，这么多年了藏得严严实实，自我要求极高，绝无可能红杏出墙。"男同事悄悄地说，"前几年他不是奉旨去别的中心带过几节课吗，别院的女同事想认识他，有些都追到咱们院里来了。"

"然后呢？"徐晚星竖起耳朵。

"然后？然后乔老师客客气气地说，不好意思，我有对象了。"男同事唏嘘不已，"其实他哪有对象啊？这么多年了，咱们都看着他孤零零一个人，成天和宋辞住在一起，总不能和宋辞搞对象吧？"

徐晚星点头："那是不能够的。"

"对啊。所以我们都知道，乔老师多半是曾经受过情伤，一直没能忘了对方，也不知道啥时候能走出来。天涯何处无芳草嘛，何必单恋一枝花？"

男同事指指她："我也是怕你伤心，做无用功，所以才好心劝你。哪个汉子都有可能，唯独乔老师，他不食人间烟火的啦。"

徐晚星："了解，了解。"

男同事最后指指自己，一脸羞涩："其实，徐妹你也可以考虑考虑我的——"

"那个谁，你过来一下。"不远处，孔鹏飞义正词严地叫走了男同事，给了徐晚星一个好自为之的眼神。

因为不能暴露两人关系，所以宋辞和孔鹏飞这两个家伙就成了她的保护神，成天帮乔老师鞠躬尽瘁、死而后已，用心监督她与男同事之间的距离。

飘出去时，徐晚星眼含笑意，开心地哼起歌来。

白月光，心里某个地方。

真是不好意思，白月光就是我，我就是白月光。

番外三

老年人的吃醋方式

每日早起的作息规律，让徐晚星直接放弃了化妆的念头。

反正不是滞销品了，有乔老师承包她，形象好像也没那么重要啦。

她觉得自己又回到了学生时代，每天与睡意做斗争，逼迫自己从床上爬起来，洗漱完毕，扎个马尾，换好衣服就出门。

路上，素面朝天的徐研究员对身侧的乔司机说："我不修边幅，你会不会嫌我丢人？"

乔司机淡淡地瞥她一眼："除了宋辞和孔鹏飞，院里还有第三个人知道你是我的人？"

徐晚星回过神来，一拍脑门儿："对哦，我怎么忘了这茬。"

都没人知道她是乔老师的家属，谈何丢人？

她笑嘻嘻地扒拉一下马尾，又渐渐地品出点什么来。

"等等，乔老师你这话，听起来怎么那么幽怨啊？"

"有吗。"乔野目不斜视，把车停在路边。

徐晚星一抬头，发现到研究院了，赶紧背好小包就推门下车，提前和他分道扬镳，身后传来乔老师不疾不徐的声音——

"等你什么时候愿意给我个名分了，我就不幽怨了。"

她脚下一个趔趄，回头时，幽怨的乔司机面无表情地把车开进了停车场。

夸张的是，即便素面朝天，好像也遮不住徐晚星同学的无边魅力。

她第无数次怀疑地照照镜子，心道：我有这么天生丽质吗？妆也没化，还穿着深蓝色工装，戴了顶工作帽，也能把人迷得团团转？

最后总结出，一定是研究院男女比例严重失调，才导致她这个大龄女青年来了院里后，也能被桃花运眷顾了。

同事甲每天经过徐晚星的座位时，都会探头笑眯眯地问她："徐妹，在干什么呢？"

第一天，她抬头："画图。"

第二天，她抬头："画图。"

第三天，她抬头："画图。"

……

如此循环往复，第无数天，同事甲再来时，徐晚星递给他一张广告单。

“这是什么？”

“打折券。”徐晚星灿烂一笑，“建设路有家眼镜店在做活动，我特意替你拿了一张。”

“啊？为什么要给我拿？”

“你不是每天都问我在干什么吗？隔这么近，你都看不清我电脑屏幕上的图纸，难道不需要配副眼镜？”

同事甲：“……”

徐晚星：“不客气！”

同事乙每个月回趟邻市的老家，会带着老母亲准备的各种美食回来。有时候是几袋香肠，有时候是麻辣兔丁，有时候是下饭的咸菜，有时候是妈妈自己酿的葡萄酒。

大家的伙食都在食堂解决，同组的一般在一桌。

于是徐晚星理所当然地跟在乔老师身后，孔鹏飞与宋辞也和他们在一起。

然而每个月总有那么几天，同事乙会兴高采烈地端着饭盒挤进他们这桌：“我妈又给我做好吃的了，来来来，大家一起尝尝。”

也不知道为什么这个“大家”屏蔽掉了其他组，更隔离了他自己所在的那个组，只剩下乔老师的小队。

众人客客气气道谢，同事乙的目光终于落在了徐晚星面上。

“徐妹，你别客气呀，多吃一点！”他把饭盒往徐晚星面前一推，笑容灿烂，露出几颗小白牙。

徐晚星偷偷瞟了一眼身侧的人，夹起一片香肠，吃掉。

同事乙用期待的目光望着她：“好吃吗？”

她捧场地点头：“很棒。”

“那么这个给你！”就像变戏法似的，同事乙迅速从背包里掏出一袋密封好的香肠，快快乐乐送到她面前。

徐晚星一愣：“这，这不好吧，你自己留着就好，我尝尝就行了——”

“哪有什么不好？”同事乙笑得憨态可掬，“你是女孩子，大家都是同事，照顾你是应该的嘛。”

一旁，乔老师忽然出声：“徐晚星她不爱吃辣。”

“啊？”

“你这个太辣了，她吃了不消化。”

宋辞当仁不让，拿起了那袋香肠：“不过没关系，她不能吃辣，我能啊。这个我替她收下了，谢谢你啊。”

同事乙：“……”

迷迷糊糊端着饭盒走远时，他猛地一拍脑门儿，不对啊，她不吃辣的话，餐盘里怎么全是麻辣水煮鱼、尖椒肉丝呢？

他回头看着那一桌，渐渐地回过神来——

一定是老乔和宋辞自己想吃，所以胡说八道！

最夸张的是，就连隔壁发射所的同事也对徐晚星有了不纯洁的念头。

乔野从办公室出来，拿了一摞图纸准备找她谈细节时，就看见她的桌前半倚着个年轻男人，唇畔带笑，正与她说话。

关键是说话就说话吧，凑那么近干什么？

乔野在门边站了片刻，就听见两人对话如下——

“这是探测器衔接口吧？”

“咦，你一眼就看出来了。”徐晚星惊讶。

“看见了CZ876，一般来说，会出现它的地方除了衔接口就是基部，你应该不负责基部。”

“思路很注重细节啊，这位同事。”

“我叫熊正义，叫我大熊就好。”年轻男人微微一笑，业界精英的模样，平心而论，很英俊。

徐晚星笑了：“名字很可爱。”

“是吗？我也这么觉得。”

……

忽然传来当当的敲门声。

两人齐刷刷回头，就看见门口站着个人，手里拿了一摞图纸，表情淡淡的，看不出所以然来。

徐晚星：“乔老师？”

熊正义：“哟，是老乔啊。”

两人同时出声，很有默契的样子。

乔野有轻微近视，因为一直在画图纸，所以戴了副银边细框眼镜，此刻也没摘下，于是多了几分书卷气。

见两人同时出声，他摘了眼镜，问熊正义：“不好好待在你的发射所，来这里干什么？”

“来催图纸啊。”熊正义抱臂笑笑，“怎么，设计所是你开的，我不能来？”

“当然可以。只是没想到你们发射所这么闲，工作时间还能出来乱晃，一顿闲聊。”

“那是我们工作效率高，不像有的人一天二十四小时工作，都完不成任务，交不出图。”

简短两个来回，徐晚星就闻到了浓浓的火药味。

等等，这两个人有过节？

她正观察呢，就被乔野点名了。

“徐晚星，来我办公室。”

“哦，哦。”她迅速起身，却被身旁的人伸手拍了拍。

“徐晚星？”

她侧头：“啊？”

熊正义含笑点头，说：“我记住了。”

“……”

再迟钝也能明白这是怎么回事了，这位哥用如此饱含深意又撩人的语气说，他记住她的名字了……

几分钟后，站在乔野的办公室里，徐晚星一关上门就开始解释：“我不认识他！

“不知道为什么突然跟我搭话。

“出于礼貌我就随口回了几句，毕竟我一向是个友善的人，你千万不要误会！”

解释三连在乔老师这里似乎没起到什么作用。

他坐在书桌后，把图纸放在桌上，头也不抬：“坐。”

徐晚星心虚地坐了下来。

“这是你的部分。”桌后的男人把图纸递了过来，“看第六页，我圈起的红色部分。”

“……”

好吧，是她多此一举了。看看乔老师，这才是真正的业界精英，完全不care刚才发生了什么事，全身心扑在我国航空事业上。

十来分钟的专业交流结束，徐晚星已经忘记了刚才那茬，拿着图纸就要往外走。

“你离熊正义远一点。”桌后的人头也不抬，补充了一句。

徐晚星脚下一顿，回头：“啊？”

“那家伙花花肠子太多，不是好人。”仍未抬头的人，非常严谨地继续看图，仿佛在交代工作上的事。

她嘴角一弯，敬礼，响亮地答道：“Yes, sir！”

拉开办公室的门，她风一样出去了。留下桌后的人慢慢抬头，眼底一丝无奈的笑。

只想着来了院里，可以朝夕相处，却没想到这地方僧多粥少，她成了香饽饽……真是失算了。

然而熊正义同学好像并不打算就这么算了。

项目图纸送到发射所的第二天，他就加了徐晚星的微信，说是交流业务需要。

连续进行了几天业务交流后，两人也熟了起来，后来的某个晚上，在进行了一连串的“业务交流”后，他开始拉家常。

“跟着乔组长，日子不好过吧？”

徐晚星一顿，侧头看了眼旁边看书的人，他姿态闲适，戴着他斯文败类的银框眼镜。

“何出此言啊，熊哥。”

“我们是同一批进院的，培训和体能锻炼都是一起的。老乔这人，灵活不足，不懂变通，做事非常严格，甚至有点变态。”

徐晚星一边在心里疯狂点头，一边维护乔老师的面子，发了句：“没有，老乔人还是很好的。”

“你不用帮他说话，大家知根知底，没必要隐瞒。”

“……”

徐晚星：“熊哥，如果工作上的事都讲完了，那就这样吧。后续我们明天上班继续沟通。”

发完，她放下手机，对乔野说：“我去洗澡了。”

那头的熊正义顿了顿，发来信息：“非工作上的事就不可以说了吗？”

几分钟都没收到回复，他又说：“这么冷漠，一点也没有同事情。”

“徐晚星？”

“不会是睡着了吧？”

……

因为放在茶几上的手机响个不停，微信消息一条接一条地抵达，沙发上的人默不作声地看了一眼，放下书，提高音量对浴室里的人说：“徐晚星，微信一直响，是不是有人急着找你？”

“啊？”徐晚星以为是熊正义还有什么工作上的急事，便说，“你帮我看一下吧。”

几分钟后，她裹着头发走出来。

“谁找我啊？有急事吗？”

“没事。”

“熊正义？”

“过来。”他示意她坐到身边，然后替她解开毛巾，细细擦着湿漉漉的头发，途中手一顿，“你是不是最近脱发严重？”

徐晚星一愣：“啊？”

“发顶快秃了。”

“啊？？？”

徐晚星惊得跳了起来，冲进浴室就开始扒拉头发检查："秃了吗？我只觉得费脑子，头发确实掉得多了点，但是已经到秃的程度了吗？"

……

一阵鸡飞狗跳后，她彻底忘了微信这一茬。

是在次日清晨，去往研究院的路上，乔野开车，她玩手机，这才发现熊正义昨晚的后续——

"徐晚星？"

"不会睡着了吧？"

在这两条之后，某人用她的手机诚实又坦率地回复说："没有，她去洗澡了。"

然后那头是一片诡异的沉默，熊正义再也没有回复信息。

徐晚星："……"

她侧头盯着司机："乔老师，你昨晚都给熊正义发了什么？"

乔野目不斜视，淡定开车："哦，我说你去洗澡了，有什么问题吗？"

"没有问题吗？？？"

"简单陈述一个事实，问题在哪里？"

"……"徐晚星沉思片刻，"好像也没有哪里有问题。"

只是当天下班时，毫无问题、坦诚率直的乔老师很凑巧地提醒她："昨晚你说了要多运动，强身健体，以免脱发。"

"所以呢？"

"所以我提议，今天我们骑车回家。"

他带着徐晚星在研究院门口的自行车停放处扫码，骑走两辆小黄车，途中动作不快，还特意看了一眼手表。

六点三十五分时，他准时骑上车，淡定地和徐晚星一起出发。

同一时刻，隔壁的发射所走出来一个拿着公文包的男人。

乔野淡淡回头，淡淡地看了一眼，然后淡淡地收回目光，最后淡淡地提醒徐晚星："有熟人，打个招呼？"

徐晚星一扭头，就看见石化在台阶上的熊正义。

她打了个招呼："熊哥好。"

熊正义看看她，再看看乔野："……"

他有一个大胆的猜想。

该不会昨天晚上回复他信息的人……

！！！

呼哧呼哧地蹬着自行车回家的路上，徐晚星终于忍不住问："乔老师，你算好了他下班出来的时间吗？"

乔老师："当然没有。"

"那怎么会这么巧？"

"天意？"

"……"

信他才有鬼。徐晚星翻了个白眼，心头美滋滋。

不过，万万没想到乔老师也会宣示主权了。虽然还是扑克脸加死鱼眼，但是每个人有不同表达吃醋的方式嘛。

乔老师毕竟比较闷骚一点，她要多多体谅他。老年人，有点反应已经不错了。

而在乔老师的衣兜里，手机正疯狂震动着——

宋辞：怎么样，他看见了吧？

宋辞：什么表情啊他？

宋辞：这下该死心了吧，这老贼，居然敢窥伺我们所里的人！

宋辞：也不照照镜子就跟我们老乔抢人，他算哪根小蒜苗啊他？

宋辞：你就说吧，明天还有没有什么计划？有的话，我继续去他们所里蹲着。不瞒你说，这边的沙发比我们办公室的椅子舒服多了！

宋辞噼里啪啦地说了一大堆，最后一句话是：老乔，你欠我一顿烧烤！

番外四

春夏秋冬

春。

清明时节又见雨。

车窗外是一闪而过的半山草木，不知是淋了雨，还是抽了芽，比上一次来时更显葱郁。

车停在公墓的停车场里，每年这几天，都是这里人最多的时候。

乔野开门下车，撑起一把黑色雨伞，从容走到副驾驶一侧，开门时，将整把伞举在徐晚星的头顶，挡住了细密的雨丝。

公墓大门口的管理处，工作人员在偌大的伞下放了张木桌，全副武装地坐在那里，像是在发放小卡片一类的物品。

他们走近了，才发现那是一张类似于支票的印刷品。

工作人员微微笑着：“为响应国家要求，保护环境，禁止燃烧香蜡纸钱。两位来探望亲人，把心意写在我们的支票上就好。”

徐晚星笑了：“现在都这么高端了吗？”

“总要响应国家号召嘛。”小哥又抽了一根黄色丝带给她，“这个也是送给亲人的礼物，代替香烛纸钱。”

徐晚星侧头，看见一旁的四层木架上摆满了鲜花，金灿灿的菊花开得正艳。

不用她多说，乔野已经出言：“再要一束鲜花。”

“要哪种？第一层的三十，二层的四十，往上依次是五十和六十。”

“六十的。”

“好嘞。”

两人捧着鲜花、拿着黄色丝带，从台阶最下一级往上层走。

徐晚星笑：“老徐看到花，一准儿吐槽你浪费钱，买些华而不实的东西。”

乔野替她撑着伞，从容道：“今天情况特殊，我有求于叔叔。”

一共两百二十三级台阶，又走了一段小道，才抵达老徐的“家”。

半山的墓地，大部分都摆放着鲜花，安静的人群流淌而入，又陆续走出，耳边是细密的雨声，空气里流淌着眷恋。

他们立在老徐的墓碑前，徐义生本人在照片上笑得灿烂又爽朗。

他离去的第七个年头，徐晚星站在碑前看着父亲，深呼吸想要憋住，却始终压不下盈眶的热泪。

她哽咽着，把花放在地上，说：“爸，我和乔野来看你了。”

和以往一样，她絮絮叨叨地对着老徐的照片说话，说她最近工作越来越好，已经可以不跟乔老师，独立带项目了；说她提前得知自己拿了个三八红旗手的奖，要当众接受奖金和锦旗，虽然有点土吧，但是很光荣；说春鸣他们下午也要来看他，让他做好准备，那几个话痨一准儿要絮絮叨叨烦死他。

说着，她又擦擦眼泪，笑道：“乔老师今天也有话跟你说，我把机会让给他。”

她说这些话时，一再哽咽，眼泪就没干过。

乔野一直立在她身后，牢牢握住她的手，替她撑着伞。

闻言，他上前一步，叫了声“徐叔”。

空旷的山上很寂静，没有了烟花爆竹，只剩下沉默的人群在雨中穿梭。没人回应他，但他还是等了片刻，似乎听到了老徐洪亮又热情的嗓音。

乔野拉着徐晚星的手，郑重地对着照片上的人说：“今天来，有一件事想征求您的同意。我想请您把女儿交给我，让我照顾她一辈子。”

雨滴从伞沿滑落，滴滴答答地坠在地上。

他又停顿片刻，说：“您不说话，我就当您答应了。”

扑哧一声，徐晚星笑出了声，明明眼眶还湿热，唇角却高高扬起。

“我爸要真说话了，你才会被吓死。”

“不会。”

“胆子这么大的吗？”

“因为是爸爸。”乔野揉揉她的头发。

徐晚星于是又红了眼眶，一边别开视线，一边嘀咕：“改口可真够快的。”

“快吗？”他笑笑，“我等这一天很久了，徐晚星。”

夏。

筹划了很久，报告书也递交上级，终于等来了戳着小红章的同意书，一切尘埃落定。

徐晚星在大厅里和同事们一起讨论文案，听见脚步声，抬头看了一眼。

乔野穿深蓝色工装，步伐干净利落，出现在门口。

视线相对时，她面上一红，给了个眼神：都搞定了？

他微微颔首，明明在回答她的问题，落在众人眼里，却像是在和大家打招呼。

徐晚星长叹一口气，到底是工科男太迟钝，还是他们的演技太炉火纯青？这都多久了，竟然还没有人发现他们俩的关系。

其实漏洞很多，蛛丝马迹无处不在。

第一次，他们俩加班时偷偷坐在一起吃泡面，她伸筷子去抢乔老师碗里的火腿肠，恰好被同事甲撞见。

她当场石化，胆战心惊地收回筷子，结果同事甲居然冲乔老师翻了个白眼："我说老乔，加班是你给的任务，我们徐妹辛辛苦苦留下来干活了，你连火腿肠都舍不得让一让？"

徐晚星还没来得及说话，就见这位哥端着自己的泡面，一屁股挤在他俩中间坐了下来，顺手把自己的火腿肠叉给她。

"喏，我还没动过呢，我的给你，咱们不理老乔。他个抠门儿铁公鸡。"

徐晚星："……"

乔野："……"

第二次，他俩骑小黄车一起回家这事，被同事乙发现。

"哎哎，你俩怎么天天一块儿骑车回家呢？"次日，同事乙在开会前当众嚷嚷出来。

徐晚星正心惊胆战，就听见乔野回答说："她脱发严重，说都是我奴役她搞图纸搞出来的，所以要我跟她一起锻炼身体。"

"这样吗？"同事们的眼神充满深思。

就在徐晚星想，是不是我们露馅了、要不要坦白从宽时，有人一拍大腿。

"不瞒你们说，有件事我想说很久了！"

她的心都提到了嗓子眼。

下一秒，那位同事扒拉下头发，露出发顶："……其实我也快秃了。"

"？"

“从今天起，我也加入骑车回家的分队，带我一个！”

“……”

当天下班时，走出研究院的大门，徐晚星在门口看见了六七个人，大家热情洋溢地拥了上来：“走，扫码骑车去！”

徐晚星：“怎，怎么这么多人！”

乔野站在人群里，淡淡地侧过头来：“哦，他们都有脱发问题。”

徐晚星：“……”

到底是谁说的骑车可以治愈脱发啊！

纯属谣言啊，各位！

在座的都是211、985名牌大学的毕业生，学的都是理工科，怎么连这点生物常识都没有！！！

她如鲠在喉，扫码上车，离开时，回头看了一眼。

双人游彻底变成了浩浩荡荡的中老年防脱发骑游队。

第三次。

第四次……

总而言之，这群人毫无敏锐嗅觉，自动忽略了无数再明显不过的粉红色泡泡，用纯洁无比的目光望着这对“地下党”。

会议室里，徐晚星正襟危坐，看着乔老师走了进来，坐在人群里。

一堆人转向他，开始指着图纸说刚才的问题。

“这里……”

“这里……”

“还有这里……”

乔老师一丝不苟地参与讨论，解答疑惑，在众人沉思的目光里，清了清嗓子，说：“我还有一件事要告诉大家。”

徐晚星眼观鼻、鼻观心，默默挺直了背。

大家七嘴八舌：“什么事？”

“下个月七号，请大家来参加我的婚礼。”

会议室里霎时安静下来，像被抽了真空，所有人都被消音。

嘀嗒，嘀嗒。墙壁上的挂钟还在走动。

下一刻，所有人都笑起来。

“干吗啊老乔，这笑话是不是太冷了一点！”

“你是在帮胡老活跃气氛吗？怕他一会儿来开会气氛太沉闷？”

“别搞笑啦，你跟谁结婚啊？”

“老乔这种思想觉悟，要结婚也是和他的探测器啊！”

徐晚星默默坐定不说话，宛若一座安静的雕像。

乔野也无奈地笑了，说：“是真的，请帖我都准备好了，为免占用工作时间，下班后会发给你们。”

“哟，你这还演上瘾了！”

“你别说，演得还挺好。可惜岁数大了，不然我都鼓励你出道了。现在的选秀节目不是挺火的吗？那什么创造什么的。”

“点到即止啊，再演就不好笑了。”

徐晚星看着乔老师孤立无援的样子，终于良心发现，清了清嗓子：“其实吧，那个——”

众人的目光齐齐转向她。

她举双手投降：“其实他要结婚的对象是我。”

空气再次寂静三秒钟。

三秒钟后，全场爆笑，比前一次有过之而无不及。

徐晚星一脸茫然，就听见了大家喘着粗气，一边笑一边说——

“你俩今天唱双簧吗？”

“二十一世纪最好笑的笑话。”

“你俩要真结婚了，我把脑袋砍下来给你当凳子坐，哈哈哈。”

徐晚星：“……”

她面无表情地抬起头，看着人群中的乔野，交换了一个眼神。

徐晚星：“他们都是傻子吗？”

乔野：“我觉得你说得很对。”

两人没有多言，很快进入开会状态。直到下班后，乔野从办公室里走出，把红彤彤的请帖发给大家时，空气里才再次寂静下来。

翻开请帖，首页写着：

新郎：乔野。

新娘：徐晚星。

诚邀×××与×××，×年×月×日在×××××大酒店参加婚礼。

这一次的寂静比前两次都要长。长久的沉默后，人群中爆发出了鬼叫声。

“居然是真的！”

“我的脑袋真的要当板凳了？？？”

“不是吧，你们，你们玩儿真的？！！”

乔野微微一笑：“我早说过了，是你们不信啊。”

秋。

距离婚礼已过去两个月，徐晚星和乔野搬离清花巷，住进了新家。

说是新家，其实也不尽然，因为此新非彼新。

时间倒退回求婚的那一晚，那是一个再平常不过的夜晚，两人趁着周末一起看了场电影，吃了顿烤肉，牵手在府南河边散步。

城市流光溢彩，灯火辉煌。

徐晚星还在念叨着刚才的电影：“叙事不足，煽情有余。女主角除了花瓶，别无所长，简直就是典型的爆米花电影，好气。”

乔野没出声。

“什么时候能出一部男主角负责露腹肌，女主角来拯救世界的电影，我一定请所有朋友去看。”

他笑：“很中二啊，徐同学。”

这么走了好长一段路，他才问：“走累了没？”

“还好。”

“那我再带你去个地方。”

“去哪？”

“到了就知道了。”他卖关子不说，抬头看了一眼不远处的小区。

越靠近，徐晚星越迟疑。

这不是她之前住的小区吗？

“你要带我去那里？”她指指前方的高楼。

“嗯。”

“去看看旧房子？”

“去看看新家。”

徐晚星一愣：“什么？”

十分钟后，她做梦似的看见乔老师拿出钥匙，打开家门，带她走入焕然一新的家里。

“墙壁地板都重新装过一遍，家具还没有买。毕竟是要共同生活的地方，所以决定权也要交给你，后续再慢慢一起添置。”

徐晚星不可置信地侧过头来：“你从别人手里买了我的房子？”

乔野笑了：“准确地说，是从你的手里买了你的房子。”

几年前，就在她尚在CSU求学时，因缺少学费，不得不选择卖掉房子。那时候，春鸣把这事告诉了麻将小分队的其他人，也包括他在内。

乔野考虑了一夜，找到春鸣，说他来接手这房子。

春鸣惊讶地瞪大了眼睛：“然后呢？准备像大佬一样送给她吗？”

乔野失笑：“我像这么唐突的人？”

他当然不唐突，他一连等了好几年，等到了今天，然后带着徐晚星出现在这里，连人带房子都送给她。

徐晚星震惊地抬起头来，就听见眼前的人从容地问她：“所以，徐晚星同学，请问你愿意和我一起布置新家，今后都生活在这里吗？”

秋天，小区门口的桂花树开花了，一路都是淡淡的香气。

徐晚星从搬家的货车上跳下来——

请注意，她是从驾驶座跳下来的。

车是从顾先生那里借来的，事实上不仅是搬家的车，就连结婚的车队，也都是顾先生出资赞助的，风光又气派。

她轻车熟路地指挥着大家：“拿推车，搬东西。”

然后拉开货车的门，和麻将小分队的各位一起，拉着家具就完成了搬家事宜。

于胖子吐槽："多少年了，就知道使唤我们！"

春鸣："老胳膊老腿，一把年纪还要替你办事。"

大刘："哥哥我动一下手指头，敲敲代码，一家公司就能悄然上市——"

徐晚星打断他："没有哪间公司上市可以使用悄然这个词，你首先要经过专家听审，然后——"

大刘生气地把推车一扔："你再说，再说？"

徐晚星挥挥手："行，我不说了。"

大刘这才重新推起推车："今晚上我的游戏，充值五百。"

徐晚星："你抢劫吗你？"

"你就说充不充吧！"

"充了钱也不归你，你怎么这么为公司着想？"

大刘仔细一想："你说得好像有点道理。"

春鸣看着他："游戏效益好了，你没奖金吗？充值的人多了，老板不给你加薪吗？"

大刘一拍脑门儿，"我觉得你说得更有道理！"

春鸣："多少年了，脑子还是这么不好使。"

于胖子拍拍他："他脑子要是好使了，还要你这军师干吗？"

大刘点头，理直气壮："说好了一辈子做兄弟，军师这活儿也是一辈子的事儿嘛。"

春鸣又好气又好笑，抬头再看徐晚星时，长长地舒了口气。

多幸运，当年遇见了这颗星星。

冬。

最近一场流行性感冒席卷了半个蓉城。研究院里也不例外，不少人咳嗽、流鼻涕。

很不幸的是，工作狂徐晚星同学也染上了流感。

她咳嗽了大半个月，擤鼻涕的纸巾都用了好几包，没精打采，吃饭无味。

更惨的是，乔老师不知是哪里来的中年人，居然摁着她硬生生吃了大半个月清汤寡水的饭菜。

喂，对一个四川人来说，这样真的很过分！

就算你排骨粥、小米粥、青菜粥、皮蛋瘦肉粥，一样一样换着来，可它们说到底都是粥！

小炒青菜、小炒莲花白，清蒸豆腐、炖豆腐，说到底它们都没有辣椒！

徐晚星很伤心，只觉得味觉都快失去了。

好不容易感冒好了，她以为自己能解脱了，哪知道乔老师摁住了她罪恶的手，不许她点外卖——

“病才刚好，吃这些不利于恢复。”

“那我什么时候才能开荤？”

“桌子上没肉吗？”

“没有辣椒的肉没有灵魂！”

“有灵魂你敢吃吗？”

冷笑话也不能消解她的忧愁和愤怒！！！

好不容易等到乔老师加班，徐晚星一个人偷偷摸摸回了家，打开外卖APP，毫不犹豫点了烧烤，外加一瓶冰冻的快乐肥宅水。

并且，她在备注里加了一句：“越辣越好！谢谢老板！”

烧烤味大，思虑周全的徐晚星同学甚至想到了气味这条线索，干脆拎着烧烤坐在楼道里吃，以免乔老师回家闻到味道，发现她顶风作案。

可怕的是，吃到一半时，她听见叮的一声，电梯门开了。

一身黑色大衣的男人，从光亮的电梯里走出，停在她面前。

徐晚星表情一僵，手里拿着串，嘴角还沾着一点鲜红的辣椒。

“我可以解释！”

男人点头：“那你解释一下。”

“……”

徐晚星心虚地左看右看，最后才说：“我就是想吃。”

“有多想？”

“想到撕心裂肺，梦里都是撸串的场景……”

她还以为会迎来一顿说教，却没想到乔老师叹了口气，坐了下来，也没嫌弃她这坐在楼道里吃串的小家子行径，只和她一起并肩坐在台阶上。

“分我一串。”

“啊？”

“我要小腰。”

她窸窸窣窣地递来一串，笑了：“吃哪补哪？”

乔老师微微一顿，镇定地反问：“哦？看来我的表现不够令你满意。”

“不、不、不，很满意、很满意。”徐晚星一口打断他，嗷呜一口咬下小腰，“所以这串你就不用吃了，吃点别的。”

她含含糊糊地说。

番外五

共赴迟暮

三十五岁这年，徐晚星见证了她参与设计的第一颗卫星的发射。

去往西昌卫星发射基地的路上，面包车在国道上一路飞驰，转弯处更是以疑似漂移的姿势干净利落地驶过。

孔鹏飞在后排抓住头顶的把手，哇哇大叫："你到底是设计师还是赛车手！慢点，我要吐了！"

徐晚星坐在驾驶座，淡定地说："因为你早上起晚了，我们比原定出发时间迟了半小时。"

她一边说着，一边又极速转过一道弯。

"那你也不能拿我的生命开玩笑！我还没成家，还没给我孔家留下一颗傲娇又优秀的小苗苗！"

副驾驶坐着乔野，似笑非笑："三十好几了还单着，确定还有能力留什么苗？"

"好哇，乔野，你歧视大龄单身汉？"

"不。"乔野补刀，"我只是歧视你。"

"……"孔鹏飞很受伤，无语凝噎半天，才恨恨地说，"我再也不要跟你们夫妻俩一起混了！"

女司机淡定地松口气："你终于有这个觉悟了，我可太欣慰了。飞飞啊，我说你这么多年心里就没点数吗？我和乔老师想当夫妻档很久了，双宿双飞，研究所双煞什么的，听着多酷。偏偏你非要插一脚，当个明晃晃的电灯泡——"

孔鹏飞眼珠子都快瞪出来了："不是，你俩真这么想？"

不等徐晚星回答，他又追问乔野："乔老师，你也觉得我多余？"

乔野好心地说："虽然多余，但也挺有用的。毕竟研究所双煞也总要个小弟端茶送水什么的，你说呢？"

孔鹏飞："……"

车里顿时热闹起来，孔鹏飞忙着争辩自己才不是只会端茶送水呢，徐晚星、乔野夫妇俩继续拿他开涮。

后座的第四个人，组里新来的年轻小同事小王，瞠目结舌地看着这一幕，最后才弱弱地插了句话，想劝他们别吵了。

车内顿时陷入岑寂。

孔鹏飞摸不着头脑："吵什么？谁吵架了？"

小王："你，你们刚才……"

"我们在闲聊啊。"

"闲聊？"小王瞪大了眼睛，"可你们明明在——"

"真的只是在闲聊。"孔鹏飞安抚他，"你刚来咱们组，还不了解咱们的画风。这剑拔弩张的氛围呢，在别的组可能是吵架，在咱们这儿就是日常。"

徐晚星："没关系，小王刚来，还不适应。"

孔鹏飞从善如流，点头："慢慢来，还有几小时车程呢，咱们多给他演练一下。"

乔老师进行友好总结："在我们组，讲话要有艺术感，核心论点就三个，正经一点的就是工作上的事。"

徐晚星接上："然后是吐槽孔鹏飞没对象。"

孔鹏飞插嘴："最后是质询研究所双煞啥时候繁衍后代生个崽。"

小王："……"

小王哑口无言，想跳车，想换组。张所，张所在吗？他现在收回入职的意愿，不想跟着他仰慕多年的乔老师这组了，转去隔壁组当个平凡又善良的好孩子可以吗？

车上三人的表情明晃晃地传达着一个信息：不，你上贼船啦。

这几年，来发射基地的次数两只手都数不清，也因此，徐晚星对路途也已熟稔于心。

面包车停在基地门外，基地的工作人员照例在门口迎接。这两年西昌新修了好几家酒店，招待他们的地方也越来越好了，可孔鹏飞带着小王去了新酒店，乔野与徐晚星却去了另一家。

面包车在中途停下，两人下了车。小王在车上坐立不安，看看陈旧的招待所，然后又看看自己下榻的酒店，欲言又止。

孔鹏飞笑了："怎么，不理解为啥咱俩住好的，他俩住差的？"

小王点头如捣蒜。

孔鹏飞高深莫测地拧开矿泉水瓶，喝了一口，然后才笑眯眯地说："他俩第一回一起来这，就住的那家酒店。"

小王还是不太懂。

"傻啊你，定情之地，当然别有意义了。"

"乔老师和晚星姐，他俩在那间酒店定下的？"

"也不是，早八百年前就认识了……"孔鹏飞原想卖弄一番，结果这一开口，就发觉说来话长，对着小王这个局外人，好像三言两语压根没法说清，最后也只能不了了之。

这两人的故事，说来话长了。

而故事的主人公，订的房间依然是当初那一间。

其实好几年过去了，酒店也翻新过，墙壁重新粉刷了，地毯换了，连房间内的布局也改变不少。好在推开窗，阳台外的风景仍旧未曾大变。

他们坐在阳台的椅子上说话，像当年一样。晚风送来丝丝凉意，徐晚星发尾纷飞，像记忆里纠缠不断、难以割舍的种种。

"紧张吗？"

"我有什么好紧张的。"

"毕竟是参与设计的第一颗星……"

"有你在，我很放心。"

乔野笑了："是有我在这里，很放心，还是有我指导设计，很放心？"

徐晚星弯起唇角，眨眨眼："Both."

仿佛重回当年的清花巷，他问她是喜欢CD还是喜欢他这个人，她扭捏又害臊，最后才低声说了句"Both"。

乔野一眨不眨地看着她，多少年过去，她还是那个徐晚星。哪怕面容不再青涩，境况大不相同，她看他时眼里有星光万千，不可一世的外表下永远藏着一颗赤诚的心，对人对事都全力以赴。

他看着远方，慢慢地感慨道："这一路真漫长啊。"

"长吗？"徐晚星看着眼前的夜色，半晌才说，"可我还嫌太短。"

埋头于研究所，其实两人的生活很单调。他们没有大把的时间可以一同约会逛街，每周去看新上映的电影。家附近新开了几家餐厅，半年前就说好要挨个试吃一遍，可至今也才去过一家。

加班。

加班。

还是加班。

没人有怨言，没人硬逼着他们做什么。可是选择了这条路，他们渴望做点什么，忙碌之中，似乎也能得到命运的眷顾，眷顾他们拥有许多人不曾拥有过的热忱与希冀，脚踏实地地追逐着星空。

头顶的星空熠熠生辉，每一颗星星看似相同，在他们的眼里却有不同意义。

乔野拉住她的手，说未来还长。

她笑了，凑过去轻轻碰了碰他的唇：“忙归忙，忙里偷闲也很快乐。”

“比如说？”

“比如说今天，来到老地方，住进住过的房间，就好像度蜜月一样。”

乔野笑了，眼神逐渐有了热度：“那接下来……”

“嗯，度蜜月！”她欢欢喜喜地站起来，搂住他的脖子，下一秒就被打横抱起，进了房间。

次日，徐晚星站在指挥中心，和工作人员们一起见证了卫星发射。

这一次，不再是和家属们一起坐在中心广场上仰头观看，她亦是重要的一员，紧张地坐在指挥中心，仰头看着大屏幕。

近在咫尺的，是她的卫星，他们的卫星。

她想，她比其他人都要幸运得多，他们或坐在指挥中心守着每一次的升空，或只能坐在广场上作为围观者庆贺此刻，唯独她经历了两种截然不同的身份，从场外走进这里，从仰望到埋头设计。

一切准备就绪，所有人一起倒计时。

她一眨不眨望着大屏幕，心都提到了嗓子眼。

十、九、八、七、六。

五、四、三、二、一。

所有人都在呐喊，所有人一起欢呼，巨大的轰鸣声里，她仿佛听见了来自广场上的喧哗和来自更遥远地方的人群的喜悦。

仿佛做了一个很长的梦，跨越千山万水，终于走到了这里。

各项数据还在不断更新，她能看见卫星正沿着轨道奔赴预定地点，奔向遥远而未知的宇宙。

那颗星星就像她一样，从起点开始狂奔，在人生的征程上不断受到外力作用，却又幸运地遇见了很多珍贵的人和事，推动着她，哪怕受到无数阻力，也终于还是朝着闪耀的未来一步步走去。

她跌倒过，在病痛和学业上。

她受挫过，在感情和人际交往中。

她失去过，包括对未来的期望和最爱的父亲。

可她毕竟走了过来，熬过曾以为熬不过的痛与泪，才发现自己远比想象中的更强大，很多曾以为无法接受的失利也不过是催人向上的力量，涅槃后，才有更加闪耀的徐晚星。

她不知道是不是所有设计师都和她一样，在成功发射的此刻会有无穷的感慨，可即便是有，每个人也有每个人的感动与感慨，没有一个人和她是完全一样的。

就在徐晚星热泪盈眶地仰望着大屏幕时，有人握住了她的手。

她不用回头也知道："乔野。"

他嗯了一声，也不说话，只轻而有力地牢牢捉住她的手。

她长长地喟叹一句："像是做了场梦。"

"美梦还是噩梦？"

"美梦。"

"那就好。"他笑着收紧十指，温柔地说，"继续做下去，直到……"

"直到多久？"

"直到白头。"

徐晚星蓦然失笑："你陪我？"

"我陪你。"

后记

依旧在故事结尾要碎碎念的我，感谢大家又一次陪我走到这里。

《少女星》是一个新的尝试，从琐碎的校园生活到山高水远的追梦人生，从两个人的儿女情长到清花巷少年们的群像。回过头来看看，故事好像少了点以往的风花雪月，多了点别的什么，是不足，亦是进步。

我想这大概让一部分人失望了，因为原以为会看到两个人之间甜甜蜜蜜、误会丛生却又张力十足的感情戏，却没想到会看到一大堆物理竞赛的公平与否，少年人之间的义气与冲突，抑或是没有金手指的小姑娘放弃学业又失去父亲，最后还沦为市井游民，为柴米油盐奔波。

然而正是这些言情部分的缺失，让我在故事的结尾看到了自己的成长。我想一个写作者永远立足于自己的经历与眼界，即便我写的是小言，也渴望更多地传达我的一些态度。从我的第一本书到如今数不清的第多少本，我始终在试着把不同阶段的想法表现出来，也许有时候它们让故事变得不那么纯粹，但不可否认它也因此更加丰富。

喜怒哀乐都是人生，平凡与戏剧性交替上演，我很感激这些年经历的一切令我成长，它们交织着、闪耀着，最后变成了《少女星》。徐晚星是我，也不是我。少年们的喜怒哀乐是我经历过的，却也不与我全然相同。令我最开心的，是在写到徐义生去世那一章时，我痛痛快快地掉了眼泪，然后平和又感伤地回忆起我姑姑，这一次没有轰轰烈烈的情绪波动，是真正释怀了。所有的失去都是另一种形式的获得，姑姑用离去给我上了人生的最后一课，从此我再没有什么担忧，我所向披靡，毫无所惧。

杂七杂八地说了些所想，最后还是希望你们喜欢这个故事。

希望下个故事，你们还在，新的容光也能一如既往地令你们皱一皱眉，又或是会心一笑。

容光
于成都
2019. 12. 16